La Sentinelle

Titre original : *HURRY HOME*

Publication originale : Simon & Schuster Canada, 2020

34-36, rue La Pérouse
75116 Paris

Collection Hugo Thriller et ouvrage dirigés par Bertrand Pirel
Graphisme de couverture : © Rémi Pépin
Visuel de couverture : © Plainpicture/Ben Clark
Conception graphique Hugo Thriller et mise en page : Emmanuel Pinchon

ISBN : 9782755667844
Dépôt légal : novembre 2020
Imprimé en France

Roz Nay

La Sentinelle

Traduit de l'anglais (Royaume-Uni)
par Vincent Guilluy

Hugo Thriller

À mes sœurs, Jo et Sal.
Watt girls forever !

Elle tient le bébé serré contre elle et danse toute seule près de la fenêtre. Elle aperçoit son reflet dans la vitre. Elle ne déteste pas être éveillée avec son petit garçon à cette heure étrange, ensorceleuse, de la nuit, quand tous les autres dorment. Ce moment est un secret qu'eux seuls partagent.

Sa peau mate lui est familière, même si elle est très différente de la sienne, très pâle. *Ça n'a aucune importance*, se dit-elle. *Il est à moi et je vais le garder.*

Dehors, la rue est silencieuse. Au loin, les montagnes veillent sur la ville endormie. Elle contemple sa main ronde et nacrée comme un petit coquillage. Ses ongles minuscules et parfaits, chacun avec sa petite lunule. Est-ce elle qui a fait tout cela ? Dans la main du bébé, une vieille pince à linge en bois usée, à laquelle il s'accroche depuis des jours.

L'aboiement d'un chien déchire le silence, le bébé sursaute et tend les bras. *Comme les bébés sont forts*, pense-t-elle. *Et vulnérables.* Elle écarte sa chemise et le soulève jusqu'à ce qu'il trouve son sein. Ils s'emboîtent parfaitement ; ils sont faits l'un pour l'autre.

Quelques instants plus tard, le bébé cesse de téter, frustré ; elle passe son téton sur les lèvres du nourrisson dont le front s'assombrit. « Je suis désolée, lui dit-elle. Shhhh. »

Il n'essaie même pas de reprendre son sein. Il s'agite et détourne la tête.

« Hé, dit-elle un peu plus fort. Il n'y a plus que nous deux, maintenant. Tu ne la reverras plus jamais. » Le bébé cligne des yeux, s'énerve, au bord de pleurer, et ils se dévisagent l'espace d'une seconde, deux êtres pleins de sagesse à nouveau réunis, comme si rien n'avait été perdu, comme si rien n'avait mal tourné.

« Ça va aller, mon tout petit, tu es en sécurité maintenant. Voilà, c'est mieux. »

Dans une minute, elle ira chercher le lait maternisé au frigo, le fera tiédir, en testera la température sur la peau tendre de l'intérieur de son bras. Elle sait comment faire tout cela. Elle est faite pour ça. Tout est exactement à sa place. Enfin.

PREMIÈRE PARTIE

LA SENTINELLE

Alexandra

Dans le rêve, je cours et ma sœur est derrière moi. Le sol craquelé est dur sous mes pieds, c'est l'été et comme dans chaque rêve, je crois que je me précipite pour empêcher quelque chose, pour l'arrêter, mais il ne s'agit pas de ça. C'est bien pire. J'entends Ruth qui gagne du terrain – elle est plus grande que moi –, qui effleure le dos de ma chemise du bout des doigts tandis que je m'efforce de courir plus vite. Quand elle finit par m'attraper, comme elle y parvient toujours, elle me fait tomber dans la poussière et ses ongles acérés s'enfoncent dans la chair enfantine de mes bras. Je hurle : *Ça n'est qu'un jeu ! On joue, c'est tout !* et je me redresse en sursaut dans mon lit, donnant des coups de pied sous les draps, la langue collée à la terre de ma bouche.

Je reste une minute allongée, haletante. Je croyais que ces rêves diminueraient mais c'est de pire en pire. Je rêve toujours d'elle, de la dernière version d'elle que j'ai vue, il y a des années. C'est dingue d'avoir aussi peur d'elle ; je ne sais même pas où elle est.

Je sors du lit sur la pointe des pieds, en prenant garde à ne pas réveiller Chase, et je vais à tâtons chercher de l'eau dans la cuisine, pour éteindre cet incendie sous mon crâne. J'ai tout le temps soif. Devant l'évier, je fais couler l'eau froide et je bois au robinet. Quelques gouttes éclaboussent mon front.

Le loft de Chase est haut de plafond et sans cloison, un grand studio qui manque de portes et d'intimité. Certains couples pourraient trouver ça oppressant, mais pas moi. Je trouve ça chaleureux. De l'endroit où je suis, devant l'évier, je l'aperçois à peine. Il est fort mais sa respiration est très douce. Son bras bronzé repose sur les draps blancs. Je n'ai aucune idée d'où il va quand il dort, mais le pays de ses rêves est à l'opposé du mien.

Dehors, le ciel commence à essayer de passer au bleu. Nous sommes au mois de juin et un reste de grisaille de sept heures du matin se colore lentement. Dans cette ville du Colorado, nous ne sommes jamais loin du glacier qui avance en rampant, silencieusement. Je ne peux m'empêcher de trouver ça sinistre. Chase, lui, adore tout de ces montagnes. En allant vers le dressing, je passe le doigt sur la grande photo imprimée sur toile, près de l'entrée, qui le représente à skis, tête en bas, au beau milieu d'un saut périlleux de six ou sept mètres. Je serais bien incapable d'en faire autant, même pas le quart. Mais Chase est à son aise dans des conditions qui me paraîtraient redoutables. Il pense rarement à des choses comme sa propre mortalité. Derrière lui, la neige volette délicatement et éclipse le soleil. Je dois reconnaître que c'est une très belle photo ; du travail de pro.

Après avoir enfilé un jean serré et un T-shirt pas trop froissé, je relève mes cheveux en chignon, j'attrape ma veste kaki et ma vieille sacoche en cuir, que je mets en bandoulière. Je glisse les pieds dans mes Vans qui m'attendent devant la porte en me demandant si, à vingt-cinq ans, il ne serait peut-être pas temps d'acheter autre chose que des chaussures faites pour des adolescents de quatorze ans.

Mais dans mon boulot, je n'ai pas besoin de m'habiller correctement. En tant qu'assistante sociale déléguée à la protection de l'enfance, le plus important est d'inspirer confiance.

Au creux des montagnes Rocheuses, Moses River est isolée en hiver ; mais ce matin, les arbres qui bordent les rues sont en fleurs et leurs bourgeons débordent d'optimisme. Les habitants déambulent dans Main Street, gobelets de café à la main, en rejoignant leurs camionnettes. Des roues de VTT dépassent de chaque malle arrière – s'il y a de l'animation, elle n'est pas liée au boulot. Sur plusieurs autocollants apposés sur les pare-chocs, on peut lire le slogan *La vie est belle*. Pourtant, demandez à n'importe quelle assistante sociale de la ville, elle vous dira que la vie ici est très diverse et que tout n'est pas rose. Mais on fait des efforts. On essaie d'aider les gamins qui ne croient pas aux slogans collés sur les pare-chocs, les gamins qui vivent la réalité.

En remontant Main Street, je repense à l'e-mail de Minerva, hier soir. Il était confus et écrit à la hâte, comme d'habitude, mais elle m'indiquait un signalement pour négligence impliquant un petit garçon et ses parents, les Floyd. Leur nom ne me dit rien mais au ton de l'e-mail, Minerva semblait les connaître. Si elle veut que je lui file un coup de main, le cas doit être sordide. C'est toujours sordide quand un bébé est impliqué. Un petit garçon.

Minerva Cummins travaillait au département Santé mentale et Addictions avant de passer à l'Aide familiale, et ça l'a marquée. À chaque fois que j'ai un échange avec elle, j'ai l'impression qu'elle essaie de me faire sortir d'une sorte de retranchement qui lui est pénible. Même quand je trouve des solutions, elle soupire et ferme les yeux, comme si c'était moi la cause du problème. Je me demande parfois si c'est à cause de ça que son mari a demandé le divorce. Mon patron, Morris, m'associe rarement à elle pour régler un problème, peut-être parce qu'il sait que Minerva, qui est la plus ancienne et la plus expérimentée des assistantes sociales de l'équipe, peut se montrer condescendante. *C'est une maman, Alex!* m'a dit un jour Morris dans son bureau. *Mais ne te laisse pas materner.*

Un coup de vent froid me surprend à l'angle de Cedar Street et je me mets à trottiner jusqu'au Lovin' Oven, la boulangerie. Quand j'entre, la clochette au-dessus de la porte bleu ciel tinte et une odeur de tartes au beurre m'accueille. La boulangerie est petite, avec un long comptoir, diverses ardoises accrochées aux murs de brique avec des noms de soupes écrits à la main, des pains dorés empilés sur des étagères derrière la caisse, et trois tables de bois brut, rectangulaires, avec des bancs, pour pouvoir y manger. J'examine rapidement la salle en entrant. Minerva n'est pas encore arrivée. Malgré toute la détermination professionnelle qu'elle affiche, il est rare qu'elle soit à l'heure, pour quoi que ce soit.

Après avoir commandé un café, je m'installe à un siège au bout de la longue table pour l'attendre. Dans un coin, deux vieilles dames avec le même bonnet tricoté se partagent une théière. L'espace d'une seconde, je me demande si elles sont sœurs. Cette pensée me coupe le souffle.

Mais la clochette au-dessus de la porte retentit à nouveau et Minerva s'avance vers moi, dans les bruits de frottements de son pantalon de velours côtelé. Ses cheveux bruns coupés au carré sont encore humides d'après la douche. On dirait du plastique, comme les cheveux qu'on peut enfoncer sur la tête des Playmobil.

Elle s'arrête face à moi, devant le banc opposé. « Faut gagner sa croûte, hein…

— Bonjour, réponds-je. Tu es prête, on y va ? » Je suis déjà à moitié levée.

« Woho, doucement ! Il faut que je te briefe d'abord, et tu sais que je ne suis bonne à rien avant un bon café. »

C'est pour ça qu'elle voulait qu'on se voie tôt, pour boire un café ? Je me rassois à regret tandis que Minerva passe sa commande et se coule sur le banc comme si nous avions tout le temps du monde – tout le temps du monde, alors que la santé d'un bébé est en jeu.

« Bon, dis-je, en prenant garde de masquer mon impatience. Parle-moi de ce gamin et de ses parents.

— Frank et Evelyn Floyd ont un passé d'addiction ; drogues et alcool. » Elle boit prudemment une première gorgée de café. « En gros, ils étaient camés, et fouteurs de merde, avant d'avoir un gosse. Mais ça va mieux depuis qu'il est né.

— OK… Et pourquoi on va leur rendre visite toutes les deux ? » Ce que j'ai vraiment envie de lui dire, c'est de se grouiller.

« Le bambin s'appelle Buster », dit-elle en éludant ma question. Elle s'interrompt, se délecte du prénom du bébé des Floyd, en espérant que ça va me faire rire, mais je ne ris pas. « Il y a un jour ou deux, ils l'ont laissé tout seul dans une voiture, dans la rue, pendant qu'ils allaient à la poste. Une bonne samaritaine nous l'a signalé. On va chez eux, on fait un petit coucou et c'est tout. On entre et on repart aussi sec. »

Sa phrase me prend au dépourvu. « Juste un petit coucou, alors qu'ils ont abandonné un bébé dans une voiture ? Il est resté seul combien de temps ?

— C'est bon, Alex, tu sais comment c'est ! dit-elle en hochant la tête. On ne peut pas supposer que le gosse est en danger juste parce qu'un étranger nous l'a dit. Il faut que tu viennes avec moi pour évaluer correctement les choses, et il nous faut une preuve de mauvais traitements ou d'abandon. »

Mauvais traitements ou abandon. Mon *latte* me dégoûte, tout à coup. « Quel âge a Buster ?

— Oh, un an tout au plus, je crois. » Minerva me dévisage, perplexe. « Ça va ? »

Non, Minerva, ça ne va pas, ai-je envie de répondre. Nous avons beau résoudre beaucoup de problèmes à la protection de l'enfance – des gamins qui vivent dans des conditions atroces que nous récupérons pour leur donner la chance d'une vie meilleure –, les cas nouveaux se présentent deux fois plus vite. Je me sens comme Mickey Mouse dans ce vieux dessin animé, celui que nous devions regarder à Noël quand nous étions gosses. Mickey est dans son atelier inondé, les serpillières n'en font qu'à leur tête, et il a beau essayer, l'eau continue de monter et l'empêche de remonter l'escalier. J'avais détesté ce dessin animé la première fois que je l'ai vu, mais Ruth l'a toujours adoré.

« On peut y aller ? demandé-je en me levant.

— Bon, d'accord, dit Minerva en soupirant. Même si ça ne ferait pas de mal de se détendre une minute. Tu vas vite te retrouver en congé pour burn-out, comme tout le monde, si tu persistes à essayer de sauver le monde. »

Je l'ignore et je me dirige vers la sortie.

Les Floyd habitent une vieille ferme délabrée en retrait de la Highway 4. Minerva, en excès de vitesse au volant de la voiture officielle, sort de la ville. Elle allume la radio et met de la musique comme si c'était l'été et que nous allions à la plage.

« Hey, dit-elle en ajustant pour la première fois du trajet le rétroviseur, qui n'était pas du tout réglé pour elle, tu as vu Sully, récemment ?

— Quoi ? » Je la dévisage. En bandoulière devant moi, ma sacoche fait comme un bouclier.

« Tu sais bien, Sully Mills ? Le beau flic au regard perçant. Vous n'êtes pas copains, tous les deux ? »

Je déteste sa façon de prononcer le mot « copains », de séparer les deux syllabes. J'ai rencontré Sully il y a un an, par le boulot. J'imagine qu'on pourrait dire qu'on s'est bien entendus. Je le vois à l'Oven pour prendre un café deux fois par semaine. On est amis, pas copains. Amis, rien de plus.

« Je ne le vois pas tant que ça. » Je tire sur la ceinture de sécurité qui me scie le cou.

Minerva hausse les sourcils une seconde, mais elle ne dit pas un mot. J'ai envie de lui coller ma main dans la figure.

Une bonne minute plus tard, deux peut-être, Minerva reprend : « Il est célibataire, non ? »

Qu'est-ce que ça peut lui faire ? « Tu veux que je te trouve son numéro ? » dis-je d'une voix morne.

« Me trouver son numéro ? » Elle se tapote la frange, la remet en place en se reluquant dans le rétroviseur. « Tu veux dire me le donner. Tu l'as déjà. Tu n'arrêtes pas de lui envoyer des textos. »

Je me tortille sur mon siège. « J'ai un petit ami, tu sais. Ça te revient ? Le gars avec qui je vis ?

— Justement ! Partage le gâteau, ma sœur ! » Elle me sourit, puis se remet à fixer la route après s'être un peu déportée. La maison est devant nous. Elle ralentit, se gare dans le chemin et tire brutalement le frein à main. En sortant, il nous faut naviguer entre des tas d'excréments luisants vert caca d'oie qui parsèment le chemin de terre qui mène chez les Floyd. Il y a une clôture et un portail, à une centaine de mètres de la maison.

« Les Floyd étaient un peu timbrés quand je les ai rencontrés, me dit Minerva, mais pour être honnête, ils sont juste foutraques, pas méchants. Ça n'est pas la même chose.

— Tu crois ça ? »

Comment Minerva peut-elle penser que les junkies peuvent être de bons parents ? Nous arrivons au portail. Un panonceau y est accroché : *Chien méchant.*

« Ce panneau était déjà là quand j'étais aux Addictions. Il n'y a jamais eu de chien. » Elle pousse à peine le portail, juste assez pour nous permettre de nous faufiler. Une longue traînée de moisissure vient maculer l'avant de son sweater. Nous remontons ensemble l'allée criblée de nids-de-poule. Sur le côté gisent un seau renversé et une paire de sandales dépareillées.

« Oh, ils ont un peu arrangé la maison. »

Le bâtiment est petit, la peinture s'écaille, la terrasse est piquetée de clous rouillés. Sur la véranda, devant la porte, une litière à chats pleine de mégots écrasés. À côté du bac, une voiture miniature bleue, abandonnée. Si ça, ça a été « arrangé », à quoi ressemblait cette bicoque avant ?

Minerva s'arrête sur la dernière marche. « N'oublions pas : même si Buster a été laissé seul une minute ou deux, quand on est une mère, ça peut arriver. Tu ne le sais peut-être pas, mais moi qui suis maman, si. Toutes celles qui ont des gamins en passent par là. »

Revoilà son joker, sa carte favorite dans la catégorie « je-suis-supérieure ». Je pourrais d'autant plus facilement répliquer que je suis au courant pour son fils, je sais qu'elle ne le voit plus, qu'il ne veut plus lui parler, mais mon cœur s'est mis à battre et j'ai les paumes en sueur. La voiture miniature solitaire, à la couleur passée, évoque la misère. Il ne sortira rien de bon de cette maison. Je m'essuie les mains sur l'arrière de mon jean.

« OK, prête ? » Minerva, phalanges recourbées, s'apprête à frapper, mais la porte est ouverte. Nous entrons dans un petit vestibule au sol de linoleum, qui sert aussi plus ou moins de cellier. Trois étagères nous font face, vides à l'exception de deux boîtes de haricots dont l'une est ouverte, le couvercle au bord coupant pointant vers le haut. La vitre de la porte d'entrée est cassée, comme si quelqu'un l'avait enfoncée d'un coup de coude. Du ruban adhésif la maintient tant bien que mal.

« Allez, on y va, dis-je.

— OK. Si Frank Floyd s'énerve, tu restes calme. Dans le temps, il était plutôt du genre taureau furieux. »

J'acquiesce d'un signe de tête, m'essuie une fois de plus les paumes sur mon jean. Personne ne répond quand Minerva frappe, et pas plus à la seconde tentative.

Elle appelle : « Bonjour ! Il y a quelqu'un ? »

L'entrée sent le moisi, les céréales rances, avec cette âcreté qui accompagne toujours la pauvreté. Une odeur sure, houblonnée, horrible. Je me couvre la bouche de la manche. De l'intérieur nous parviennent le son d'un choc, puis un cri, et le bruit d'une assiette qui tournoie et revient lentement sur sa base. Juste au moment où Minerva pousse la porte branlante, Frank Floyd contourne le comptoir de la cuisine et s'approche, torse en avant.

« J'arrive ! » grogne-t-il. Il porte un pantalon de survêtement roulé à la taille et un T-shirt trop grand pour lui, alors qu'il est déjà énorme. « On peut pas faire la sieste tranquille ? »

Il repère Minerva et, visiblement, la reconnaît : « Oh, putain ! Ça recommence. Y-z-ont envoyé les clowns.

— Monsieur Floyd, dit Minerva gaiement. J'espère que notre intrusion ne vous dérange pas.

— Si, ça me dérange, bordel, et puis je vous ai pas demandé d'entrer. »

En jetant un œil derrière Minerva, j'aperçois les pieds nus de Frank Floyd, un cendrier au sol, des assiettes empilées dans l'évier.

« Nous voulions être sûres que vous alliez tous bien. Je suis Minerva Cummins – vous vous souvenez de moi ? Nous nous sommes croisés il y a quelques années, mais j'ai changé de poste depuis : je suis ici au titre de l'aide familiale. Voici ma coéquipière, Alexandra Van Ness. » Minerva donne l'impression de sourire entre ses dents. J'ai toujours la main sur la poignée de la porte.

« Non, non, non, dit Frank en frappant du poing sur sa hanche à chaque syllabe, comme un bébé qui piquerait une colère. Vous entrez pas. C'est de la violation de domicile. Personne vous a demandé de venir ici, bon Dieu.

— C'est bon Frank, tout va bien. » Minerva s'avance dans la cuisine, paumes en l'air. « Écoutez, je sais que vous ne voulez pas qu'on entre. Est-ce que votre femme est là ? Evelyn ? Nous voudrions lui parler. On nous a signalé un tout petit quelque chose et nous devons vérifier tout ça. »

Je m'avance dans la cuisine et me poste à côté de Minerva. La maison est toute en longueur, un peu comme un conteneur à bateaux. La cuisine s'étend jusqu'au salon où, à l'autre bout, sur un canapé auquel manque un coussin, une femme dort sur le ventre, vêtue seulement d'un maillot de corps et d'une culotte. Elle dort comme si elle était tombée de haut, les membres écartés. Et c'est alors, alors seulement, que j'aperçois le bébé.

Il est tout petit et dort nu, la figure dangereusement enfouie dans le tissu éponge de mauvaise qualité du coussin du canapé. Il ne porte qu'une couche, arrondie et serrée, qui ressemble à un ballon de football. Sa couleur, les tons brun clair et sable de sa peau, ses cheveux dressés sur son crâne, les petites bosses des muscles de ses épaules, tout ça se referme sur moi comme un poing. C'est une copie-carbone. Il faut que je sauve cet enfant, comme il fallait que j'en sauve un avant lui.

« Ma femme est crevée, dit Frank en suivant mon regard. Elle s'est cogné la tête. » La sueur perle à la naissance de ses cheveux, ses gestes sont saccadés.

« Voulez-vous que nous appelions une ambulance ou que nous l'emmenions à l'hôpital ? » demandé-je. Pourquoi Minerva ne se précipite-t-elle pas sur le bébé ? Il n'est visiblement pas en sûreté. Je fais un pas vers le divan, mais je marche sur quelque chose qui glisse sous mon pied. Je viens d'écraser un spaghetti trop cuit qui se répand sur le carrelage écailleux.

« Non ! Elle s'est pas cogné trop fort. » Frank passe sa grosse paluche dans ses cheveux graisseux. « Écoutez, tout va bien, je vous jure. On est juste fatigués. C'est difficile, c'est tout.

— Pouvons-nous nous asseoir, Frank ? » demande Minerva. Avant qu'il ne réponde, elle tire un siège et s'assoit.

« Qu'est-ce qui est difficile ? demandé-je. Est-ce qu'on peut vous aider ?

— Avoir un bébé, c'est dur.

— Oh, c'est la chose la plus difficile du monde à apprendre ! dit Minerva avec chaleur. J'ai un fils de dix ans et je serais bien incapable de vous parler de sa première année, Frank. Ça passe dans un brouillard, littéralement. Vous ne me croirez sûrement pas, mais je me disais il n'y a pas si longtemps que j'aimerais pouvoir tout recommencer.

— Ouais, dit Frank avec hésitation.

— Est-ce que madame Floyd trouve ça vraiment dur aussi ? demandé-je.

— Ouais. J'imagine. Ouais – oui. Bon, OK, ma femme ne s'est pas vraiment cogné la tête.

— Ah non ? Alors nous pourrions peut-être la réveiller ? Il est vraiment important que nous vous parlions à tous les deux. » J'attends, toujours debout, tandis que Minerva est assise avec préciosité au milieu d'un véritable carnage.

« Oui, nous devons mettre ça au clair ensemble. » Elle pose les bras sur la table comme si elle attendait qu'on lui serve un gigot dominical. Est-ce qu'elle a vu l'état de cette maison ? Est-ce qu'elle croit vraiment que c'est un environnement sain pour un enfant ? Frank titube vers le canapé et secoue rudement sa femme à l'épaule. À la deuxième tentative, elle se redresse, se frotte les yeux. Elle prend immédiatement dans ses bras Buster qui se réveille. Sa figure devient rouge, ses bras se tendent, mais il ne pleure pas.

« Vous êtes qui, vous, merde ? » Le regard d'Evelyn passe de Minerva à moi. « Qui c'est ?

— L'aide familiale, répond Frank en lui tendant un pantalon de survêtement informe qu'il a ramassé par terre. Mets ça, et parle correctement. »

Je sens qu'on me frotte le creux de l'estomac à la pierre ponce, ça me ronge comme à chaque fois que je fais face à des menteurs qui ont un nouveau-né.

Frank se met à transpirer plus fort, des traces rondes sont visibles aux aisselles de son T-shirt. Tandis qu'Evelyn essaie maladroitement d'enfiler son pantalon sans lâcher son fils, Buster s'agite et se tend en avant.

« Madame Floyd, bonjour. » Minerva se lève à demi de son siège, lui tend sa carte d'assistante sociale, qui flotte inutilement dans l'espace entre elles deux. « Vous vous souvenez de moi ? Je m'appelle Minerva Cummins, et voici Alex Van Ness. »

Evelyn ne nous regarde ni l'une, ni l'autre.

« Nous avons reçu un signalement et nous devons vérifier ce qu'il en est.

— À propos de quoi ? » Evelyn s'assoit et fait passer sur son autre hanche Buster, qui lève une petite main pour s'accrocher à la bretelle de son maillot de corps.

Frank et moi nous asseyons également à la table, et nous nous faisons face tous les quatre comme des adversaires dans un quiz télévisé, l'assistance sociale contre les Floyd. Buster se met à se tortiller.

« Il a besoin qu'on lui change sa couche, dis-je doucement. Celle-là a l'air pleine.

— Je vais m'en occuper, rétorque Evelyn. Qu'est-ce que vous voulez ? » Buster émet d'étranges petits bruits comme s'il émergeait du sommeil : un reniflement, plus animal qu'infantile. J'ai du mal à ne pas tendre les bras pour le prendre et le serrer contre moi.

« Nous avons reçu un coup de fil, dit Minerva.

— De qui ?

— Un appel anonyme. Une femme a téléphoné pour dire que vous aviez laissé le petit Buster seul sans surveillance dans un véhicule en face d'un bâtiment public. »

Evelyn tend le bras derrière elle sur le comptoir pour attraper un paquet de cigarettes, se tourne sur sa chaise, et son mouvement laisse apparaître la courbe gracieuse du front de Buster. Cette jolie peau, mate et douce. Evelyn tire une cigarette de son paquet, l'allume, et fait sauter le petit garçon sur ses genoux tout en fumant. Le moindre de ses ongles est rongé, comme Ruth rongeait les siens. À nouveau, tous ces mensonges m'étouffent. Tous ces tics et ces petits tremblements nerveux. Ils sont universels, chez ceux qui ont des choses à cacher.

« Qu'est-ce que vous voulez dire, sans surveillance ? Quel bâtiment public ?

— Eh bien, une passante a remarqué que Buster était seul dans votre voiture et que le moteur tournait. Vous étiez à la poste. Ça vous dit quelque chose, Evelyn ? Ça devait être hier, ou peut-être avant-hier.

— C'était pas moi.

— Je crains que la passante n'ait noté le numéro de votre plaque minéralogique », dit Minerva. Nous attendons. Les épaules de Frank s'affaissent. De brèves pensées traversent la figure d'Evelyn, comme si elle évaluait sa main au poker.

« Si c'était bien moi, je suis restée à la poste à peine deux minutes.

— Deux ? dis-je. Vous êtes sûre ? »

Frank donne un coup de coude à sa femme et l'invective d'une voix éraillée : « Espèce de conne. Qu'est-ce qui t'a pris, bordel ?

— Il dormait ! » Evelyn tire une grande bouffée sur sa cigarette et souffle un long jet de fumée au-dessus de la tête de Buster.

Minerva se tourne vers moi avec un regard qui veut dire *Je comprends tout à fait.* Mais elle ne comprend rien du tout. Pendant ce temps, Buster essaie d'agripper le visage de sa mère mais elle détourne le menton à chaque fois.

Il veut que tu le regardes, me dis-je. *Tu ne veux pas le regarder ?*

« Il s'était endormi quand je me suis garée. D'accord ? J'ai pas voulu le réveiller. J'ai laissé le moteur tourner parce que sinon, la clim se serait arrêtée, que c'était l'après-midi et qu'il faisait chaud. Je suis pas complètement débile.

— Tout à fait. Non. Je comprends. » Minerva sort un carnet, note quelque chose et le souligne. « Je suis mère aussi, Evelyn. »

Evelyn lève les yeux au ciel, mais Minerva poursuit comme si elle n'avait pas vu. « Je sais que ça peut être dur d'arriver à s'organiser avec un bambin toujours avec soi. Mais vous ne pouvez pas laisser Buster sans surveillance. Et s'il lui était arrivé quelque chose ? Et si quelqu'un avait ouvert la portière et l'avait enlevé ? Vous ne pouvez pas… » Elle cherche la formule la plus diplomate. « Ne recommencez pas, c'est tout. D'accord ?

— Elle le fera plus », marmonne Frank.

Evelyn baisse la tête. Je regarde sa cendre s'incurver au bout de sa cigarette et tomber au sol. « Vous allez emmener Buster ? » demande-t-elle, atone.

Bon Dieu, si seulement on pouvait ! La procédure à suivre permet très difficilement de retirer un enfant à ses parents. Il nous faut présenter plus de preuves au tribunal, mais les secondes visites domiciliaires sont toujours annoncées et ne ressemblent jamais aux premières. Les Floyd auront tout le temps de cacher les drogues dont ils font probablement usage. Minerva le sait aussi : pourquoi ne prend-elle pas d'initiative ?

Elle referme son carnet d'un claquement. « Nous n'emmènerons Buster nulle part. En aucun cas. Vous savez ce que je vois ? »

J'ai envie de hurler : *Des mauvais traitements ! Un enfant abandonné ! Jeté aux loups !*

« Je vois deux personnes qui font vraiment de leur mieux, mais aussi deux personnes qui n'ont quasiment plus aucune ressource. » Frank et Evelyn la dévisagent. « Nous allons vous proposer une aide sociale. Des moyens de vous faciliter un peu tout ça, pour que ce ne soit pas… » Elle jette un coup d'œil circulaire sur le bazar qui règne dans la maison. « … trop dur pour vous. Et nous reviendrons vous rendre une petite visite. Juste pour voir comment vous vous débrouillez.

— C'est obligatoire ? demande Frank. On est obligés d'accepter l'aide sociale ? Et vous êtes obligées de revenir ?

— Vous ne voulez pas de cette aide ? » demandé-je en le regardant droit dans les yeux.

Il hausse les épaules. Sa femme aussi.

Minerva sourit comme si nous venions de signer un fabuleux contrat commercial. « Super. Nous allons donc repartir, mais nous restons en contact pour vous fournir un peu de soutien. Vous vous en sortez très bien. On va juste vous aider à prendre soin de Buster et… de votre maison. Et ne le laissez plus tout seul dans la voiture.

— D'accord, répond Evelyn. D'accord, c'est bon. »

Minerva se lève. C'est tout ? C'est elle qui est en charge de ce dossier. Pourquoi n'inspecte-t-elle pas un peu plus la maison ? Il faut vraiment laisser le gamin dans cette crasse ?

Je me lève lentement et demande : « Pourrais-je utiliser vos toilettes ? Vous n'avez qu'à m'y amener, je ne vais pas fouiner partout. »

Evelyn soupire. « Je vais la conduire. » Buster lui attrape le cou tandis qu'elle se lève. Aucun signe de langage : c'est un signal d'alarme chez les bambins d'un an. J'emprunte un étroit couloir en direction de la salle de bain, Evelyn sur mes talons. Quand je me retourne vers elle, elle a un regard de fouine, noir comme le granit. En un éclair, je replonge dans mon rêve, avec ces ongles dans mon dos, tout près de m'attraper. Est-ce qu'elle va me plaquer au sol, comme Ruth ? Je déglutis péniblement et nous passons devant une chambre qui doit être celle de Buster. J'y jette un bref coup d'œil. Il n'y a aucun meuble dans la pièce à part un berceau sur pied. Une peluche gît au sol, un lapin bleu, aux oreilles tellement sucées et collantes de saleté qu'on dirait que la peau du lapin est passée dans un moteur.

« La salle de bain est là. » Evelyn tire sur mon blouson et je sursaute. « Poussez plus fort », dit-elle en le faisant à ma place.

J'entre et je referme la porte derrière moi, écartant du pied un lourd sac poubelle noir. Pas de rideau de douche, pas de savon. J'inspire profondément, les yeux fermés, quelques secondes, parce que ma sœur est *partout* ici.

Il y a une petite armoire de toilette blanche au-dessus du lavabo. J'en ouvre la porte tachée, fouille parmi les flacons de paracétamol sans couvercle et les cotons-tiges teintés de brun, à la recherche de preuves visibles de toxicomanie. Rien. Ils cachent leur dope ailleurs. *Merde.*

Je tire la chasse d'eau, enfin j'essaie, la manche de mon blouson descendue le plus bas possible sur mes doigts. Dans le couloir, Evelyn m'attend, son fils sur la hanche. Nous revenons en silence à la porte, où attendent Minerva et Frank.

« C'est bon ? » demande Minerva. Elle se lance dans un au-revoir enjoué et essaie une nouvelle fois de leur tendre sa carte de visite. « On reste en contact alors. Ça s'annonce bien. Ne vous inquiétez pas, on va tous travailler dans le même sens. »

Ni Frank ni Evelyn ne prennent sa carte. Elle la pose sur le comptoir.

« Appelez-moi si vous avez besoin d'aide ou s'il y a une urgence », dit-elle en descendant à reculons les marches de la véranda. Nous les laissons tous deux là, sur le seuil, Buster masqué par les bras maigres de sa mère.

Dans la voiture, Minerva se tourne vers moi. « Ça s'est bien passé. » Elle tire diverses manettes de chaque côté du volant, en essayant de trouver le clignotant gauche.

« Quoi ?

— Cette visite. Tu ne crois pas ? Ils se débrouillent beaucoup mieux. Je sens qu'on va pouvoir les aider. »

Elle a perdu la tête. Si elle croit que Buster est en sûreté dans un environnement pareil, elle ne fait qu'augmenter les risques qu'il court. « Minerva, cette maison était dégueulasse. Et l'odeur ?

— Quelle odeur ? » Elle fait demi-tour en empiétant sur la voie de droite, obligeant les voitures à ralentir.

« Celle de la bière éventée. La même odeur que le blé au moment de la récolte. » Je frissonne.

« Tu ne t'es toujours pas habituée à ça ?

— Non, et je n'en ai pas l'intention. Comment peux-tu accepter la situation de ce gosse ? Il y avait de vrais signes d'abandon.

— Il faut être prudents en utilisant ce terme, dit-elle vivement. Ce n'est pas parce que les Floyd ont des problèmes qu'ils n'aiment pas leur enfant, ou qu'ils sont incapables de s'en occuper. Il leur faut juste quelques soutiens. »

Pour ne pas serrer les poings, je glisse les mains sous mes cuisses. Minerva a peut-être plus d'années d'expérience que moi dans ce métier, mais depuis tout ce temps, elle n'a pas encore compris que la protection de l'enfance est un oxymore. Même quand nous sauvons des gamins ou que nous les éloignons de leurs parents, des travailleurs sociaux comme elle les rejettent dans la mêlée. *Suffisamment en sécurité*, c'est sa devise – pas la mienne. Nous roulons trop vite, en silence.

Au bout d'un moment, je ne peux plus me retenir. « Ils ne lui changent même pas ses couches ! dis-je. Je parie qu'on aurait vu des marques partout sur son dos, si on avait fait l'effort de l'examiner. » Je sais que j'ai l'air irascible, mais je m'en fiche. Parce que moi, je fais correctement mon boulot. J'essaie de protéger un enfant.

« Tu connais le règlement. Il n'y avait pas de motif pour le leur enlever, Alex. Ils n'étaient pas camés. Ce dont, soit dit en passant, je suis très fière. Et il n'y avait aucun signe de mauvais traitement. Ils ont juste l'air d'être débordés. » Les jointures de ses mains blanchissent tandis qu'elle s'agrippe au volant. « Aimer quelqu'un et le protéger, ça ne se recoupe pas toujours. »

Facilitatrice. Elle s'oblige à voir ce qu'il y a de meilleur chez les gens parce qu'elle ne supporte pas le conflit. Et elle ne veut pas reconnaître l'impuissance qu'on ressent, nous, les vrais travailleurs de la protection de l'enfance, à devoir suivre leur putain de « procédure », qui ne profite à personne, et surtout pas aux enfants dont les besoins restent sans réponse. Elle met la barre trop bas et elle refuse de le voir. Je regarde par la fenêtre sans rien dire.

Le reste de la journée est rythmé par de la paperasse et des coups de fil lugubres. J'ai plus de vingt dossiers à régler, certains sont des incidents signalés, d'autres nécessitent d'enquêter activement. C'est une véritable foule d'enfants que j'essaie désespérément de sauver. En faisant défiler les messages laissés sur ma boîte vocale – la plupart provenant de parents biologiques, souvent incohérents ou haineux –, je pense à toutes ces portes devant lesquelles je monte la garde pour ces gamins, sans qu'aucun d'eux ne sache vraiment que c'est moi.

Quand seize heures arrivent, je suis contente de rentrer à pied au loft. En pénétrant dans l'appartement, je vois Chase, en caleçon et en chemise jaune au col relevé, qui coupe des tomates en dés. Il se tourne en m'entendant arriver.

« Salut, beauté ! » dit-il sans lâcher son couteau de cuisine. Côté salon, la télé diffuse un match de base-ball et les scores de tous les autres matchs défilent au bas de l'écran. « Tout va bien ? »

Il me pose toujours la question. Mais comment les choses pourraient-elles bien aller ? Il faut être juste, il n'a pas vu ce que j'ai vu aujourd'hui. Il ne sait pas ce que je sais. La rondeur de la couche pleine de Buster. Son petit visage enfoncé dans le coussin du canapé. L'apathie absolue de ses parents. Le monde de Chase est bien plus lumineux que ça. Tant mieux. Et cette lumière me maintient à flot. C'est ce que j'aime le plus chez lui.

Je souris. « Tout va presque bien. »

« Rude journée ? » Il se rince les mains, m'attrape un verre à vin dans le buffet et sort une bouteille de vin blanc frais du frigo. « Je ne sais pas comment tu fais pour tenir. Tu aurais pu prendre un job dans un café, tu sais. Et te contenter de donner leur dose de caféine aux gens, toute la journée. »

Je ris un peu, comme à chaque fois qu'il suggère quelque chose comme ça, même si je ne suis pas très sûre qu'il plaisante vraiment. « Et toi, tu as passé une bonne journée ? » Je m'assieds sur le tabouret chromé face au comptoir de la cuisine et j'ôte mes baskets, les laissant tomber avec un bruit sourd. « Tu es rentré tard hier soir. Comment s'est passée la séance photo ? C'était où, déjà ? »

Chase est dans le marketing du domaine skiable local, Powderkeg. Le plus souvent, c'est lui qui apparaît sur les publicités : affiches, site Internet, pubs télé, mais je ne me souviens jamais dans quelle station de ski de la côte ouest il est en train de filmer, ni à quel moment. Il travaille surtout de novembre à avril, mais il y a toujours une séance ou deux les mois d'été, pour annoncer la saison à venir. C'est agréable de l'avoir souvent à la maison à cette période de l'année, cependant. Il m'aide beaucoup à préparer les repas.

« On a juste tourné quelques scènes pour les pubs de l'année prochaine. » Il inspecte la bouteille de vin, les yeux dans le vague. « Des plans d'intérieur et d'extérieur à Breckenridge. Ça avait l'air super. Ils ont fait plein de gros plans sur moi, et le réalisateur était vraiment content.

— Ça ne m'étonne pas. Tu vas devoir repartir, cet été ?

— Non, je crois que c'est fini, maintenant. » Chase ouvre la bouteille et remplit généreusement le verre, qu'il pousse vers moi. « Je suis en vacances.

— Tant mieux. Tu me manques quand tu t'en vas. »

Chase tend la main pour prendre la mienne, mais je la retire. Je n'ai pas encore pu me laver les mains comme il faut. Si je lui disais ce que j'ai touché aujourd'hui, il serait horrifié. Son sourire s'éteint. « Tu as faim ? »

Je fais non de la tête. « Je dois d'abord prendre une douche. Je veux me laver de cette journée.

— Ah. » Pendant une seconde, je l'imagine me reprendre le verre de vin. « J'ai fait une nouvelle recette de dinde au quinoa. C'est de la bouffe paléo. Pleine de bonnes protéines. Mais je peux décaler un peu. On pourra manger dans, disons, une vingtaine de minutes. » Il reprend son couteau et se remet à détailler les tomates, dont la peau se laisse facilement couper.

« Ça serait parfait. » Je bois une gorgée de vin frais, puis me laisse glisser du tabouret. Dans la salle de bain, je me débarrasse de mes vêtements. Être assistante sociale me donne envie de me passer chaque jour tout le corps à la brosse de fer. Je me demande un instant si le boulot de Sully lui fait le même effet. Après une douche rapide, je reviens à la cuisine, m'essuyant les cheveux dans une serviette. Par la baie vitrée ouverte, j'entends une mésange chanter sa chanson à deux notes, dans la rue. C'est alors qu'on frappe à la porte. Chase, torchon sur l'épaule, s'arrête dans son geste.

« Tu attends quelqu'un ?

— Non, personne. »

J'enroule la serviette autour de mon cou et je vais ouvrir la porte. Je distingue tout d'abord un visage, dont la pâleur contraste avec ses cheveux noirs. Des cheveux longs, familiers. Des yeux bleus, abîmés. Immédiatement, je sens mes genoux manquer de se dérober sous moi, comme si j'allais tomber. Je me couvre la bouche à deux mains et je reste plantée là à la dévisager.

C'est elle. Ruth Van Ness. Ma sœur.

Ruth

Nous vivons tous plus d'une vie dans une vie. Je l'ai toujours pensé. Mais quand Alex ouvre la porte de son loft luxueux, son visage est resté celui d'une petite fille de huit ans, à peine modifié pour épouser un corps d'adulte. Elle n'a perdu ni ses taches de rousseur, ni ce regard effarouché, comme si on venait de lui annoncer que c'est son tour de faire un exposé devant la classe alors qu'elle n'a rien préparé. Mais elle est svelte et belle avec ses cheveux auburn et ses bras longs comme ceux d'une danseuse de ballet. Malgré tout, il lui reste quelque chose de brouillon, d'inachevé, une sorte de confusion de l'âme qu'elle aurait gardée depuis l'enfance. Ça fait dix ans que je ne l'ai pas vue.

« Bonjour, dis-je en me raclant la gorge. Je me disais qu'il était temps. »

Elle reste plantée sur le seuil, bouche ouverte. Je ne suis peut-être pas très belle à voir ; je ne suis peut-être même pas la bienvenue. J'ai fait un choix, il y a longtemps, et en le faisant, j'ai scellé mon destin. Mais plus rien de tout ça ne compte à présent.

« Je peux vous aider ? » Un type au physique si parfait qu'il doit être mannequin s'avance derrière elle. « Alex, qui est-ce ?

— Ma sœur. » Ces deux mots râpent comme du papier de verre.

« Tu es sérieuse ? » Mister Mannequin ouvre la porte en grand et je vois qu'il remarque le bord de mon sweater qui s'effiloche. Il ressemble à une pub pour Gap, tout en couleurs pastel et en attitude positive. « Hé bien… Salut ! Wow. Alex m'a toujours dit que…

— Je lui ai dit que tu n'étais pas du genre à venir nous voir, Ruth. » Ma sœur lui adresse un coup d'œil lourd de sous-entendus. « Voilà ce que j'ai dit.

— Oui, ça fait longtemps…

— C'est le mot. Longtemps. » Alex hésite puis s'écarte et j'entre en passant devant eux. L'odeur du type est envahissante, comme au rayon parfums des grands magasins. Le loft est tout blanc, avec un plafond voûté. J'ai l'impression d'entrer dans une galerie d'art et de devoir faire attention à ne toucher à rien.

« Chouette endroit », dis-je en déposant doucement mon sac au sol pour ne pas faire de bruit.

« Ouais, merci ! » Le type regarde Alex sans vraiment savoir quoi faire. Puis il attrape mon sac et l'accroche à un porte-manteau à côté de la porte. « Je l'ai eu à un bon prix, grâce à des potes. Entre, assieds-toi. Mets-toi à l'aise. »

Il parle comme s'il savait que j'ai vécu l'enfer, comme s'il pouvait le lire en moi. Alex, elle, semble avoir été vidée de tout son sang. Le type m'indique un divan de designer sur lequel je m'assois, tout au bord de peur d'y laisser une empreinte. *C'est ici que vit Alex ?* Ça ne lui ressemble pas du tout. En tout cas ça ne ressemble pas à la gamine que j'ai connue. Personne ne parle ; nous restons assis. À simplement nous dévisager. Une minute passe.

« Qu'est-ce qui t'est arrivé ? » finit par demander Alex. Elle a les bras croisés sur le ventre, comme si ma présence la rendait physiquement malade.

Je pourrais lui poser la même question : *Où étais-tu pendant dix ans ?* Mais je n'en fais rien.

Soupçonneuse, elle me dévisage de ses yeux gris fer. Mais le miroir fonctionne dans les deux sens : elle a changé – elle reste familière, mais ce n'est qu'une silhouette d'elle-même, ces années passées loin de moi l'enveloppent comme un linceul. Je n'aurais peut-être pas dû venir ici, mais avais-je le choix ? J'ai acheté un billet. Je suis montée dans le bus. Je me suis enfuie en espérant ne jamais regarder en arrière. Et pourtant, en cet instant, le passé est juste en face de moi.

« Donc si je comprends bien, on est chez toi ? demandé-je à Mister Mannequin plutôt que de répondre à la question d'Alex.

— Oui, pardon. » Il se penche vers moi. « Chase Kennedy, je suis le petit ami d'Alex, et ça, c'est mon appartement. Enfin, on vit ensemble ici. Ta… sœur et moi. » Il me tend, en frôlant Alex, une main que je serre mollement. Je n'aime pas ses doigts. « Et toi, tu t'appelles Ruth ? C'est bien ça ? »

Nouvel échange de regards entre eux, un échange qui me donne l'impression d'être un fantôme qui se serait mis tout à coup à hanter quelqu'un. Que lui a-t-elle dit de moi ?

« Oui. Ruth. Je suis la sœur d'Alex. Depuis toujours.

— Excuse-moi, coupe-t-elle. Mais tu débarques ici sans prévenir… C'est un peu… un choc. »

À sa façon de me dévisager, il est assez clair que ce choc ne lui est pas agréable.

Chase fait une nouvelle tentative. « Tu es dans le coin pour un moment, Ruth ? Tu es la bienvenue ici. »

Alex se raidit comme un piquet. « Ça m'étonnerait. Elle n'a sans doute pas envie de rester. »

Le regard de Chase passe d'Alex à moi, revient à elle, comme si nous jouions un match de tennis.

« Je vais vous laisser tranquilles une minute et prendre une douche pendant que vous… papotez. » Il se lève, effleure le bras d'Alex, cherche sur son visage une forme d'explication.

Mais Alex l'ignore et je vois que ça l'agace. Sa nuque se raidit. « Enlève ton manteau, Ruth. Tu vas bien rester dîner ? »

Sa question attire l'attention d'Alex, mais elle reste muette.

« Merci », dis-je.

Il hésite, mains sur les hanches, puis disparaît à l'autre bout du loft, derrière une cloison japonaise coulissante, presque translucide. Alex reste assise, raide.

« Bon, pourquoi es-tu ici ? Et où étais-tu, depuis tout ce temps ? Tu ne m'as rien dit. » Elle a les poings serrés contre son ventre.

J'ignore le sarcasme. « J'étais dans l'Est. J'ai pas mal bougé. Tu as l'air en forme.

— Tu étais avec lui ? Avec Hal ? » Elle n'arrive pas à masquer l'effort que lui coûte le fait de devoir prononcer son nom à voix haute.

Hal Nightingale, le paumé aux jambes maigres avec qui je sortais, que mon père et elle méprisaient et qui travaillait dans notre ferme, cet été-là. La stéréo de sa voiture, une Plymouth Duster, était tellement naze que le rock qu'il écoutait à fond était tout distordu. Je parie qu'elle croit que je l'ai épousé. Elle n'a jamais compris pourquoi je traînais avec lui, sauf qu'elle le savait très bien. Elle savait le poids de la réprobation qui me poussait de ce côté, la lourdeur des reproches.

« Je l'ai largué il y a longtemps, dis-je. Tu es au courant que ça fait dix ans ? »

Elle écarquille les yeux, l'espace d'un instant. « Ah. Tant mieux pour toi. » Mais je sais qu'elle pense : *Menteuse !*

« Tout va bien Alex ? Tu as quelque chose à me dire ?

— Il n'est pas un peu tard pour ça ? »

Mon plan ne fonctionne pas. « Regarde cet endroit », dis-je en me forçant à prendre un ton léger. Mais je ne peux pas m'empêcher d'ajouter : « Ça ne te ressemble pas du tout. »

« Qu'est-ce que ça veut dire ? » Alex tire sur une longue mèche de cheveux et se met à la suçoter, exactement comme quand, petite, elle se sentait acculée. Nous restons assises en silence un moment, une minute atrocement guindée qui ne ressemble en rien à des retrouvailles familiales. Je finis par désigner la photo géante imprimée sur toile près de la porte, l'unique œuvre d'art de tout le loft.

« Qui est-ce ?

— C'est Chase. Il est skieur professionnel. Ou plutôt il l'était. Maintenant, il travaille pour Powderkeg, la station de ski du coin. »

Je contemple la toile. Quel genre de type est capable d'accrocher une putain de gigantesque photo de lui-même à son propre mur ? Comme si c'était un signal pour faire son entrée, Chase émerge de sa douche qui a dû lui prendre trente secondes. Il a eu peur de nous laisser seules plus longtemps, c'est ça ?

« Je vais me changer, dit-il, et on pourra dîner. Prenez votre temps, il n'y a pas le feu. Vous devez avoir beaucoup de choses à vous raconter. » Il nous adresse un grand sourire et se dirige vers ce qui ressemble à un dressing.

Quand je bouge pour croiser mes jambes, l'angle pointu de la table basse en verre me poignarde le tibia. Je grimace. Chase n'a qu'à moitié raison. Alex et moi avons beaucoup de choses à rattraper mais nous n'en faisons rien. Il y a tant à dire que nous sommes incapables de parler. Je n'ai peut-être pas vu ma sœur depuis ses quinze ans mais je devine déjà quel genre de vie d'adulte elle mène, une vie facile – tout le contraire de la mienne – avec son cortège de mensonges ; toute notre famille, moi y compris, délibérément oubliée. Pourtant, nous sommes faites du même bois. Ça finira forcément par se voir.

« C'est un optimiste, ton mari, non ? Il a l'air d'avoir un naturel enjoué. »

La chaleur lui empourpre la gorge. « On n'est pas mariés. » Elle baisse les yeux, remarque le tatouage au creux de mon poignet gauche ; la flèche, sa pointe dure, aiguë. Mais elle ne fait aucun commentaire. « Il t'a déjà dit que c'était mon petit ami. On vit ensemble, mais on n'est pas mariés. »

« C'est autorisé ? » J'esquisse un sourire, qu'elle ne me rend pas. « Papa deviendrait fou. »

Elle essaie de répondre, s'arrête. Puis réessaie plusieurs fois.

« Tu es au courant, pour papa ? finit-elle par demander. Tu sais ce qui lui est arrivé ?

— Qu'il est mort, tu veux dire ? » dis-je.

Un temps, puis un air de chagrin. « Alors tu l'as su. » Elle renifle. « C'était il y a quatre ans. J'ai quitté Horizon juste après sa mort.

— Je ne peux pas te le reprocher. C'était un trou pourri, il faut le reconnaître.

— Et maman ? Tu as su aussi, pour elle ?

— Écoute Alex, je ne suis pas venue ici pour…

— Si tu as eu mes messages, pourquoi tu ne m'as pas répondu ? Pourquoi tu n'es pas rentrée à la maison ? » Elle a des questions plus importantes que celles-là à me poser, pourtant. Elle en a forcément.

« Tu sais très bien pourquoi », dis-je.

Alex est assise toute raide à côté de moi sur le divan revêche. Je perçois son sang-froid animal, la précision de sa respiration. « Alors pourquoi es-tu venue ? »

Je pose les deux mains sur mon ventre, je les laisse souligner le petit arrondi encore peu visible. Elle baisse le regard sur mes mains, revient à mes yeux, jusqu'à ce que la lumière se fasse.

« Non, finit-elle par dire. Non. »

« Si, sœurette, dis-je. Je suis enceinte. »

Alex

Nous sommes assis, serrés à un bout de l'îlot central de la cuisine, pour manger le plat paléo que Chase a préparé, nos bols presque à touche-touche. À côté de moi, Ruth enfourne ses bouchées comme si elle n'avait rien avalé depuis des semaines. Elle tient toujours sa cuiller comme un guidon de vélo. Papa a bien dû la reprendre cent fois là-dessus.

« Alors, tu es de passage ? Ou bien… ? » Chase laisse la vraie question en suspens.

« Je n'ai encore rien décidé », répond Ruth, la bouche pleine, en projetant une miette de quinoa sur le plan de travail en marbre.

« Elle est enceinte », dis-je en repoussant mon bol. J'ai mangé à peine deux bouchées. Le quinoa colle à ma langue comme du sable.

« Ah bon ? » Un peu d'eau coule sur le menton de Chase. « Okay. Hé ben… wow ! Félicitations, alors. » Il me consulte du regard pour savoir s'il a répondu ce qu'il fallait, mais mon émetteur est hors service.

« Avoir un bébé, c'est un peu comme renaître. » Ruth pose sa cuiller. « N'est-ce pas, Alex ? »

Je ne dis rien, je me concentre pour inspirer et expirer calmement.

« Mais il faut faire les choses correctement. Je dois lui construire un nid. Je dois le faire avant que le bébé naisse.

— Un berceau, tu veux dire ? » Chase remplit mon verre de vin en m'observant.

« C'est une métaphore. » Je réponds d'une voix aussi neutre que possible. « Elle veut dire qu'elle projette d'être une bonne mère. » A-t-elle effacé de sa mémoire tout ce qui s'est passé ? Si elle croit vraiment qu'elle est capable d'être mère, c'est qu'elle a tout oublié. J'ai la main qui tremble en levant mon verre.

Chase meuble le silence. « Un nid, c'est une très bonne idée. Et… où comptes-tu le faire ? »

Je sais qu'il fait de son mieux, mais il prend tellement tout au pied de la lettre… C'est comme s'il était arrivé à la moitié du film et qu'il essayait de deviner l'intrigue.

« C'est très bon, ton truc », dit Ruth. La bonne vieille stratégie de l'évitement. Classique.

« Merci. Tout est bio et local. » Chase jette un œil par la baie vitrée, comme si le temps menaçait, mais il n'en est rien. « Alex, il commence à se faire tard. Ta sœur reste ? Ou est-ce qu'on t'emmène quelque part, Ruth ? Tu as un endroit où… »

J'ai la main crispée sur mon verre. « Elle peut rester ici, dis-je. Mais seulement cette nuit. Après, elle devra se trouver quelque chose de mieux.

— Merci », marmonne Ruth. Tête baissée, elle continue à manger.

Ensuite, nous l'installons avec des draps propres sur le canapé et Chase lui tend une serviette. Elle ne se douche pas. Le sac qu'elle a apporté reste suspendu près de la porte d'entrée. S'il y a une brosse à dents à l'intérieur, elle ne va pas la chercher. Une fois établi que le canapé est à elle pour la nuit, Chase et moi ne pouvons plus regarder la télévision, nous détendre ni aller nulle part excepté à l'autre bout du loft, là où se trouve notre chambre. J'emballe quelques provisions à la cuisine pour ma *lunch box* de demain, tandis que Ruth reste assise en me tournant le dos. Nos *Bonne nuit!* sont secs et sans conviction.

« Elle n'est pas du tout comme je m'y attendais », murmure Chase quand nous entendons Ruth se diriger vers la salle de bain. L'entrebâillement de la porte de notre chambre laisse filtrer la lumière qu'elle y a allumé. Je me déshabille prestement, comme si on me chronométrait.

« Tu m'as dit que tu pensais qu'elle était morte », s'étonne-t-il.

Je ne mords pas à l'hameçon. Je n'ai rien à dire. Il est hors de question que je m'explique.

Il se met au lit et s'assoit, jambes croisées – un gosse avec une large poitrine d'homme. « Dans ma tête, je m'étais imaginé que si elle était vivante, elle devait fouiller les poubelles pour manger, ou parler toute seule aux pigeons pour les engueuler. Mais elle a l'air… normale. Pourquoi elle débarque maintenant, d'après toi ?

— Je n'en sais pas plus que toi.

— Vraiment ? Tu m'avais dit qu'elle était camée.

— Elle l'est. Elle l'était. La dernière fois que je l'ai vue, elle l'était. » Je jette mon T-shirt au sol. « Écoute, elle a abandonné toute ma famille. Elle s'est enfuie, elle a rompu avec tout le monde, on ne l'a plus jamais revue. Je ne savais pas ce qu'elle était devenue. C'était une épave. J'ai seulement supposé le pire. »

Il me fusille du regard, comme si je ne m'excusais pas suffisamment.

« Quand il s'agit des détails de ma vie, Chase, tu n'es pas un grand spécialiste du décodage. Ça t'intéresse à peine.

— Ne retourne pas le problème, tu veux ? À chaque fois que je te pose des questions sur ton passé, tu me réponds par monosyllabes ou en haussant les épaules. Et puis, je m'en fiche qu'elle soit là. Après tout, c'est ta sœur. C'est ta famille. » Il serre les dents. « Je voudrais juste savoir qui j'accueille chez moi.

— Pardon ?

— Chez nous. » Il soupire. « Tu as toujours dit que ta sœur était un nid à embrouilles. Alors, c'est vrai ou non ?

— Pourquoi tu ne décides pas toi-même ? C'est toi qui l'as invitée à rester dîner. »

Je me débarrasse de mon pantalon que je laisse aussi traîner par terre.

« J'ai fait ça pour être gentil ! Je ne savais pas comment réagir. Faut dire que tu n'as pas donné beaucoup d'indices pour m'aider. » Il souffle profondément, ouvre la couette pour m'inviter dans le lit et je me glisse dessous. Quand il reprend la parole, sa voix est douce. « Écoute, je sais que c'est un gros choc. Essayons de rester calmes et de parler de manière raisonnable, d'accord ? Ce que je veux vraiment savoir, c'est pourquoi elle est là. Pourquoi elle cherche à te revoir maintenant, alors qu'elle est enceinte ? »

Chase ne sait pas qu'il joue avec le feu. Comment pourrait-il le savoir ?

« Il faut être prudents », dis-je, les bras autour des genoux.

Chase me frotte le dos maladroitement, comme un ours qui s'appuie à un arbre. « Pourquoi ?

— Elle a fait les quatre cents coups. Elle a fait vivre l'enfer à mes parents. Elle m'a fait vivre l'enfer à moi aussi. » Le passé me prend à la gorge et je déglutis un grand coup pour l'empêcher de remonter. « Elle prétend construire des choses quand en fait elle les détruit. Elle m'a fait du mal, Chase. Je ne veux pas qu'elle recommence à m'en faire – ni à moi, ni à toi. »

Chase renonce à sa tentative de massage. « Je ne comprends pas très bien ce que tu veux dire, Alex. Qu'est-ce qu'elle a fait exactement ?

— Gamine, elle était du genre à emprunter un jouet et à le rendre cassé.

— Oui, mais vous êtes toutes les deux adultes, maintenant. Mon frère me piquait mes gants de ski et les déchirait en grimpant aux arbres. Mais on avait dix ans. »

Je ferme les paupières un instant, ma gorge se serre à nouveau tandis que je me représente la famille parfaite de Chase ; son père banquier, sa mère branchée yoga et son frère, Brad, qui passe le plus clair de son temps sur un voilier. Ils vivent à Nantucket maintenant, tous les trois, mais Chase est resté dans l'Ouest à cause de sa carrière. Il a grandi dans la plus parfaite insouciance. C'est une des choses que j'aime chez lui : son innocence infinie. Mon enfance à moi a été bien différente.

« Ruth a fait une connerie, il y a des années, qui a tout chamboulé dans ma famille. Et puis elle en a fait des centaines d'autres. Elle est partie parce que mon père l'a reniée. Il n'avait pas le choix. »

Chase ne commente pas.

Tu vois ? pensé-je. *Tu ne veux pas savoir. Sinon, tu me demanderais pourquoi.*

Il bat son oreiller plusieurs fois avant de s'y adosser.

« Tout ce que je sais, c'est que tu fais beaucoup pour les familles des autres. Et elle, c'est ta sœur. Elle va visiblement beaucoup mieux que la dernière fois que tu l'as vue.

Les choses ont peut-être changé, à présent. Tu devrais essayer un peu, voir si tu peux l'aider…

— Elle est toxique.

— Wow ! C'est plutôt dur. Elle ne me paraît pas si méchante. »

Il change de position pour coller son dos contre moi et je m'allonge aussi, mais je sais que je ne pourrai pas fermer l'œil. J'ai envie de dire : *Elle est plus rusée que nous, tu sais. Et je me fous d'avoir l'air insensible. Je me fous de ce qu'elle pense de moi, et tu devrais faire de même.* Mais je ne dis rien, et il plonge dans le sommeil en quelques minutes. C'est comme s'il lui suffisait d'actionner un interrupteur pour s'endormir instantanément. Je déteste ça.

J'écoute la douceur de son souffle, puis j'entends les pas feutrés de ma sœur qui sort de la salle de bain et retourne sur le divan. Pour la première fois depuis dix ans, je suis allongée dans le noir, près de ma sœur. Je reste étendue, raide, j'ai peur qu'elle soit une araignée, qui va se mettre en mouvement dès que je n'y ferai plus attention.

J'ai eu plusieurs fois l'occasion, par le passé, d'en dire plus à Chase sur Ruth, de lui faire un portrait détaillé de ma famille, de lui raconter tout ce qui s'est passé à Horizon. Mais la vérité, c'est que je suis passée à autre chose et que je ne veux pas regarder en arrière. Je me suis débrouillée avec le gâchis que m'a laissé Ruth. Et c'est fini. J'ai une vie stable ici ; je suis assistante sociale, j'aide les gens – et je ne vais pas la laisser tout foutre en l'air.

Le salon est silencieux mais je sais qu'elle ne dort pas. Je me souviens encore des rythmes de son sommeil. C'est peut-être ça, la véritable intimité : savoir comment l'autre respire en dormant. Connaître ses habitudes et prévoir sa façon de bouger. Dans notre chambre d'enfants, nos lits étaient si proches que Ruth et moi pouvions nous toucher en tendant la main. Une fois, en CE1, j'ai volé un trésor sur le bureau de l'institutrice. C'était une pierre ronde en basalte, aussi lisse que de la peau. Notre institutrice la passait sous l'eau chaude et confiait ce trophée tiède à l'enfant qui avait le mieux réussi ce jour-là. Pas une fois elle ne me l'a donnée. Quand je l'ai volée, je l'ai cachée dans le conduit d'aération de notre chambre. Je la caressais de l'index quand Ruth m'a vue.

« Alex », a-t-elle dit en venant tout contre moi. Elle a tendu la main et replacé une mèche de cheveux qui tombait sur mon front. « Je te trouverai une pierre parfaite, rien que pour toi. Mais remets celle-là en place demain, avant que l'institutrice ne remarque qu'elle a disparu. » À cette époque, je pouvais encore compter sur elle pour me défendre.

Ruth a quitté la ferme à vingt ans, sept ans après avoir fait voler en éclats notre famille. Maman ne voulait pas qu'elle parte, même si elle était incapable de le dire à voix haute. Chaque fois que Ruth passait devant elle, les bras chargés de ses affaires dont elle remplissait la voiture ridicule de Hal, son petit ami, Maman lui effleurait l'épaule ou le bras. Mais Ruth ne s'arrêtait pas. Hal lui avait offert une carte *Vous êtes libérée de prison* et elle l'avait saisie. Il a démarré en faisant crisser ses pneus, ensevelissant ma mère sous les décibels du rock craché par sa stéréo. Je suis convaincue qu'il est le père du bébé de Ruth. Elle peut bien dire que non, que Hal appartient au passé, je n'y crois pas une seconde.

Deux étés après son départ, papa a trouvé maman face contre terre dans le champ derrière la maison. Elle avait l'habitude de sortir marcher un peu toute seule le soir.

Crise cardiaque, ce qui paraît logique si on fait la liste des organes les plus susceptibles d'accumuler la tristesse. Ils ont dit que c'était arrivé d'un coup, mais je crois que c'est en partie faux. Ce fut lent et insidieux, et Ruth était la cause de tout ça.

J'ai passé des années à démêler tout ce que Ruth avait fait, à m'en détacher, à m'élever au-dessus de tout ça. Je doute qu'elle ait agi de même. Elle n'est certainement pas venue pour faire amende honorable.

Je l'entends dans le salon s'agiter et se retourner. Je repousse la couette et sors du lit en silence, de peur de réveiller Chase. Elle a dû m'entendre elle aussi parce qu'elle murmure d'une voix rauque dans l'obscurité :

« Alex, c'est toi ? »

Bien sûr que c'est moi. Et elle le sait. « Oui, c'est moi. »

Silence. Elle réfléchit. Je suis dans l'embrasure de la porte de ma chambre.

« Tu te souviens quand nous étions petites et que le vent soufflait sur la maison ? » Il y a un sourire dans sa voix. « Tu croyais que c'étaient des lions qui rugissaient. »

J'étais si frêle alors que je pouvais me pelotonner entièrement contre elle pendant qu'elle me serrait dans ses bras. Elle restait ainsi, voûte protectrice au-dessus de moi, jusqu'à ce que je m'endorme. Mais nous n'étions pas que deux, alors. Le souvenir est vif, viscéral. Je sens qu'il est là avec nous, blotti près de Ruth et de moi, si proche que je perçois le petit battement de son cœur. Je sais ce que Ruth est en train de faire, elle essaye de m'attendrir. Pourtant je la laisse faire. Je referme la porte de ma chambre et je descends les quelques marches pour m'approcher d'elle. « On était sûres que les lions étaient juste sous nos fenêtres. »

Nos voix sont une caresse de velours sous ce haut plafond voûté. J'allume la veilleuse près de la télévision.

« C'est mieux, dit Ruth. Je ne peux pas dormir, ici. C'est trop calme, et le frigo n'arrête pas de vibrer. »

Je ne réponds pas. Elle est assise, recroquevillée comme une clocharde sur un banc public.

« Alex, reprend-elle en murmurant encore plus doucement. J'ai vraiment besoin de ton aide. »

Elle n'a encore jamais dit ça. Pas une seule fois. J'ai des frissons dans le dos. Je m'assieds à côté d'elle. Elle tire sur le drap pour m'en envelopper les épaules, mais j'écarte le tissu d'un geste.

« Tu veux bien m'aider ? »

Une vague gonfle au plus profond de moi, une ondulation, une houle. Ruth est en train de déplacer un rocher au fond de l'océan, et je crois que je n'ai pas envie qu'on le bouge.

« Tu es ma sœur. Mon unique sœur. » Elle se rapproche. « En tout cas, je me suis dit que ce serait bien de venir ici. »

Elle tend le bras pour repousser mes cheveux de mon visage, comme à l'époque, mais je m'écarte.

« Bien pour qui ? demandé-je. Pour toi ?

— Oui… oui, j'imagine que oui, mais bien aussi pour toi. Après tout ce qui est arrivé, Alex, je me suis dit que c'était le bon moment. Nous avons toutes les deux commis des erreurs. »

Toutes les deux ? Si j'ai fait des erreurs, Ruth était immanquablement au cœur de chacune d'elles. Comment sa venue ici, enceinte et sans ressources, pour me demander de l'aide, pourrait-elle me faire du bien ? Je respire profondément et je me rappelle les paroles de Chase sur la famille, l'importance d'être là pour les autres.

« Tu es clean ? » demandé-je.

Elle hoche la tête.

« Vraiment ?

« Oui, Alex. Oui. Ça fait des années que j'ai arrêté. » Elle jette un coup d'œil vers les porte-manteaux à l'autre bout de la pièce, là où son sac est suspendu dans l'obscurité.

« Complètement. À cent pour cent. Je suis clean, et sobre.

— Bon, c'est bien », dis-je. Je ne la crois pas vraiment. Mais ça semble différent, cette fois. Avant, elle fuyait les questions, glissait comme une anguille.

« Allez dors, maintenant. On reparlera de ça demain matin. » Je repars sur la pointe des pieds vers mon lit, vers l'ardoise vierge rassurante qu'est Chase. La demande de Ruth reste en suspens, mais je refuse d'y répondre maintenant. J'ai besoin de temps pour réfléchir.

« Bonne nuit, Alex, dit-elle. Ça pourrait te faire du bien aussi, tu sais. »

Je sens le feu monter dans mon ventre, mais je ne me retourne pas. Je ne mords pas à l'hameçon. Je ne me risquerai pas à prononcer un mot de plus.

Ruth

Je m'éveille au son d'un mixeur qui pile de la glace dans la cuisine. La matinée est déjà bien avancée, à en juger par la lumière qui se déverse par la fenêtre. Je m'assieds, enveloppée dans mon drap, et je découvre Chase face à l'îlot central.

« Salut, dit-il en ôtant le couvercle du mixeur et en mélangeant son contenu avec une cuiller. Désolé pour le bruit. J'ai dû te réveiller. » Il est en tenue de sport, avec une énorme montre au poignet. « Je fais un jus de baies d'açaï, c'est bon pour les défenses immunitaires. Prends-en un verre, si tu veux.

— Ça va, merci, dis-je.

— Tu ne sais pas ce que tu perds. » Il tend le bras vers un placard et s'empare d'un des verres parfaitement alignés qui s'y trouvent. Il y a aussi des tasses à café, blanches, régulièrement espacées.

« Où est Alex ? » Tout est si silencieux ; même avec la fenêtre ouverte, pas un bruit n'indique que d'autres gens existent. Je n'ai plus l'habitude des villes aussi petites.

« Oh, elle est partie vers sept heures. Tu as l'air d'être plutôt bonne dormeuse, non ? » Chase verse son jus visqueux et violet dans un verre. Il le goûte et se passe la langue sur la lèvre supérieure pour effacer l'épaisse ligne mousseuse qui s'y est déposée. « Elle travaille de huit heures à seize heures à l'aide sociale à l'enfance. »

L'aide sociale à l'enfance ? « Hein ? Pas possible ! » dis-je, en essayant de garder une voix calme.

Chase incline la tête. « Ne me dis pas que tu ne sais même pas quel métier fait ta sœur.

— Je n'en avais aucune idée. » Et c'est vrai. Alex a rompu tout contact après mon départ.

« Elle est assistante sociale. Protection de l'enfance. »

J'acquiesce lentement, commençant à comprendre. Protection de l'enfance. L'ironie est stupéfiante.

« Tu ne le savais vraiment pas ? » Chase repose son smoothie.

« On n'était pas exactement les meilleures amies du monde. » Je me lève, rejetant le drap en boule derrière moi.

Il prend une longue gorgée de son jus, en m'observant par-dessus le bord de son verre. Quand il a terminé, il s'essuie la bouche d'un revers de main. « Mais petites, vous étiez proches ? Vous avez grandi ensemble, non ?

— Oh, oui, on faisait tout ensemble. » Elle ne lui a rien dit du tout, je m'en rends compte maintenant.

« Mais c'était un tout petit bled, non ? Alex m'a dit qu'elle avait grandi dans le Dakota du Nord, mais en googlant le nom de la ville, Horizon, je n'ai vu que des silos à grain et des champs.

— C'est bien ça. Il n'y a que ça, là-bas. » Ce serait le bon moment pour m'éclipser poliment et aller prendre une douche ou quelque chose comme ça, mais je me sens piégée ici, dans mon caleçon d'homme et mon T-shirt trop grand.

« Je peux te poser une question ? » Chase s'assied sur un tabouret, doigts entrelacés devant lui. « Pourquoi as-tu attendu si longtemps avant de reprendre contact ?

— Ce dont je suis sûre, c'est que je ne pouvais pas attendre une minute de plus. »

Il se mord la lèvre quelques secondes. Je lui donne les réponses qu'il a envie d'entendre, et pourtant elles ne lui plaisent pas.

« Mais tu es partie subitement, dit-il. Tu n'as rien emporté avec toi. Et qu'est-ce que c'est que *ça* ? » Il désigne le côté de mon visage, jusqu'à ce que je finisse par y poser la main. « Tu as une marque. Là, près de la tempe. C'est un bleu.

— Mais non, pas du tout. » Je ramène mes cheveux vers l'avant, comme hier soir. « Ce n'est rien. Je me suis cognée à la fenêtre, dans le bus. »

Il hoche la tête doucement, comme le font les gens quand ils ne vous croient pas. Il est plus observateur que je ne l'aurais cru. C'est vrai que je suis partie en coup de vent. Faire mes bagages aurait éveillé les soupçons, et je n'étais plus en sûreté à Pittsburgh, pas après ce que j'avais fait. Je repousse ces pensées et je m'assois devant l'îlot central, en me demandant quelle va être la prochaine question. J'ai surtout envie d'en savoir plus sur Alex et lui. Je les ai entendus chuchoter la nuit dernière, mais je ne comprenais pas ce qu'ils disaient.

« Si quelqu'un t'a fait du mal, tu peux le dire, tu sais. » Chase baisse les yeux sur le comptoir. « Je ne suis pas très compétent dans ce genre de situation, mais tu pourrais m'en parler. »

Je souris. Si Chase était au courant de mes ennuis, il me jetterait hors de son appartement sur-le-champ et fermerait la moindre porte, la moindre fenêtre à double tour.

« Ton appart' est vraiment chouette, Chase, dis-je en changeant de sujet. Où sont les assiettes sales d'Alex, les miettes de toasts qu'elle a laissées ?

— Ses quoi ?

— Laisse tomber. Alors comme ça… Alex travaille avec des enfants, c'est vrai ?

— Oui. Les gamins qui ont besoin d'aide. Elle est vraiment bonne pour ça. » Chase soupire, partagé entre résignation et fierté. « Je sais qu'elle n'aime pas parler des côtés plus pénibles de sa vie. Je me disais que tu en saurais peut-être plus.

— Tu l'as interrogée sur les côtés plus pénibles de sa vie ?

— Oui, mais elle n'est pas très communicative là-dessus. » Il se gratte entre les omoplates. « J'ai vraiment envie de mieux la connaître. »

J'étudie sa figure de quarterback bellâtre. Alex a toujours aimé les beaux gosses. Celui-là a l'air d'un assez brave type, mais il n'a aucune idée de la personne avec qui il vit. Il est complètement largué.

« Et… tu dis que vous étiez très proches ? reprend-il. Vous faisiez quel genre de choses ?

— Des petits trucs… On s'est éloignées à l'adolescence, réponds-je. C'est plutôt à elle que tu devrais poser ces questions. »

Il prend son verre pour le mettre dans l'évier, l'y appuie plus longtemps que nécessaire.

« Et tu fais quoi, comme travail ? » Son intonation est particulière. Il ne veut pas d'une pique-assiette chez lui.

« Le travail, la carrière, ça n'a jamais vraiment été ma priorité.

— Ah non ? C'est intéressant. Parce qu'Alex a une vraie détermination. J'aime bien attribuer aux gens un terme qui les caractérise. Je trouve ça utile, c'est comme un radar ou un GPS. Pour Alex, ce serait ce mot-là. Déterminée. »

Je pianote sur le comptoir. Visiblement, le qualificatif qu'il m'a choisi est moins flatteur, mais ça ne fait rien. Je suis habituée aux insultes sournoises et de toute façon, son GPS ne marche pas.

« Alors quoi ? Tu… ne travailles pas ? poursuit Chase.

— Pas pour le moment. » Je ne lui parle pas de notre taudis de Pittsburgh, des cendriers sur les tables, des bouteilles de whisky sans bouchon. Je ne lui dis pas ce qui s'est passé avec Hal, ni ensuite avec Eli. Je ne lui dis rien de tout ça, parce que rien de tout ça ne m'aidera. « Alex m'a dit que tu étais skieur ? » demandé-je.

Son visage s'éclaire. Bingo ! Il ne peut pas s'en empêcher. Je suis tirée d'affaire. « Je faisais des courses, oui. J'avais vraiment le niveau, pour être honnête, j'étais en équipe nationale, mais je me suis éclaté un genou à vingt-quatre ans et j'ai dû arrêter la compétition. C'est la vie.

— Oh. » J'essaie d'avoir l'air déçue pour lui.

« Mais ça va, ça s'est arrangé. J'ai fait quatre ans d'école de marketing et de gestion de station de sports d'hiver en Californie. Ici, la montagne commence à peine à marcher vraiment, et je suis sur toutes les pubs. Je suis plus porte-drapeau que dirigeant de Powderkeg, mais c'est plutôt cool, quand même. En ce moment, c'est la morte saison pour moi, mais je suis sur des affiches en quatre par trois dans tout le Colorado.

— Wow », dis-je parce que je crois qu'il veut que je sois impressionnée. Je suis tentée de lui demander si Alex skie aussi mais mon estomac se met à gronder et je me tortille sur mon siège. Chase a dû l'entendre gargouiller parce qu'il ouvre le frigo où je vois des rangées de Tupperware étiquetés et un bac à légumes plein. Dans la porte du frigo, il y a du lait de soja. Pas de ketchup. Pas de bière.

« Je te prépare un petit déjeuner ? demande Chase. Quelque chose de sain ? » Il baisse les yeux vers mon ventre, ce qui me déplaît. Instinctivement, je pose les mains sur la petite bosse.

« Tu veux dire, des toasts ?

— Non.

— Une omelette, ça serait super. Avec beaucoup de fromage, s'il te plaît. Merci. »

Chase attrape des œufs et ce qui ressemble à du jambon, pose le tout sur le comptoir. « Alex disait que vous aviez grandi dans une ferme. Ça devait être super. Une ferme à Horizon, dans le Dakota du Nord. » Il soupire comme s'il se détendait, mais je connais la suite. « Pourquoi es-tu partie ? »

Il est persévérant. *Sois prudente, Ruth.* Il ne sait vraiment rien de ce qui s'est passé. Ou peut-être qu'il sait quelque chose et que c'est un test. Il veut peut-être se sentir fort, m'obliger à le dire. Il espère que je vais plisser le front, ou blêmir. Que je vais jouer l'éplorée, la traumatisée. C'est ça qu'il veut ? C'est ce qu'elle veut, elle aussi ? Eh bien je ne jouerai pas à ce jeu-là. J'y ai joué toute ma vie.

« Il y a eu un problème, dis-je. Il est arrivé quelque chose. Il valait mieux pour tout le monde que je parte. » Mieux pour tout le monde, sauf pour moi.

« Un problème », répète-t-il. Il coupe son jambon avec un couteau ridiculement aiguisé, tout en hochant la tête. « Ta sœur et toi avez un point commun, à ce que je vois. Vous n'êtes pas très portées à vous épancher sur le passé. Je me demande bien pourquoi. »

Je cligne des yeux sans répondre. Quand mon omelette arrive, elle a un goût de carton et Chase a lésiné sur le sel. Je mange en silence et j'ai à peine fini la dernière bouchée qu'il fait disparaître mon assiette.

« Est-ce qu'Alex et toi avez décidé si je pouvais rester ici ? demandé-je pendant qu'il met l'assiette au lave-vaisselle.

— Il faut que tu en parles à ta sœur. » Il évite mon regard. « C'est son domaine.

— Son domaine, mais ton appartement. Intéressant. » Je tousse au creux de ma main. « Je crois que je vais prendre une douche – si c'est possible. »

Il balaie de la main devant lui d'un geste magnanime, même si son expression ne l'est pas. « Fais-toi plaisir. »

Je descends de mon tabouret, j'attrape mon sac accroché au porte-manteau et je vais à pas feutrés dans la salle de bain où je m'agenouille, déballant tout ce que j'ai emporté sur le tapis de bain. Un passeport, périmé. Une brosse à dents, couverte de peluches qui restaient collées au fond du sac. De toute façon, j'ai oublié le dentifrice. Mon vieux porte-monnaie. Il a appartenu à ma mère. La boîte de café d'Eli que j'ai hermétiquement fermée avec du scotch. La vieille pince à linge en bois, un de ces gros modèles cylindriques, au fût aussi lisse que de la soie, avec trois lettres, R, A et W, gravées sur le côté, que j'ai gardée à la main pendant tout le trajet en bus. Et la photo prise à la ferme l'été avant que tout ne déraille. Sur cette photo, j'ai treize ans, donc Alex doit en avoir huit. Pim, mon frère, en a quatre. C'est l'été où nous étions tous encore souriants.

Je remets le tout dans mon sac, à l'exception de la brosse à dents et de mon porte-monnaie, et je fourre le sac dans le placard sous le lavabo. Elle ne le trouvera pas. Et je lui répugne tellement qu'elle n'osera probablement jamais toucher à mon sac, de toute façon. Puis je me douche et je remets les vêtements que je portais hier.

Dans le salon, Chase est assis sur le canapé, en train de lire un magazine sur les gens en forme. « Je vais faire un tour en ville », dis-je en m'approchant avec hésitation de la porte.

Il ne lève les yeux qu'une seconde à peine.

« À tout à l'heure, dit-il. On reprendra peut-être notre discussion plus tard. »

Ça, il n'y a aucune chance. J'acquiesce et je quitte l'appartement.

Alex

J'ai envoyé un sms à Sully parce que j'avais besoin de parler. Hier, la journée a été rude, et la soirée sidérante. D'abord Buster. Puis ma sœur qui sort de nulle part pour réapparaître dans ma vie. Après avoir fini par m'endormir en laissant Ruth dans le salon, j'ai fait un cauchemar à propos du bébé des Floyd. Dans mon rêve, il était plus grand mais il portait toujours sa couche gonflée et sale. Il tenait la petite voiture bleue à la main tandis qu'au loin, une silhouette l'attirait vers un ravin. Je ne pouvais pas l'empêcher d'avancer. Et le pire, ce qui m'a éveillée en sursaut en pleine nuit, c'est que cette silhouette au loin était celle de Ruth.

Quand j'arrive à l'Oven, Sully est déjà là, penché sur un livre, sa tasse de café devant lui, toujours la même. Il n'est jamais sur son téléphone, il ne l'utilise que s'il bipe ou qu'on l'appelle. C'est une des choses que j'aime chez lui. Et en plus il lit des gros bouquins, des classiques dans lesquels je n'oserais jamais me lancer. Des auteurs français, ou russes parfois.

Je commande un thé et je le rejoins. Il referme son livre et je sens cet élan de réconfort qui semble n'émaner que de lui.

« Comment vas-tu ? » Sully me regarde m'asseoir, déplace ma tasse pour que je ne la renverse pas en m'installant. « Ton message paraissait urgent.

— Désolée.

— Non, ça va. C'est seulement... Que se passe-t-il ?

— Un truc au boulot », dis-je, et pendant un instant il paraît presque déçu.

Il croise les bras, ancre les deux poings sous ses aisselles. « Allez, vas-y. Envoie. »

Je soupire. Pourquoi Sully est-il si désarmant ? Il a de l'assurance, certes, mais il ne fonctionne pas à l'ego. Son visage est apaisant. Il conduit un vieux van, dans lequel il fait tourner en boucle un CD usé de Van Morrison. Il aime son chien plus que la plupart des humains ne s'aiment les uns les autres.

« Je suis allée faire une évaluation hier, avec Minerva. »

Il hoche la tête une fois, comme si je n'avais pas besoin d'ajouter quoi que ce soit.

« C'était moche, Sully. Minerva n'arrêtait pas de dire que c'était une banale visite à domicile. » Je décris la saleté, la négligence manifeste, et Sully m'écoute en buvant son café sans hâte. Il connaît la vie, elle ne le désarçonne pas. Il a grandi ici et il est flic depuis dix ans ; si je lui disais qu'un gamin vit dans une boîte à serpents, il me demanderait probablement combien il y en a dans la boîte. Voilà pourquoi je suis ici avec lui : je peux parler avec des ellipses que Chase ne comprendrait pas. Sully, lui, les comprend.

« Vous leur avez retiré l'enfant ? Qu'a donné l'évaluation ?

— Non, on leur a laissé, parce que Minerva est comme toujours en croisade pour garder les familles unies, quel qu'en soit le prix. Les véritables besoins de l'enfant ne sont pas les priorités de l'aide sociale, une fois de plus. C'est comme s'il y avait des requins dans la mer et qu'on se disait : *Hé, voyons si le gamin va pouvoir rejoindre le rivage à la nage ! Il va peut-être s'en sortir !* Mais toi et moi savons ce qu'il en est, Sully. » Je déglutis. « Beaucoup ne s'en sortent pas. » Un vertige me prend et je bascule vers l'avant une seconde. Mais Sully ne remarque rien.

« Alors ton service privilégie encore beaucoup les liens du sang ? »

J'ai rencontré Sully à une réunion interservices il y a un an. Je m'étais retrouvée sans m'y attendre à râler sur les failles du système de protection actuel devant une salle pleine de travailleurs sociaux et d'agents de police. Sully avait siroté tranquillement son café pendant tout mon discours, déjà, mais après la réunion, il m'avait invitée à aller boire un autre café. Il m'avait dit que j'étais exactement la personne qu'il fallait ici. Mais que je devais faire attention à ne pas m'épuiser trop vite. Que je pouvais lui envoyer un message quand j'avais besoin de parler. Et depuis, c'est devenu une sorte de rendez-vous hebdomadaire. Deux fois par semaine, souvent. Mais rien n'est gravé dans le marbre. Et il sait que j'ai Chase. Notre relation est purement professionnelle. Mais c'est vrai que j'ai plaisir à le voir. De plus en plus. J'ai besoin de lui. Vraiment.

« Morris prêche toujours en faveur des familles, oui. » Je garde les yeux fixés sur la table. « Mais ce bébé n'a aucune chance de s'en sortir si on ne le retire pas à ses parents. » L'image d'un bambin bronzé avec une petite voiture à la main revient à mon esprit, mais elle a un peu changé. Ce n'est plus Buster. Et ce n'est plus une voiture bleue qu'il a à la main, c'est une grosse pince à linge. Je secoue la tête pour essayer de me débarrasser de cette image, de ce souvenir.

« Minerva est trop permissive, dit Sully. Elle ne prend pas toujours les bonnes décisions, à mon avis. Et c'est moi qui dois en affronter les conséquences, dans mon boulot. Ce qui n'est pas toujours joli.

— Exactement ! Donc il faut faire quelque chose. Le plus tôt sera le mieux. » Je suis soulagée de l'entendre parler comme ça. Il comprend. Il sait que ma réaction n'est pas exagérée. « Bon sang, Sully, ça me fait du bien de te voir.

— À moi aussi. » Il baisse les yeux sur la table, gratte un nœud du bois.

« Tu sais qui d'autre a envie de te voir ? dis-je. Minerva. Elle veut ton numéro. »

Il écarquille les yeux, bouche bée, comme si je venais de lui demander d'avaler de la craie. « Oh, bon Dieu. Tu es sérieuse ?

— Je ne le lui ai pas donné. »

Il hoche la tête. « C'est bien. » Il s'avance de deux centimètres, pose un coude sur la table. « Je donne mon numéro à très peu de gens, Alex. Ce serait une violation du protocole si tu le transmettais à d'autres.

— Compris, dis-je en rougissant, parce qu'il y a là une forme de compliment pour moi, et nous le savons très bien tous les deux.

— Quant à ce gamin…

— Un petit garçon. Un très beau petit garçon. »

Sully soupire. Il sait que je m'implique trop, mais il n'insiste pas. « Fais confiance à ton instinct. Tu te souviens de cette affaire, le mois dernier ? Tu avais raison à propos des parents. Si tu sens que ce que Minerva fait est inefficace ou trop laxiste, parles-en à Morris. Il apprécie ce que tu fais. Tu es sa meilleure assistante sociale. »

J'essaie de protester mais il poursuit.

« Non, c'est vrai. Il t'écouterait. Mais… fais tout officiellement. Couvre tes arrières. On protège ceux qu'on peut protéger, pas vrai ? On leur insuffle une nouvelle vie… Mais certains gamins étouffent, quoi qu'on fasse. »

Étouffent. La vérité de ses paroles me prend à la gorge et pendant un instant, c'est comme si je ne pouvais plus respirer.

« Ça va ? » demande-t-il en posant sa main à plat près de la mienne pour me réconforter. J'aimerais qu'il me touche vraiment. Une vague de chaleur m'envahit.

« Merci, Sully. J'en parlerai à Morris. » Je bois une petite gorgée de thé. « C'est difficile d'expliquer ça aux autres. Au boulot, ils se contentent de sortir le règlement officiel et me disent de prendre du recul, de rester neutre, d'en faire moins. Mais il faut que quelqu'un fasse quelque chose. Il en faut bien un.

— C'est un boulot important, d'aider ces gamins. Je suis entièrement de ton côté. Et ne sous-estime pas ta capacité à bien le faire. Le truc, c'est de garder la tête hors de l'eau, pour que tu puisses continuer à le faire – une situation désespérante après l'autre. »

J'acquiesce.

« Quant à essayer d'expliquer ton boulot… À ta place, je n'essaierais même pas, reprend-il. Nous ne sommes pas comme les autres, toi et moi. Nous sommes des chiens fantômes qui gardons la porte, comme Cerbère. La plupart des gens de Moses River n'auront jamais la moindre idée de ce que nous gardons, ni pourquoi. »

Nous restons silencieux quelques secondes. Sa main est toujours près de la mienne. Des mains compétentes, souples et pleines de vie.

« De quoi parle ton livre ? » demandé-je.

— Ce vieux truc ? » Il me montre son exemplaire de *Loin de la foule déchaînée*, de Thomas Hardy. « C'est l'histoire de deux personnes qui devraient être ensemble mais qui ne le sont pas. »

Je ris parce que c'est sa plaisanterie préférée : résumer un livre en une phrase. *C'est l'histoire de deux personnes qui devraient être ensemble mais qui ne le sont pas. Ça parle du chagrin et de la solitude. Et d'une personne étrangère qui débarque en ville.* Il repose son roman et me regarde dans les yeux.

« Et quelle est l'autre chose qui te tracasse ? » demande-t-il.

C'est tout Sully, ça. Toujours en alerte, à déchiffrer les gens. C'est le genre de type pas très bien habillé, affable, à qui on raconte tout sans le vouloir vraiment lors d'un dîner en ville en pensant qu'il ne doit pas réellement écouter. Mais il écoute. Il vous connaît. Il vous connaît très bien.

Je fais lentement tourner ma tasse. « J'ai passé une mauvaise soirée hier. Ma sœur aînée s'est pointée chez moi. »

Il a l'air surpris. « Tu as une sœur ? Comment se fait-il qu'on n'en ait encore jamais parlé ?

— Probablement parce que ça faisait dix ans que je ne l'avais pas vue. Elle s'appelle Ruth. Pour être honnête, je pensais qu'elle était peut-être morte.

— Nom de Dieu, Alex. Pas étonnant que tu aies l'air… » Il s'interrompt.

« J'ai une sale tête à ce point-là ? demandé-je.

— Non, non. Seulement tu parais… Je ne sais pas. Perdue. »

Moi qui croyais que je cachais parfaitement mon jeu.

Il me dévisage. « Tu ne vas pas bien.

— Non. Bien sûr que non. » J'inspire avec un frisson. « C'est compliqué.

— Je vois ça.

— Je veux dire… C'est ma sœur. Mais partout où elle va, elle sème le chaos. Tu vois ? Je ne comprends pas ce qu'elle fiche ici.

— Peut-être que tu lui manquais ? Je vois très bien comment… tu peux manquer à des gens. »

Quelque part tout au fond de moi, sa phrase me fait sourire, mais je prends soin de ne pas le montrer. « Oh, non, ça n'est pas ça », marmonné-je. J'ai la peau qui me brûle. « Je veux dire, je ne suis pas difficile à trouver. Je ne devais pas lui manquer jusqu'à maintenant, puisqu'elle n'a pas pris la peine de me donner de ses nouvelles.

— C'est vrai », dit-il. Ce qui signifie *continue !*, en réalité.

« Elle est douée pour les tours de passe-passe. Tu connais des gens comme elle, Sully. Tu en as arrêté plein. Elle va te montrer *ça* – j'agite une main en l'air – et te prendre tout le reste. Elle prépare quelque chose, je le sens.

« Hmm… D'accord. »

Pourquoi incline-t-il la tête comme ça ?

« Donc tu te méfies de la raison de sa venue, c'est ça ? Tu penses qu'elle est là pour te faire du mal. »

Je me mords violemment la lèvre, parce qu'il a mis les mots exacts sur mes craintes.

Il s'écarte et s'adosse à son siège. « Pardon. Je n'aurais pas dû dire ça.

— Non, non, tu n'as pas tort. » Ma voix porte dans la boulangerie où il fait soudain trop chaud. Je m'interromps, reprends plus doucement : « Elle m'a fait vraiment mal, Sully. Elle m'a blessée de manière impardonnable. Et pourtant, la revoilà. Je n'ai pas dit non. Je ne lui ai pas dit de s'en aller. Je n'y arrive pas. »

Il acquiesce, le regard triste. « Bien sûr. C'est ta sœur.

— Exactement. » Je sais très peu de choses sur la vie privée de cet homme, sur sa famille, à part qu'il est célibataire et qu'il vit seul. C'est ce que Minerva m'a dit. Elle a aussi raconté une fois qu'il avait un frère en ville, même si je n'ai aucune idée de comment elle peut savoir ça et que je ne l'ai jamais rencontré. Sully protège son intimité mais son empathie semble sincère. Lui aussi a eu sa part de conflits, ça se voit.

« Les dynamiques familiales, c'est dur, dit-il. Tu admirais ta sœur, et maintenant tu dois la regarder de haut. »

Est-ce que je l'admirais ? Est-ce que ce moment-là a réellement existé ? Et puis quelque chose me revient. Le cours préparatoire. Je m'étais battue avec Grover Teague à la récréation et l'école avait appelé ma mère. Je revois maman agiter ses mains inquiètes dans le bureau de la directrice. Des mains fortes, aux ongles abîmés par le travail à la ferme. *Pourquoi ne peux-tu pas ressembler un peu à Ruth ?* avait-elle demandé en apprenant ce que j'avais fait. La directrice avait soupiré d'approbation. Son chemisier était boutonné jusqu'en haut du col. Dans sa main, un crayon cruellement aiguisé. *Ça me sidère toujours, madame Van Ness. Même patrimoine génétique, mais une enfant bien différente. Vous auriez aussi bien pu la trouver dans un magasin.* Dans ma tête, je l'ai imaginée se pencher en avant et s'empaler sur la pointe aiguë de son crayon. Mais ça n'est pas arrivé. Il m'a fallu des années pour comprendre comment fonctionne le pouvoir – comment le bâtir, comment s'en servir. Ce n'est qu'après avoir grandi que j'ai compris la patience.

Sully se racle la gorge. « Allô Alex, ici la Terre ! Tu m'as entendu ? »

Non, et ça m'effraie. « Pardon, dis-je en parvenant à rire doucement. Je devrais être plus attentive que ça.

— Je disais que dans les rapports entre frères ou sœurs, il y a toujours une joute de pouvoir. Il existe une hiérarchie, mais je ne crois pas qu'elle tienne toujours à l'âge. J'ai un frère jumeau, né quatre minutes après moi, mais il essaye encore de me donner des ordres. » Il sourit. « Ce qui ne veut pas dire que je me laisse faire. »

J'aimerais le rencontrer, me dis-je, mais je m'interromps dans mes pensées. Au lieu de ça, j'ajoute quelque chose qui le stupéfie : « Quand j'ai eu quinze ans, j'ai aidé Ruth à sc faire avorter. » Je crache ça comme ça.

« Wow ! » Il est abasourdi, mais ça ne dure qu'une seconde.

« Désolée. Merde. Pardon. Tu me parlais de ton frère jumeau. Je me suis égarée.

— Non, non. Moins je parle de lui, mieux je me porte. Je me gâcherais la journée tout seul. Alors, ta sœur, tu l'as aidée à faire ça ? Alors que tu étais très jeune ? » Son regard s'est attendri.

« Elle n'était pas bien ; elle se droguait. Je l'ai convaincue qu'elle ne pouvait pas garder le bébé. Que c'était dangereux. On a dit à nos parents qu'on allait prendre un milk-shake en ville. Je l'ai accompagnée à la clinique. Elle a écouté de la musique pendant tout le trajet, sans me dire un mot.

— Et tu avais quinze ans ? » Il fait glisser sa tasse sur le côté de la table.

Je poursuis : « Dehors, il y avait toutes ces femmes portant des pancartes avec des photos horribles et des banderoles parlant d'assassinat. Nous avons dû nous frayer un chemin au milieu d'elles pour arriver à la porte. Ruth est entrée avec un bébé dans le ventre, elle est ressortie sans, nous sommes remontées dans la camionnette et reparties à la maison. » Je lève les yeux vers Sully. « Je n'ai encore jamais raconté ça à personne. »

On dirait qu'il a envie de passer par-dessus la table pour se serrer contre moi mais s'il veut me poser plus de questions, il a le bon sens de ne pas le faire. Sa manière de sentir le rythme qui me convient est tout bonnement incroyable.

Derrière nous, la sonnette de la porte retentit et quelqu'un entre, mais ni lui ni moi ne détournons les yeux.

« Et qu'est-ce que… Chase pense de l'arrivée de ta sœur ? » Avec une légère pause avant de prononcer le nom de Chase.

Oh, bon Dieu, Alex, ne commence pas à chercher des sous-entendus.

« Chase a appris à ne pas poser de questions.

— Tu veux dire que tu lui as appris ? »

Il sourit, et moi aussi. Nous savons tous deux que Chase est bonne pâte et que je peux être têtue, mais toute relation est une question d'équilibre. C'est une des raisons qui m'ont fait choisir Chase.

« Alors, pourquoi Ruth est-elle vraiment ici ? Qu'est-ce qu'elle veut ?

— Elle a besoin d'aide, apparemment », dis-je. Les mots sortent, farouches et tranchants. « Elle est enceinte. De nouveau. »

Cette fois, quand il tend la main par-dessus la table, il la pose sur la mienne. Sa peau est chaude, électrique. J'ai la sensation qu'il me transmet de l'énergie, une infusion d'amour et de force. Il ouvre la bouche pour parler, mais ses yeux se posent sur quelqu'un debout derrière moi.

Je me retourne.

Bien sûr. J'aurais dû le deviner.

C'est Ruth.

Ruth

« Salut sœurette, dis-je en posant mon café sur la table.

— Qu'est-ce que tu fais là ? »

Ça y est, elle refait sa tête de petite fille qui n'accepte pas la réalité.

Je regarde l'homme avec qui elle est, puis je reviens à elle. « Je me balade en ville. Je t'ai repérée dans la vitrine. » Il porte un T-shirt gris pâle et il est plus mince que Chase, mais il a quand même l'air costaud. Cheveux châtain clair, coupés très court, hérissés par endroits comme s'il s'était contenté d'y passer la main avant de sortir de chez lui.

« Vous n'êtes pas Chase, lui dis-je.

— Non, pas le moins du monde. » Qui que soit cet homme, son visage reste avenant, sympathique. Il lâche la main d'Alex, se renfonce sur son siège et me tend la main.

« Sully, voici ma sœur, Ruth, lui dit Alex. Ruth, je te présente Sully.

— Salut. » La main qu'il me tend ne broie pas la mienne, ne s'attarde pas non plus. Elle semble annoncer qu'il doit être bon campeur, qu'il saurait faire un feu ou construire un abri.

« C'est votre chien, là ? » dis-je en désignant la photo du vieux bouvier australien grisonnant imprimée sur sa tasse. Il a dû la faire faire dans un centre commercial.

« C'est Gravy. Elle a quatorze ans.

— Gravy ? dis-je. Elle n'est pas de la bonne couleur[1].

— J'aimais bien le nom, c'est tout.

— C'est ma veste, ça ? » me demande Alex.

Il fallait que je mette un manteau et sa veste était accrochée à une patère près de la porte.

« Je te l'ai juste empruntée. »

Alex et Sully échangent un regard.

« Je ferais mieux d'y aller. » Sully se tourne sur son banc, passe une jambe par-dessus pour se lever. Il n'est pas très grand, mais il porte des chaussures de flic. Alors comme ça, Alex traîne avec un flic. « Tenez, prenez mon siège. » Il attend que je m'assoie, vérifie dans sa poche qu'il a ses clés et ramasse le bouquin défraîchi qu'il avait laissé sur le siège. « Envoie-moi un message, Alex. » En s'écartant, il pose la main sur mon épaule. « Ça m'a fait très plaisir de vous rencontrer, Ruth. À plus tard, Alex. »

Il s'en va, en emportant sa veste en jean, son téléphone, son roman et sa tasse ornée de la photo de sa chienne. Mais la présence de Sully reste perceptible au-dessus de la tête d'Alex bien après que la sonnette de la porte d'entrée s'est tue.

« Qu'est-ce que tu fais ? redemande-t-elle une fois Sully parti.

— Comment ça ? Je prends un café, dis-je en posant ma tasse sur la table. C'est un crime ? »

Elle ne répond pas, esquisse un haussement d'épaules. Ni elle ni moi ne prononçons un mot durant une longue minute.

---

1 *Gravy* : sauce au jus de viande (note du traducteur).

Puis je finis par dire : « Je me rappelle une période où tu n'appréciais pas autant les flics. »

Elle ne répond pas, se contente de sortir son téléphone et de s'absorber dans l'écran.

« Il a l'air sympa, cela dit, ajouté-je.

— OK, mettons deux ou trois trucs au point. » Alex repose son téléphone sur la table, avec assez de force pour écraser un cafard. « Un, ce n'est pas moi qui ai passé ma vie à avoir des ennuis avec la loi. Deux, il faut que je chase…

— Chase, ou sache ? Joli lapsus. » Je ne sais pas pourquoi j'aime autant la voir fulminer. Peut-être une réminiscence de l'enfance. Il était toujours si facile de la faire sortir de ses gonds. Enfin, avant. Quand ce n'était pas si risqué, si lourd de conséquences.

« Il faut qu'on parle de tes projets. Pourquoi es-tu ici ? Combien de temps vas-tu rester ?

— Je ne sais pas combien de temps je vais rester. » Nouvelle pause mesurée.

« Tu es enceinte de combien ? Ça se voit à peine.

— Cinq mois. Quelque chose comme ça. Je suis grande. Je le cache bien. »

Elle roule des yeux comme si je ne cachais pas que ça, et ce que ça implique me déplaît.

« Chase et moi avons eu une bonne discussion, ce matin, au petit déjeuner », dis-je.

Elle se tortille sur son banc comme s'il chauffait sous elle. « Vous avez discuté ? De quoi, exactement ?

— De choses et d'autres. Mais il m'a bien dit que si j'avais besoin de rester un peu, ça ne le dérangeait pas du tout. » C'est un truc que j'ai appris il y a longtemps : jouer un parent contre l'autre. Ils ont tellement peu l'occasion de comparer leurs positions.

Pendant un moment, elle plisse les yeux et les frotte, comme quand elle perdait au Monopoly. « Et qu'est-ce que Chase a décidé d'autre ?

— Rien, c'est tout. » Mon café est trop amer et je me mets en quête de sucre. « Tu ne lui dis pas grand-chose, tu sais.

— Je lui en dis beaucoup.

— Il voulait en savoir plus sur toi. Sur ton passé. »

Tout son être crépite d'énergie ; elle a toujours le même feu mais elle le contrôle tellement plus qu'avant.

« Tu as dit hier soir que tu avais besoin d'aide. De l'aide pour quoi ? » Sa voix est tendue, comme si du fil de fer barbelé lui enserrait la mâchoire.

« Pour tout. » Je me penche. Nous y sommes. Le moment crucial. « J'ai des ennuis, Alex. Je ne rigole pas. Je suis en danger.

— Tu veux dire que tu vas avoir un bébé dans quelques mois. Et que tu n'as pas d'argent.

— C'est pire que ça. Je suis partie très vite. J'étais obligée. Je n'ai pas emporté grand-chose avec m…

— Pourquoi ? » Son regard est un orage qui menace. « Pourquoi es-tu partie si vite ? Qu'est-ce que tu fuis, cette fois-ci ? »

Je porte le bout des doigts à ma tempe et je lisse mes cheveux vers l'avant pour masquer la contusion. Je me croyais adroite en fuyant la maison, je me pensais si intelligente. Mais Eli avait tout compris, prévu le moindre de mes gestes, et il m'attendait. Il s'intéressait plus à l'argent qu'à moi. J'avais mal jugé l'importance que j'avais, une fois de plus. Les vieilles habitudes ont la peau dure.

« Écoute, j'ai fait une erreur. J'ai agi sans réfléchir – je le reconnais – et ça n'était peut-être pas très malin, mais maintenant je suis…

— Est-ce que Hal sait que tu es ici ? » Elle assène sa question si violemment qu'elle résonne dans mes oreilles. Elle est restée bloquée sur cette histoire avec Hal, à l'époque où elle se répétait en boucle qu'il buvait trop de bière alors qu'il était censé travailler, et qu'il jetait des pierres aux chiens errants. Sans parler des autres choses qu'elle échafaudait dans sa tête. C'était il y a dix ans et elle en parle encore comme si c'était hier ! La vérité, c'est que Hal n'a jamais été unidimensionnel. Personne ne l'est, jamais.

« Mais non, je te l'ai dit. Je l'ai quitté il y a des années.

— Comment m'as-tu retrouvée ?

— Facebook. » Je me sens fatiguée. J'ai envie de m'allonger.

« Je t'ai envoyé des messages, il y a des années », dit-elle, pointant un doigt accusateur vers moi pour marquer son indignation. « Pour t'annoncer que maman était morte. Et pareil pour papa. Tu ne m'as pas répondu. Et maintenant tu débarques comme ça ? »

Je hausse les épaules, luttant contre l'envie féroce de poser le front sur la table. Je n'étais pas en état, alors, de répondre à ses messages. Qu'aurais-je pu faire pour elle – ou pour n'importe qui d'autre ?

« Tu sais de quoi ils sont morts, Ruth ? Nos parents ? » Son regard me transperce. « De chagrin… De tristesse, putain ! »

Qu'est-ce qu'elle veut que je dise ? Je n'ai jamais cherché à faire du mal à nos parents. Et *elle,* alors ?

« Mais nous avons l'occasion de repartir de zéro, de rectifier les erreurs du passé, commencé-je. Et je crois que papa et maman seraient heureux de savoir que nous nous reparlons. Surtout maman. C'est ce qu'elle voudrait. »

Je caresse mon ventre d'une main. « Tu sais qu'elle aimait beaucoup nous voir nous entraider. »

Alex ramasse une vieille miette de brioche sur la table. « En quoi m'aides-tu ? » marmonne-t-elle. Mais m'entendre parler de maman l'a attendrie.

Je reste silencieuse, en attendant que la voie s'ouvre.

« Si tu restes, il y a des règles à respecter », dit-elle lentement.

Bingo ! Je peux rester. « OK.

— Je suis sérieuse, Ruth. Il faut vraiment les respecter. »

Je répète : « OK. Tout ce que tu voudras, Alex. Je ne veux pas te créer d'ennuis.

— Règle numéro un : tu ne fais rien qui puisse porter tort au bébé. Rien du tout. Tu assumes. D'accord ? Tu vas avoir ce bébé. On pensera à la suite après. Tu comprends ça ? Pas de drogues, pas d'alcool. Rien. »

Je regimbe, mais sans rien laisser paraître. « Je veux avoir cet enfant, Alex.

— Vraiment ?

— Oui, bien sûr. Je t'ai déjà dit que c'est comme si on me donnait une seconde chance, tu sais, une façon d'avoir une famille à moi qui ne…

— Règle numéro deux, poursuit-elle, tu ne dis pas à Hal Nightingale où tu es. »

Elle ne comprend vraiment pas grand-chose. J'acquiesce d'un air penaud.

« Et troisièmement… » Elle s'avance, en s'appuyant sur ses coudes. « Tu ne parles pas du passé. Pas à moi. Et plus important, pas à Chase. Jamais. »

Je la regarde en clignant des yeux. Qu'est-ce qu'elle veut dire ? Que je ne dois parler de rien de ce qui est arrivé avant ? Elle ne veut quand même pas dire *tout* notre passé.

« Notre vie d'avant est un tunnel qui s'est effondré il y a longtemps, Ruth, et je n'ai aucune envie de fouiller dans les décombres.

— Mais…

— Tu es partie. Tu m'as laissée me débrouiller seule de tout ça.

— Alex, ce que j'ai fait…

— Tu peux débarquer de nulle part, faire ton cirque chez moi, me culpabiliser avec ta grossesse et t'insinuer dans ma vie, mais pas question que tu la bousilles. Plus jamais.

— Moi ? Bousiller *ta* vie ? » Son toupet me stupéfie.

« Oui, toi. » Elle se lève, rassemble ses affaires, passe la lanière de sa sacoche à son cou. « Toi, toi, toi. Tu es peut-être une inconnue en ville, Ruth, mais moi je te connais. Je sais comment tu fonctionnes. Nous sommes adultes, maintenant. Tu sais ce que veut dire ce mot ? Alors tu ne dis rien à Chase. Rien. Maintenant, je dois aller travailler. Je serai rentrée au loft pour seize heures trente. Désobéis à une de ces règles et c'est terminé. »

Une fois qu'elle s'est éloignée en faisant claquer la porte, un horrible silence retombe dans la boulangerie. La femme derrière le comptoir me dévisage. Puis tout à coup les cuillers se remettent de concert à cliqueter, le murmure ambiant reprend, forcé. Je regarde autour de moi, l'estomac soulevé, mais je sais que ce n'est pas une nausée matinale, cette fois. Toutes les personnes présentes dans cette salle ont entendu ce qu'Alex vient de dire.

Alex

Je n'ai pas à aller loin pour retourner travailler après ma pause déjeuner à la boulangerie, mais je dois me dépêcher : si j'ai réglé le problème Ruth pour l'instant, elle m'a quand même mise en retard. Je m'engouffre dans l'ascenseur et j'appuie sur le bouton usé du troisième étage.

Pendant que la cabine monte en brinquebalant, je jette un œil à mon téléphone. Pas de message de Chase, donc ce que Ruth lui a dit au petit déjeuner ne devait pas être trop catastrophique. Mais j'ai un sms de Morris. C'est inhabituel. En général, s'il veut me parler, il vient me voir directement. J'appuie sur son nom et le message s'affiche :

Tu peux venir tout de suite à mon bureau ?

Que s'est-il passé ?

L'ascenseur tressaute et la porte s'ouvre devant moi, dévoilant le couloir nu que j'emprunte chaque jour et dont les murs, le plafond et la moquette sont totalement dénués de couleur. C'est comme s'ils s'efforçaient de rendre l'endroit aussi déprimant que mon travail en lui-même. Le couloir est éclairé par des dalles lumineuses qui grésillent à mon passage, et des caméras protégées par des globes poussiéreux m'observent depuis le plafond, tels des yeux de poulpe. Le service de l'Aide à l'enfance se trouve derrière la quatrième des portes marron, toutes identiques ;

mais une fois à l'intérieur, le déluge de couleurs et d'arcs-en-ciel donne l'impression d'entrer dans une fabrique de bonbons au moment où elle explose. Les murs sont recouverts de dessins faits par des enfants placés en famille d'accueil, comme si afficher leurs œuvres permettait de ralentir le rythme auquel ils se multiplient. J'active le digicode de sécurité et la porte s'ouvre en vibrant.

« Morris est là ? demandé-je à la nouvelle réceptionniste.

— Dans son bureau, je crois. Il vous cherchait il y a dix minutes. Vous pouvez lui dire qu'il a encore oublié son toast ? Il se l'est fait ce matin à sept heures. »

Morris est notre chef de service, un Britannique importé ici de Londres quand il a épousé une Américaine. Nous ne le comprenons pas toujours. C'est un type corpulent qui approche de la soixantaine, divorcé, avec les dents du bonheur. Il se fait un toast tous les matins et le laisse souvent devenir dur comme la pierre dans le grille-pain.

« Quelque chose est allé de travers pendant que j'étais sortie ? » La réceptionniste me regarde comme si la question était trop vaste pour qu'elle puisse y répondre. « Laissez tomber. » J'emprunte le long couloir sur ma gauche. Les bureaux des travailleurs sociaux donnent de part et d'autre, de petits cubes sans fenêtres, comme des clapiers. Morris se retourne quand je frappe à la porte, ouverte, du sien.

« Génial, tu es rentrée, se réjouit-il. Tu as bien mangé ? » Il tire un siège à coussin bleu pour que je m'assoie. Dessous, il y a une paire de baskets des années quatre-vingt, craquelées sur les côtés, et une mandarine qui semble fossilisée.

« Assieds-toi », dit-il. Les murs de son bureau sont couverts de cartes, de mots de remerciements et de photos de lui, les bras posés sur les épaules d'enfants. Là où il restait un espace de plus de dix centimètres, il l'a comblé d'une maxime ou d'une image évoquant la compassion. *Personne ne peut me blesser sans ma permission*, affirme l'un de ses derniers ajouts. Il voit que je le lis.

« C'est du Mahatma Gandhi, précise-t-il en faisant pivoter son fauteuil noir dans ma direction. Il était merveilleux.

— Mais il se trompait.

— Pardon ?

— Rien. Que se passe-t-il ? Tu voulais me voir ?

— Oui. » Il joint les mains, comme s'il priait. « On est un peu dans le pétrin. »

Je pense tout de suite à Buster. Si quelque chose lui est arrivé, je vais arracher les cheveux Playmobil de Minerva à pleines poignées.

« Écoute Alex, laisse-moi d'abord te dire que tu es ma meilleure assistante sociale. De loin. La plus énergique, et ne crois pas que je ne l'ai pas remarqué. »

Son sourire brille, mais quelque chose ne va pas. Il n'est pas si démonstratif, d'habitude. « Tous les jours, tu enfiles tes bottes d'égoutier et tu n'hésites pas à patauger dans la merde. Honnêtement, je t'admire.

— Toi aussi, tu fais ça, marmonné-je en tirant vers l'avant une mèche de cheveux pour la suçoter. On fait tous ça.

— Non, non. Il y en a qui se réfugient dans la paperasse et restent coincés derrière leur bureau. » Il sourit tristement. « Mais toi, jamais. Tu n'as même jamais pris de congé maladie. Tu sais combien c'est rare ? Que ferions-nous sans des gens comme toi ?

— J'ai l'impression qu'il y a un *mais*…

— Mais même si j'ai confiance en ton instinct, je pense que si tu sapes le travail de Minerva, tu vas générer de l'hostilité dans notre environnement de travail. »

Je recule vivement, comme si on m'avait giflée. « Saper le boulot de Minerva ? De quoi parles-tu ?

— J'ai bien peur qu'elle ne se soit plainte. Pas officiellement, à ce stade. Mais je dois néanmoins m'en occuper. En tant que chef de service, il est de mon devoir de…

— Elle est venue ici se plaindre de moi ? Pourquoi ? Parce que je lui ai dit qu'elle abordait mal le cas Buster Floyd ? C'est ça, n'est-ce pas ? Bon Dieu, Morris, on a laissé le gamin dans un environnement répugnant. J'essaie de le protéger. Je pensais que nous étions là pour ça. »

Il change de position sur sa chaise. « C'est le cas. Et nous… essayons tous…

— Tous ? Vraiment ? La politique attentiste de Minerva en matière de protection est dangereuse. Dangereuse, Morris ! Dans ce cas-là, c'est moi qui ai raison.

— Je ne suis pas au courant du cas Floyd. » Il lisse sa cravate, signe que la conversation le stresse. « Ils n'ont pas d'antécédents aux Affaires familiales – j'ai vérifié – donc tout ce que j'ai vu, ce sont les notes de Minerva. Mais ce que je dirais, en revanche, c'est que si tu te retrouves en opposition avec une collègue, Alex, il faut que tu essaies de trouver…

— Qu'est-ce qu'elle a dit ? Qu'est-ce qu'elle a dit sur moi, exactement ? »

J'ai envie d'aller foutre le feu au bureau de Minerva. Elle doit y être, en ce moment, en train d'écouter de la pop sirupeuse et de bouffer son mélange de fruits secs au chocolat.

« Je crois qu'elle juge ton attitude négative. Et ta manière de parler agressive. Pour résumer vaguement.

— C'est ridicule. Est-ce qu'elle a au moins ouvert un dossier de l'Aide à l'enfance sur les Floyd ?

— Il y a un dossier d'ouvert, pour que nous puissions leur proposer du soutien. Il n'y a pas d'enquête sur eux à ce stade, en revanche. Pour être clair. Et c'est Minerva qui est responsable de cette affaire. » La peau de son cou a rosi.

Il m'est impossible de faire mon travail si mes collègues tirent pendant que je pousse. Je me sens nauséeuse, j'ai la tête qui tourne et quelque part au fond de moi, je revois le petit garçon. Mais ce n'est pas lui. C'est un autre petit garçon. Non. J'inspire profondément et me force à revenir à la réalité, au problème auquel je fais face. Que suis-je censée faire ? Je ne peux pas travailler avec Minerva, mais je ne peux pas non plus demander à être retirée de l'affaire.

« Je n'ai pas été agressive envers Minerva, dis-je. J'ai simplement souligné qu'elle devait l'être davantage.

— D'accord. » Nouveau lissage de cravate. « Écoute, pourquoi ne pas prendre des notes sur tout ça et m'envoyer un e-mail ? »

Je laisse échapper un rire blasé. C'est son refuge, la demande d'e-mail. Ça lui permet d'éviter une confrontation, tout en lui fournissant une trace écrite bien pratique. Personne ne dit ce qu'il pense quand il sait qu'il est enregistré.

« Tu sais comment ça marche », soupire-t-il. Puis il attend que je parle. Je ne dis rien. Je ne veux pas. « OK. Donc, c'est tout ? On est d'accord que tu traiteras ta collègue avec un peu plus de décorum et de respect pour son autorité ? »

Je me demande s'il peut voir les muscles de ma mâchoire se tendre.

« Elle a peut-être une approche différente de la tienne, Alex, mais qui n'est pas sans mérite. Mmm ? »

Je dois être patiente, ne pas m'énerver. Il me faut du temps pour réfléchir. « Je vais faire de mon mieux pour tenir compte de ses idées, marmonné-je. Mais soyons clairs, je fais ça pour les gamins, Morris. J'ai toujours fait ça pour eux. Et je m'inquiète pour ce petit garçon.

— Je sais, je sais bien. Nous avons tous de bonnes intentions au départ. Il faut s'en souvenir. Mais parfois, la stratégie gagnante, c'est d'aller lentement et sûrement, OK ? »

Il hoche la tête comme si le problème était réglé. Je sors de son bureau et rejoins le mien, où les murs sont nus à l'exception d'un poster, près de ma table de travail : Hulk qui écrase tout. J'admire son attitude face à l'adversité. J'essaie d'allumer mon ordinateur portable, mais mes mains tremblent sur le clavier. Pourquoi suis-je la seule qui soit prête à en faire un peu plus pour sauver un enfant en danger ? J'enroule une mèche de cheveux sur mon doigt et j'en mâchonne le bout. Si un dossier de l'Aide à l'enfance a été ouvert, tout l'historique des Floyd devient accessible. On peut contourner les lois sur la confidentialité grâce à un échange légal d'informations entre services sociaux, police et administrateurs de santé. Minerva a sans doute dit à Morris qu'il n'y a pas lieu d'enquêter activement sur Frank et Evelyn, et il n'aurait peut-être pas approuvé une telle enquête, mais n'a-t-il pas dit aussi qu'en tant que travailleurs sociaux, nous avons tous une approche différente ? J'attrape mon sac et je repars vers la réception quand je croise Minerva dans le couloir.

« Oh, salut, minaude-t-elle en posant la main sur mon avant-bras. Écoute, j'espère que ça ne t'embête pas que j'aie discuté avec Morris du cas Buster. J'ai l'impression qu'en tant qu'équipe, il faut qu'on travaille encore plus ensemble. Qu'on soit plus soudées. »

Je vais surtout te dessouder ! ai-je envie de répondre. Mais j'arrive à ne rien en faire.

« Bien sûr. » Je m'écarte. « Chacun fait ce qu'il peut. » *Il y en a qui peuvent plus que d'autres.*

« Tu allais où ? demande-t-elle.

— Je dois voir Sully. » Ce n'est pas vrai, bien sûr, mais ça va l'agacer, je le sais. Je franchis la porte sécurisée et me hâte vers les ascenseurs.

Dehors, la température a chuté et un air glacial me fouette tandis que je traverse la ville. Je passe devant le commissariat mais il ne faut pas que j'y entre. Je viens de passer une demi-heure à dire à Sully combien j'étais frustrée qu'on n'ait pas ouvert d'enquête sur les Floyd. Il m'a dit de noter par écrit mes inquiétudes et de faire confiance à mon patron, mais je ne suis pas son conseil. Je dépasse le commissariat. Une rue plus loin, le bâtiment des services de santé de Moses River s'avachit dans sa propre grisaille, comme une métaphore de brique, écœuré par la tristesse qu'il abrite. J'entre et je monte tout droit à l'étage, au service Psychiatrie et Addictions.

La réception est déserte, mais sur chaque mur, il y a des affiches sur le bruit, les téléphones portables et le respect absolu des autres. Dans un coin, un panier déborde de jouets en peluche. Je me demande combien de gamins doivent passer des heures dans cette salle d'attente, sans comprendre ce qu'ils font là. Juste à côté, un xylophone en plastique, avec un marteau rouge vif. C'est chercher les ennuis. Le poster d'un arbre squelettique poussant sur un fond vert inspirant l'optimisme est punaisé sur le devant du bureau principal. *La douleur est réelle*, dit le slogan, *mais l'espoir également*. Le bas du poster a été entièrement déchiré, mais quelqu'un a essayé de le remettre en place avec du scotch. Quand je m'approche du bureau, la femme qui se trouve derrière lâche un profond soupir mélancolique. Elle a une soixantaine d'années et effectue visiblement les dernières journées de boulot requises par son syndicat avant de pouvoir prendre sa retraite.

« Puis-je vous aider ? demande-t-elle.

— Bonjour, je m'appelle Alex Van Ness. » Je sors de mon sac ma carte d'assistante sociale, comme si c'était un talisman m'autorisant à obtenir tous les renseignements que je m'apprête à lui demander. « Je suis de l'Aide à l'enfance. Nous avons un cas en cours, et j'ai besoin du dossier psychiatrique de deux de vos clients. »

Elle me dévisage à travers les verres sales de ses lunettes. « Si vous voulez des renseignements, il y a une procédure à suivre. Vous ne pouvez pas vous pointer comme ça et emporter des dossiers.

— J'entends bien. Et je vais avoir toutes les autorisations légales. Mais je passais par hasard devant chez vous et je me suis dit que je pouvais prendre une longueur d'avance. »

Son reniflement produit un son mouillé. « Voyons déjà si nous avons ces dossiers. À quels noms ?

— Frank et Evelyn Floyd. »

Avec un seul doigt, elle enfonce des touches sur le clavier de son ordinateur. Le badge *Psychiatrie : parlons-en !* qu'on lui demande de porter sur son pull qui bouloche me paraît largement mensonger. C'est bien la dernière personne à qui j'aurais envie de parler.

« Vous avez le consentement écrit des clients ? demande-t-elle.

— Non, pas encore. Mais nous envisageons une évaluation psychiatrique. Capacité parentale. Demandée par le tribunal. Donc nous n'aurons pas besoin de leur consentement. » Il n'y a aucune chance que j'obtienne de Morris une évaluation psychiatrique : ça coûte des milliers de dollars. « Alors est-ce que je peux jeter un petit coup d'œil aux dossiers ? Pour tâter le terrain, vous comprenez.

— Pas. L'ombre. D'une. Chance. » Elle appuie sur une touche à chaque mot, désapprobatrice.

« Écoutez, un enfant est en danger. On vient d'ouvrir un dossier de l'Aide à l'enfance… » J'ai du mal à contrôler ma voix, à ne pas montrer ma frustration à cette gourdasse, à cette barrière humaine.

« Même si c'était une bombe amorcée, ma chérie, vous n'auriez pas le droit d'y toucher. »

Sous le plateau du bureau, je me serre le pouce, le plus fort possible.

Elle appuie sur une dernière touche, presque avec emphase, et se renfonce sur son siège. « Les dossiers sont disponibles. Obtenez vos autorisations, et vous pourrez les avoir.

— Y a-t-il deux dossiers différents sur les Floyd ? Vous devez au moins pouvoir me dire ça. » Peut-être qu'un des Floyd est plus mal en point que l'autre. Autant affiner le plus possible mon angle d'attaque.

Elle soupire lourdement, hésite. Va-t-elle me donner un os à ronger ? Elle ne devrait vraiment pas.

« Si je dois revenir avec une ordonnance officielle, j'ai besoin de savoir quoi demander. »

Un nouveau long soupir d'agacement avant qu'elle ne cède. « Le dossier du mari a été fermé il y a un bon moment.

— Ah. Et celui de la femme ? » Elle me regarde récupérer prudemment ma carte d'assistante sociale. J'évite de croiser son regard.

« Il a fallu rouvrir le sien. Il était encore en cours il y a une dizaine de mois. »

Il y a une dizaine de mois ? Je m'efforce de garder une expression neutre.

« Merci beaucoup, dis-je en faisant demi-tour. Je reviens vous voir avec les autorisations dès que possible.

— N'y manquez pas », répond-elle dans mon dos.

En sortant, je referme soigneusement la porte derrière moi. Dehors, le ciel s'est dégagé et le vent est tombé. Je m'assieds sur un petit muret à côté d'une borne d'incendie, pour reprendre mon souffle et me calmer. Ce que je viens de faire est, je pense, illégal. Ça pourrait me valoir des ennuis, mais je suis déjà tombée sur quelque chose qui pourrait influencer tout jugement sur la capacité d'Evelyn à garder son enfant. Elle a eu récemment beaucoup plus de problèmes que Minerva ne le prétendait. À mon avis ? Des problèmes de drogue. *Accro un jour…* Et Minerva a-t-elle menti là-dessus exprès pour se donner le beau rôle ? Ou n'est-elle réellement pas au courant ? En tout cas, j'ai déniché quelque chose. Si j'arrive à convaincre Morris qu'il y a plus en jeu que ce qu'il croit, je trouverai peut-être un vrai moyen d'aider Buster.

Je sors mon téléphone de ma poche. Sully ne met pas longtemps à décrocher.

« Hé, dit-il. Tu as déjà besoin d'un autre café ? Je dois vraiment te manquer.

— Non, ce n'est pas… Enfin, si, mais ce n'est pas ça. » Je ris doucement, comme si ça ne m'agaçait pas. *Je peux y arriver. Je fais ce qu'il faut. Je peux avoir un impact positif dans cette affaire.* « Sully, j'ai besoin de ton aide. À propos de la famille dont je t'ai parlé tout à l'heure.

— Tout ce que tu veux », dit-il. Je l'entends fermer sa porte, étouffant tous les bruits environnants. « Tu le sais.

— J'ai seulement besoin que tu passes le nom des Floyd dans ta base de données. Voir si rien ne ressort.

— Morris a ouvert une enquête sur eux ? Alex ?

— Il va le faire. Si je lui apporte de nouvelles infos. S'il te plaît, Sully, tu peux juste faire passer leurs noms ? »

Sully hésite. « Comment s'appellent-ils ? » Je lui donne les noms complets, je l'entends taper sur son clavier, puis soupirer à l'autre bout de la ligne. « Bon, rien de tout cela n'est officiel donc ne me trahis pas, hein. Non que tu l'aies déjà fait, je sais bien. Alors, qu'est-ce qu'on a... Pas mal de vieilles inculpations pour drogue… Et autre chose, aussi. »

Mon ventre se serre. Dans quelques secondes, je vais découvrir que j'avais raison, mais je sais que ça ne me fera pas jubiler.

« Il y a eu un décès chez eux, reprend Sully. Cela remonte à trois ans environ. Des flics y sont allés. On dirait que les Floyd avaient un autre gamin, un autre petit garçon. Il est mort alors qu'ils en avaient la garde. »

Nous restons tous deux silencieux un long moment. Du bruit blanc crépite sous mon crâne, comme des parasites. *Comment se fait-il que l'Aide à l'enfance n'ait pas été au courant de ça, bon sang ?* Mais nous n'avons pas eu affaire aux Floyd avant Buster. Nous non – *mais Minerva, si !*

« Minerva a caché ça ! dis-je. Oh mon Dieu, c'était elle leur référente aux Addictions. Elle était forcément au courant !

— Quelle plaie, celle-là. Je vais tâcher de dénicher le rapport du légiste. Continue à fouiller de ton côté. »

Nous raccrochons, et je pose la main sur la borne d'incendie qui luit au soleil. Pauvre Buster. Encore et toujours, nous essayons tant bien que mal de protéger les enfants. D'abord, Ruth qui déboule, enceinte. Et maintenant, ça. Mon estomac se tord. Je refuse de laisser tomber un enfant, une fois de plus. Ça ne doit pas se reproduire. Il n'en est pas question.

Ruth

Quand je reviens au loft après le déjeuner, Chase regarde du rollerblade à la télé.

Il est vautré sur le divan, en short et en T-shirt, un petit bonnet repoussé en arrière sur la tête. Je suppose que quand il a dit que c'était la morte saison, ça n'était pas une blague. On devrait tous être mannequins, payés très cher et ne rien faire de la journée.

« Hé, dit-il, méfiant. Tu es revenue. »

Je me tiens près de la porte, hésitante. « J'ai vu Alex. Elle a dit qu'elle était d'accord pour que je reste. »

Sa figure se transforme en gros point d'interrogation. « Tu es allée à son bureau ?

— Non, je l'ai vue à la boulangerie, en ville. Elle prenait un café avec… Elle allait repartir à son bureau. » Je ne suis pas idiote, je sais garder pour moi les détails, au cas où j'en aie besoin plus tard.

« Bon, c'est bien. » Il se pousse pour me faire une place sur le canapé.

Je m'assois sur le coussin le plus éloigné du sien, à côté des draps qui m'ont servi hier soir, pliés en un carré quasiment militaire.

« Alors, ça ne te dérange pas que je reste ? » demandé-je.

Ses yeux ne quittent pas l'écran. « Tout ce qu'Alex veut me va aussi. »

Nous regardons un moment en silence le rollerblade. C'est une sorte de course, on dirait, quatre athlètes qui descendent en même temps une rampe à toute allure, avec de grands sauts, en jouant des coudes pour s'écarter les uns les autres.

« Pourquoi ils ne descendent pas un par un ?

— Parce qu'il y aurait moins de chutes. » Chase sourit légèrement. « C'est de la télé. »

On dirait les jeux du cirque – ce sont les mêmes genres de spectateurs qui hurlent – et mon attention s'égare. À gauche de l'immense télévision, il y a une étagère où s'entassent des livres, mais de là où je suis, aucun n'a l'air d'appartenir à Alex. Jeune, elle lisait surtout de la fantasy, alors que ceux-là sont tous de Bear Grylls, sur des sujets tels que comment survivre en Patagonie sans disposer d'une bâche. Je jette un coup d'œil furtif, sur ma droite, à la peau de Chase, aussi lisse que celle d'un golden boy. Il n'a rien d'un type qui aurait passé des jours et des nuits dehors sans disposer d'un équipement haut de gamme. S'il a à peu près l'âge d'Alex, qu'il travaille de temps en temps mais qu'il peut s'offrir ce loft, je suppose qu'il a plutôt survécu protégé par papa, maman et leurs largesses.

« Tu faisais du sport quand tu étais petite ? » demande-t-il.

Je mens. « Oui.

— Et Alex ? »

Je pourrais lui raconter combien elle était maigre et nerveuse, comment elle se faisait un devoir de surpasser tous les garçons de sa classe lors des cours de sport, et comment elle y arrivait presque chaque fois. Au lieu de ça, je serre les dents pour répondre « Pas tellement ».

Il s'est à peine passé une heure depuis que j'ai promis de ne pas parler du passé. Voulait-elle dire son passé ou le mien ? Est-ce qu'elle englobait tout, ou seulement nos secrets ? Ça revient peut-être au même, de toute façon. Il est peut-être impossible de faire la différence entre les deux. Mais on ne vit pas et on ne pense pas uniquement au présent. Pas Alex. Pas moi. Si Chase doit traîner souvent dans les parages, je vais devoir rester sur mes gardes.

« Où as-tu rencontré ma sœur ? »

Il se redresse sur le canapé, avec un large sourire. « À l'épicerie, il y a deux ans. Je l'ai aidée à attraper des sablés sur l'étagère du haut. »

Des sablés. Ma mère les adorait.

« Il n'y avait qu'un seul autre truc dans son panier. Tu sais ce que c'était ?

— Une barre chocolatée ?

— Oui ! Comment tu sais ça ? » Il baisse le son de la télé. « C'était un Kit Kat. Et rien d'autre. Pas un seul légume.

— Elle a toujours aimé la *junk food.* Ma mère cachait les biscuits dans le placard le plus haut de la cuisine, mais Alex grimpait quand même pour les attraper. »

Je me mords la lèvre. C'est impossible. Le passé déborde, même quand j'essaie de l'éviter. Il faut que je me reprenne.

« Elle m'a donné son numéro dans la boutique, dit Chase. Et comme j'avais laissé mon portable dans la voiture, je l'ai écrit sur une banane, avec un stylo trouvé par hasard au rayon du vrac. Je l'ai rappelée le soir même. Et je n'ai jamais mangé la banane. »

Il est sympa, me dis-je. *Et complètement dépassé.* Ma sœur est plus réservée que ça. L'Alex que je connais ne dirait jamais rien d'important à personne avant d'avoir vraiment confiance. Elle a créé pour Chase une version simplifiée d'elle-même, et elle joue en permanence ce personnage depuis qu'elle est avec lui.

« On est heureux à Moses River, dit-il comme s'il m'entendait penser.

— Bien.

— Et toi ? Tu es heureuse ? »

Qu'est-ce que c'est que cette question ? Comme je ne réponds pas immédiatement, il se retourne vers la télévision. La course de rollerblade laisse place aux publicités, Chase se lève et va se prendre quelque chose à boire dans le frigo. Il ne me propose rien et je reste assise, tendue, sur le canapé. Je ne suis pas sûre d'y arriver. Pas seulement parce que je suis coincée par les règles strictes qu'Alex m'a imposées. Pas seulement parce que je suis impétueuse, que je ne sais pas garder un secret. Mon vrai problème, ma véritable trouille, c'est tout ce que j'ai laissé derrière moi à Pittsburgh. Et tout ce que j'ai apporté ici. J'ai simplement essayé de bien choisir, de bien faire, mais je me suis encore plantée. C'est ma spécialité, apparemment. La seule chose que je puisse faire maintenant, c'est espérer que j'ai bien effacé ma piste, qu'Eli ne me retrouvera jamais. S'il met la main sur l'adresse de Chase et qu'il frappe à la porte, ce sera comme laisser entrer un tsunami.

Je pose une main sur mon abdomen. Je ferai tout pour mettre ce bébé à l'abri. Alex doit bien le savoir. Mon histoire n'est pas aussi simple que celle qu'elle décrit comme sienne, mais je ne suis pas droguée, je n'ai rien pris depuis longtemps. Si je suis une voleuse, je n'ai pris que ce qu'on me devait, rien de plus. Et je ne l'ai même pas pris pour moi, mais pour mon bébé. Je n'avais rien. J'ai fait ce que je croyais intelligent de faire, mais c'est toujours comme ça : faites quelque chose de bien et l'univers se chargera de le tordre, de le dévaloriser, d'en faire quelque chose de méprisable. Et alors il sera trop tard pour revenir en arrière. C'est ce qui s'est passé à Pittsburgh, c'est ce qui s'est passé à Horizon. Aujourd'hui encore, le village de mon enfance est juste derrière moi, il me mord les talons. Alex a peut-être l'impression de pouvoir courir plus vite que son passé en refusant d'en parler, mais le mien ne se laisse pas si facilement détourner. Je ne peux pas m'empêcher de sentir qu'il me rattrape.

Alex

Cela fait deux semaines que j'ai laissé ma sœur s'installer chez moi et que nous avons établi les règles de son séjour. Nous sommes assises dans la salle d'attente du médecin, aussi discrètes et silencieuses qu'il se doit. Je repense à tout ce qui s'est passé ces derniers temps, mais l'odeur de la clinique où nous sommes me trouble et perturbe mes pensées. La propreté est trop caustique, cette stérilité est un affront. Je n'ai jamais réussi à me sentir tranquille dans un hôpital. Quand j'y emmenais papa pour ses séances hebdomadaires, le voile chimique de la Javel qui masquait la persistance de la mort ne me trompait pas. À côté de moi, sur sa chaise en plastique, Ruth a posé les mains sur son petit ventre mais son pied droit tressaute, exactement comme il y a toutes ces années, quand nous étions assises à attendre, embarrassées, dans une clinique qui ressemblait beaucoup à celle-ci.

Je savais que j'avais été un peu dure avec Ruth dans la boulangerie, deux semaines plus tôt, donc quand je suis rentrée ce soir-là et que je l'ai vue sur le divan à regarder la télé, je lui ai dit que je serais toujours là pour l'aider, quoi qu'il arrive.

« Si je dois t'héberger et m'occuper de toi, ai-je dit, je m'occuperai aussi de ton bébé. »

En réalité, c'était le seul moyen pour moi de pouvoir prendre soin de tout le monde. Elle a hoché la tête, une seule fois, comme si elle s'attendait à ce que je réagisse comme ça depuis le début.

J'ai pris la télécommande et coupé le son de l'émission qu'elle regardait. « Ce que je veux dire, c'est qu'il te faut un suivi prénatal. Je vais te prendre rendez-vous pour un bilan de santé, d'accord ?

— Parfait. Parce que ça te concerne aussi.

— Moi ? » Je me suis frotté l'œil. « En quoi suis-je concernée ?

— Il s'agit de recréer des liens. » Elle s'est flatté le ventre, satisfaite. *Regarde-moi*, semblait-elle dire. *Regarde le cadeau que je t'apporte.* « Et bien sûr que j'allais me renseigner pour un suivi médical prénatal. Je suis déjà une bonne mère, tu sais. J'ai déjà acheté un couffin, et tout. » Je n'ai pas voulu la dévaloriser ; ç'aurait été contre-productif.

Depuis cette conversation, nous avons trouvé un équilibre précaire dans le loft. Chase sert d'amortisseur : à chaque repas, il oriente la conversation sur des sujets joyeux – des sujets qui ne peuvent pas dégénérer en conflit –, ce dont je lui suis reconnaissante. Je peux toujours compter sur son côté positif.

Tu as déjà été au Mexique, Ruth ? Nous oui, hein, Alex ? Quelle belle civilisation, même s'il faut faire attention à ne pas sortir de l'hôtel. Ou : *Ruth, tu es déjà allée voir Prayer Rock ? C'est une super balade. Totalement faisable dans ton état. Je pourrais t'accompagner. Ou on pourrait y aller tous les trois…*

Ruth parle très peu, comme convenu. Je ne sais pas si elle est plus bavarde quand elle est seule avec Chase à l'appartement mais de ce que je peux en voir, elle respecte les règles. Chase ne m'a posé aucune question inhabituelle et n'a rien évoqué de nouveau à propos de mon enfance. Mais ils passent du temps ensemble, c'est sûr. Je trouve parfois deux verres de smoothies dans l'évier, avec la même mousse sur le bord de chacun. J'avoue que quand le patron de Chase l'a appelé pour lui dire que de nouvelles séances photo étaient programmées, je me suis sentie un peu soulagée.

J'aimerais que Ruth m'en dise plus sur le bébé mais à chaque fois que je lui demande qui est son père, elle se tait. C'est forcément Hal Nightingale, même si l'idée que son patrimoine génétique puisse se perpétuer me retourne l'estomac. Un jour ou l'autre, j'arriverai à lui faire dire qui c'est. Si cet homme doit se pointer chez moi, je veux être prête.

Au travail, les choses ont progressé de manière nettement plus spectaculaire. Quand j'ai parlé à Morris du drame de la mort du premier fils des Floyd, et du fait que le dossier d'Evelyn Floyd en matière de drogue était très récent, je l'ai pris au dépourvu.

« Le petit garçon s'appelait Rocky », ai-je dit. Nous étions assis face à face, tout proches l'un de l'autre, dans son bureau. « Il s'est étouffé alors qu'il n'avait que quatre mois. Evelyn l'avait laissé sans surveillance sur le divan, à côté de son bol de Cheerios à elle. Elle n'a pas su dire combien de temps elle l'avait laissé là. Rocky a basculé, la tête dans le bol de céréales, et n'a pas pu se redresser. » Prononcer ces mots à voix haute m'a fait frissonner. J'imaginais le regard terrifié du bambin qui essayait de relever la tête, ses mains minuscules qui battaient l'air.

« Comment tu sais tout ça, bon sang ? »

J'ai tendu à Morris le rapport du légiste. Je l'ai vu blêmir à sa lecture.

« Tu as obtenu ces informations légalement, Alex ? Ou est-ce que tu as encore magouillé ?

— Je n'ai pas eu de mal à les trouver. » Je ne faisais que mon boulot, et il le savait.

« Aussi tragique qu'il soit, ce rapport du médecin légiste ne justifie pas qu'on enlève Buster à sa mère. » Il a plié la feuille de papier en deux, comme pour la nier. « Le décès de son frère remonte à trois ans et n'a jamais été jugé comme une négligence. Il est écrit ici qu'il est accidentel.

— Je sais, mais reconnais que ça rend la situation actuelle plus troublante. Il faut qu'on retourne là-bas. Et il faut que tu viennes. »

Il a lissé sa cravate. « J'ai confié cette affaire à Minerva. Elle et toi, vous pouvez…

— Minerva savait ce qui est arrivé à Rocky Floyd et elle n'en a pas dit un bon Dieu de mot ! Morris, je suis restée très réservée sur le sujet. Je n'ai pas été agressive du tout, contrairement à ce que Minerva t'a raconté. Je n'ai pas déboulé dans son bureau pour lui demander pourquoi elle avait gardé ce genre d'infos pour elle avant une visite d'évaluation. Je dois en conclure que c'est parce qu'elle n'a pas jugé que c'était important, ce qui, soit dit en passant, est complètement dingue.

— Alex, tu ne peux pas porter des jugements à l'emporte-pièce comme ça au travail. Ça crée la zizanie. »

J'ai compté sur mes doigts, comme pour une macabre liste de courses. « Le premier bébé est mort faute d'attention, sous leur responsabilité. Le second a été laissé sans surveillance devant un bureau de poste. Tu vois la répétition ? La première fois que j'ai vu Buster, il dormait la figure enfouie dans le *coussin d'un canapé*, pendant que sa mère comatait à côté de lui. Si ça se trouve, c'est sur ce même divan que son autre fils est mort ! Est-ce qu'elle a seulement changé son canapé ? La maison est dégueulasse. Et il y avait un dossier ouvert sur Evelyn au service des Addictions il y a quelques mois à peine. *Quelques mois*, Morris ! » J'ai senti le feu me monter au visage. « Tu n'as pas peur de ce qui peut se passer si l'histoire se répète ? Si le bruit court que nous savions pour la première fois et que nous n'avons rien fait pour empêcher la seconde, on aura tous les médias sur le dos. »

Morris a inspiré entre ses dents écartées. Il réfléchissait. J'ai attendu.

« À tout le moins, il faut que tu voies par toi-même, ai-je insisté.

— Et tu n'as rien dit de tout ça à Minerva ?

— Non, j'ai cru préférable de venir te voir d'abord. Pour ne pas semer la zizanie. Après tout, c'est toi le chef du service.

— D'accord, bon, oui, c'est vrai. Je suis le chef du service. Je veux dire… Visiblement, ce ne sont pas des rapports de travail idéaux. Tous les canaux de communication devraient être ouverts, entre collègues. » Il a hésité. « Quand la prochaine visite à domicile doit-elle avoir lieu ?

— Fin juillet.

— Je vais discuter avec Minerva et lui expliquer que cette affaire Floyd a attiré mon attention. Je viendrai avec vous. Mais je te préviens, Alex, si je suis du même avis que Minerva…

— Oui, oui, je sais. » J'ai levé les deux mains. « Je respecterai votre décision. J'ai confiance en ton jugement, Morris. Je veux simplement que tu sois là pour la visite. »

Cela n'a pas été simple, mais oui, nous avons progressé.

À présent, dans la salle d'attente du médecin, Ruth est assise à côté de moi, agitant toujours le pied. « Tu veux bien arrêter ? dis-je. Lis un magazine, plutôt.

— Tout le monde nous regarde. Ils pensent tous que j'ai fait des bêtises. » Elle se tourne vers moi. « Comment peux-tu supporter ça ?

— Ne sois pas ridicule. Tu es adulte. Ils ne pensent pas ça. Personne ne te regarde. »

Mais elle a raison. Les gens nous dévisagent. Face à nous, une femme dans une tenue de femme enceinte impeccable s'humecte le doigt pour tourner la page de son roman, mais elle ne regarde pas les mots imprimés, elle ne fixe que nous. Elle a largement entamé ses trois derniers mois de grossesse, l'éponge de son ventre déborde sur la couverture de son livre. Et d'autres nous jettent des coups d'œil furtifs. Pourquoi toutes ces futures mères nous jaugent-elles ? C'est peut-être un trait commun aux femmes enceintes dans une salle d'attente de gynéco-obstétrique : elles ont besoin de comparer, de faire mieux que les autres. Qui va emporter le prix du plus beau bébé, de la meilleure maman ? Ou alors elles essaient de deviner notre lien, de comprendre pourquoi c'est moi qui suis là plutôt que, disons, son mari. À voir notre absence de sollicitude, il est assez clair que nous ne sommes pas en couple.

« Essaye ça, dis-je en tendant à Ruth un petit livre des prénoms. Autant te préparer. »

Ruth prend le livre sans l'ouvrir.

« Qu'est-ce que tu penses d'Oscar ? J'ai toujours aimé ce prénom. »

Ruth émet un son, comme si elle soufflait sur une mouche posée sur ses lèvres. « Ça ressemble tellement à Chase.

— Qu'est-ce que tu veux dire ?

— Qu'il donnerait volontiers à son fils un prénom snob et institutionnel, fait pour enfiler un costume à rayures. Le prénom de quelqu'un qui a des actions à la bourse de New York. » Elle hésite. « Comme Remington, Hamilton. Ou Excalibur. »

Je ris – je ne peux m'en empêcher, même si je ressens un petit pincement d'infidélité. Ruth rit avec moi, satisfaite.

« Je croyais que tu t'entendais bien avec Chase. » Ça n'est pas une question. « Vous regardez la télé ensemble, assis sur le divan, à boire vos petits smoothies. »

Ruth ignore le sarcasme et se met à feuilleter le petit livre des prénoms. « C'est grâce à toi, Alex. Tu as choisi un mec avec qui il est facile de s'entendre. »

Je n'arrive pas à interpréter son intonation. « Chase me fait vraiment du bien. »

Quand Ruth reprend la parole, son ton est plus léger. « Tu savais qu'on était prédisposées à choisir des hommes qui nous rappellent nos pères ? Est-ce que Chase te rappelle papa ? »

Je renifle. « Papa n'était pas quelqu'un de facile.

— Non, hein ? » Elle se penche avec un air de conspiratrice. « Il était toujours très dur. Avoir un compliment de sa part, c'était…

— Mais il n'était pas méchant, Ruth », coupé-je. Je ne peux pas la laisser dire du mal de lui, surtout après ce qu'elle lui a fait subir. « S'il était dur, il était aussi juste. Il m'a appris beaucoup. »

Ruth se renfonce sur son siège, l'air fermé, et l'espace d'un instant, je m'en veux. Mais c'est de sa faute.

« Papa avait des avis tranchés, mais il était intègre. Il faudrait plus de gens comme lui. » Je garde une voix égale. « Contrairement à ton Hal. »

Elle lève les yeux au ciel. « Oublie Hal, s'il te plaît ! »

« *Oublier ?* » Elle veut rire ? Face à nous, madame Troisième-Trimestre-Idéal tourne bruyamment sa page. J'ai envie de cracher par terre. « Il t'hypnotisait. Il passait avant tout le reste.

— Tu ne sais pas tout, Alex. Malgré ce que tu peux croire, j'ai vraiment changé de vie. »

Je baisse d'un ton, mais mes murmures sont rauques. « Alors pourquoi as-tu quitté Pittsburgh ? »

Ruth hésite. « Mon… le père de mon bébé. Il était incapable de changer de vie, lui.

— Qui est-ce, Ruth ? »

Elle ouvre la bouche pour parler mais, juste à cet instant, une infirmière entre dans la salle d'attente et l'appelle. Ruth se lève et baisse les yeux vers moi, sourcils froncés.

« Tu veux qu'on y aille ensemble ? » demandé-je. La dernière fois, il y a si longtemps à Horizon, nous nous sommes séparées dans la salle d'attente. Et nous n'étions plus les mêmes quand nous nous sommes retrouvées.

« Bien sûr que oui. » Puis elle soupire comme si je la laissais tomber. « Reste avec moi, tu veux bien ? »

Le bureau du médecin est aussi blanc et impersonnel que le reste de la clinique. Un schéma de l'anatomie humaine au-dessus de la table de chêne montre un écorché de certaines parties du corps. Je sais que c'est scientifique, mais la vue des muscles et des os m'inquiète, comme un avertissement de ce qui rôde sous la surface. Le médecin, qui a des cheveux blancs, est corpulent – une boule de graisse sur sa nuque fait des plis au-dessus de son col, comme une paire de lèvres supplémentaires.

« Bonjour, dit-il en s'adressant à moi. Je suis le Dr. Richard Trevalley. Laquelle de vous deux est Ruth ?

— C'est elle », indiqué-je avec un mouvement du menton. Ruth est debout au milieu de la pièce. « C'est avec elle que vous devez discuter.

— Oh. » Il recentre son regard. « C'est donc vous la vraie patiente ! Asseyez-vous là sur le lit. Et vous… » Il me désigne du doigt un fauteuil fatigué à côté de son bureau. « Désolé, il n'est pas très rembourré.

— Ne vous inquiétez pas. Ça ira très bien. » Les médecins aussi me mettent mal à l'aise. À cause de leur capacité à détecter le pire, des choses que vous ignoriez, et à vous le faire savoir.

« Vous êtes une amie venue la soutenir moralement ? » Il a les bajoues qui pendent.

« Je suis la sœur de Ruth.

— Ah, super. C'est parfait. Une famille unie, et tout. Donc, on est venues faire un bilan ? On en est au premier trimestre ? » On dirait qu'il parle comme si Ruth et moi étions une seule entité.

« J'en suis à dix-huit semaines, dit Ruth en s'asseyant sur le lit. Vingt, peut-être.

— Oh, tant que ça. Et c'est votre premier rendez-vous prénatal ?

— Oui, dit-elle sur la défensive. J'y pensais depuis un moment. »

Il prend des notes avec un stylo de prix, les poils de son nez sifflent. « Non, c'est très bien que vous soyez venue. Le suivi prénatal est capital, surtout pour une première grossesse. »

Je jette un coup d'œil à Ruth, mais son regard ne croise pas le mien.

« On va regarder ça dans une minute et confirmer la date prévue pour l'accouchement. Vous avez déjà senti votre bébé bouger ?

— Quoi ? dit Ruth. Non. » Ses doigts s'entortillent dans l'ourlet de son T-shirt. « C'est grave ?

— Mon Dieu, non ! Pas du tout. Je ne… Je suis sûr que tout va bien. Remplissons juste quelques cases. Poids, taille, groupe sanguin. Pouvez-vous enlever vos chaussures, s'il vous plaît ? »

À regret, Ruth ôte une chaussure, puis l'autre. Le médecin pose une vieille balance de salle de bain sur le sol et l'invite à y grimper d'un geste. L'aiguille oscille un moment avant d'indiquer son poids.

« Bien. Vous voyez ? Très bonne santé. » Il retourne à son bureau et griffonne dans son dossier. « Remontez là-dessus et on va prendre votre tension artérielle. »

Il enfile la manchette au bras de Ruth. « Vous vous sentez bien depuis que vous êtes enceinte ? La tête qui tourne ? Des vertiges ?

— Non. Rien.

— C'est bien. » Il appuie sur une poire de caoutchouc, qui couine à chaque fois qu'il pompe. « Et pas d'antécédents médicaux que je doive connaître ? Peut-on faire transférer votre dossier médical ?

— Transférer ? répète timidement Ruth.

— Oui. C'est important d'avoir un dossier médical complet. Où pourrions-nous l'obtenir ? »

Je vois Ruth avoir un mouvement de recul. Le médecin lève les yeux du cadran de son tensiomètre.

« Elle habitait Pittsburgh, dis-je. Tu avais un médecin là-bas, Ruth ? »

Ses yeux font des allers-retours entre le médecin et le sol.

« Ruth? »

Le Dr. Trevalley détache le velcro de la manchette passée au bras de Ruth, puis se tourne vers moi. « Il serait peut-être plus simple que vous attendiez dehors.

— Non, elle a besoin de moi ici, protesté-je en m'avançant à côté d'elle. N'est-ce pas, Ruth ? »

Ruth ne répond pas.

« Néanmoins, je vais vous demander, s'il vous plaît…

— Mon dossier est à la maison de correction de l'État de Pennsylvanie, à Pittsburgh, dit Ruth d'une voix rauque. C'est là que j'ai vu un médecin pour la dernière fois. Ils pensaient que je faisais une attaque, mais c'était seulement une crise de panique. Ils m'ont envoyée à l'infirmerie. »

J'ai l'impression d'avoir pris un coup en pleine figure. Ruth a été en prison ? La tête me tourne. J'ai envie de la prendre dans mes bras autant que de la gifler.

« Qu'as-tu fait, Ruth ? » demandé-je doucement.

Elle enfouit le visage dans ses mains et hoquette, une seule fois, un son qui détone dans ce décor tout blanc.

Le Dr. Trevalley s'éclaircit la gorge. « Bon, vous savez quoi, je vais demander à votre sœur d'attendre dehors. On va se débrouiller, merci.

— N'est-ce pas à elle de décider, plutôt qu'à vous ? Tu veux que je sorte, Ruth ? »

Ruth acquiesce en s'essuyant le nez d'un revers de main.

« On viendra vous chercher si on a besoin de vous, d'accord Ruth ? » Il ouvre la porte.

« Je m'appelle Alex, dis-je en passant devant lui. Je suis juste là, Ruth, si tu as besoin de moi. »

La salle d'attente est presque vide, à présent. Madame Parfaite est partie, en emportant son roman. Je me rassois, mais j'ai les jambes qui tremblent et j'ai mal à la tête. La maison de correction de Pittsburgh. Qu'est-ce qu'elle a fait ? Que me cache-t-elle d'autre ? Une pensée me vient. Je peux toujours demander à Sully. Non, si ça doit marcher, si je dois l'aider, il faut que Ruth me le dise elle-même.

Je passe encore vingt minutes dans la salle d'attente qui pue l'antiseptique et juste au moment où les élancements de mon crâne deviennent insupportables, Ruth ressort, les yeux un peu brouillés mais les mains serrées sur une petite image imprimée. Elle me la tend sans rien dire. C'est une photo floue, sépia.

« C'est mon bébé. La tête est là. » Elle indique un bulbe vague, étrange, en souriant. « Il n'est pas parfait ? Le Dr. Trevalley dit que je suis plus avancée que je ne le croyais. Je devrais accoucher mi-septembre. Il dit que je vais être une très bonne mère.

— Vraiment ? » J'hésite. « Si tôt que ça ? C'est fantastique, Ruth. Sincèrement. Et ton bébé et toi, vous êtes en bonne santé ?

— Oui, je vais bien. On va bien. Viens, j'ai envie de sortir d'ici.

— Le Dr. Trevalley n'a pas dit qu'il voulait te revoir dans quelques semaines, ou quelque chose comme ça ?

— Viens, on s'en va. »

Il y a une dureté dans sa voix, un air de défi que je connais bien. Mais je n'ai pas la force de lutter contre, pas ici.

Nous sortons au grand soleil. La chaleur de midi se réverbère sur le trottoir et instantanément, le brouillard qui m'oppressait le cerveau dans le cabinet médical se lève et je parviens à me concentrer sur ce que je dois faire. Nous avons quitté le loft à pied ce matin mais je sais que dès que nous serons rentrées à l'appartement, Chase sera là avec sa liste de sujets réjouissants. Nous n'aurons aucune chance de parler de ce qui vient de se passer, et il me faut des réponses.

« Ruth, on peut se poser un moment ? » Je cherche un banc alentour mais il n'y a qu'un arrêt de bus, face à l'entrée du cabinet médical. J'entraîne Ruth dans cette direction, elle me suit, la photo imprimée serrée dans la main comme un jouet qu'elle aurait gagné à la foire. Nous nous asseyons sur un rebord de plastique dur, moulé, sous l'abri, éloignant nos genoux l'une de l'autre. Derrière la tête de Ruth, un graffiti représente des colombes blanches qui s'envolent, comme des vérités qui lui échapperaient.

« Que s'est-il passé à Pittsburgh ? »

Elle baisse les yeux vers le béton.

« Chase et moi t'avons accueillie chez nous, dis-je. Le moins que tu puisses faire, c'est de nous dire qui est la Ruth que nous avons laissée entrer.

— Mais putain, Alex, je ne suis pas une dangereuse criminelle. Je suis ta sœur.

— Et tu penses vraiment que je vais croire que tu as changé de vie ? »

Je fais de mon mieux, mais elle ne me facilite pas les choses. Comme quand nous étions gamines, qu'elle mentait éhontément à papa et s'attendait à ce que je la couvre.

Elle pose la main sur mon genou et l'y laisse, toujours muette. Mais l'inspiration qu'elle prend ensuite est hésitante.

« Ce n'était pas moi, dit-elle. Les ennuis que j'ai eus… ça n'était pas ma faute. »

Je me mords la lèvre sans répondre. Comme c'est étrange d'avoir avec elle la même conversation, encore et encore. *Ce n'était pas moi ! Ça n'est pas à moi ! Je n'ai rien fait !* La seule chose qui a peut-être changé, en grandissant, c'est que les enjeux sont maintenant plus sérieux.

« Tout ça, c'est à cause de Hal. »

Ce nom est un pieu froid planté en plein dans ma gorge.

« Il était pris dans des histoires de drogue, mais tu le sais déjà. Ça n'était pas un très bon mec. » Elle hésite, comme si cette dernière affirmation était révélatrice.

« Tu le savais avant de partir avec lui.

— Je n'avais aucun autre endroit où aller. J'ai fait ce que je devais faire. J'ai survécu. Ça n'est pas différent de ce que tu peux faire, toi. »

Je la regarde sévèrement, elle et ces colombes idiotes qui entourent sa figure sombre.

« Hal Nightingale n'était pas bon pour moi, Alex, mais c'était ma seule issue de secours.

— Hal Nightingale a démoli notre famille.

— Nous étions déjà une famille démolie. Tu le sais très bien. »

J'ai envie de vomir, comme toujours quand je repense à cette période. Je refoule les souvenirs qui menacent de ressurgir et j'essaie de concentrer mon attention sur Ruth. « Pourquoi es-tu allée en prison ? Qu'est-ce que tu as fait ?

— Hal s'est fait prendre en train de revendre de la dope, et j'étais avec lui. En fait, j'étais dans la voiture, je dormais.

— Tu dormais dehors dans sa voiture ? » Elle a toujours eu sa façon à elle de présenter les choses. Je ne peux jamais être sûre que la version des événements qu'elle me donne est la bonne.

« J'étais défoncée. Voilà, *là*, je l'ai dit. J'étais défoncée et je m'étais endormie. Quand la police nous a coffrés, j'étais K.O., mais je ne leur ai rien dit. Je n'aurais pas fait ça à Hal. Mais lui, dans l'autre pièce, il leur a tout raconté et il m'a tout mis sur le dos. J'ai fait un an de prison. Hal s'en est tiré avec un rappel à la loi. Je pensais qu'il m'attendrait, mais à ma sortie de prison, il avait disparu. Je ne l'ai jamais revu.

— Vraiment ? C'était quand, ça ?

— Il y a cinq ans. C'est pour ça que je n'ai pas pu venir à l'enterrement de papa. Et avant ça, j'étais en plein dans la mouise, je n'ai même pas su que maman était morte. Je m'en voudrai toujours. » Une larme glisse sur sa joue.

Est-ce la vérité ? Difficile à dire. Et pourtant, malgré moi, je commence à la croire. Quelle raison pourrait-elle avoir de mentir, à présent ?

Je lui prends la main. Elle est humide, et comme frétillante.

« Je serais venue à l'enterrement si j'avais pu, reprend-elle. Même si papa me haïssait, je serais rentrée à la maison.

— Il ne te haïssait pas. » Nos mains sont toujours enlacées. Nous n'avons pas été aussi proches depuis des lustres.

« Voilà tout ce que je ne t'ai pas dit, reprend Ruth. Il n'y a rien de plus. » Elle se frotte le poignet, déformant le tatouage à son creux.

Bien sûr qu'il y a autre chose. « C'est pour quoi, cette flèche ? »

Elle baisse les yeux sur son tatouage, comme si elle l'avait oublié. « Oh. C'est pour le mouvement. En avant. Les flèches ne vont jamais en arrière. J'ai vraiment essayé de reprendre ma vie en main, Alex. J'ai pris quelques bonnes décisions, c'est la vérité. Quelques-unes.

— Tant mieux », dis-je même si je ne peux m'empêcher de penser qu'elle ne me raconte pas tout. Malgré toutes les cartes qu'elle a abattues sur la table, il lui en reste quelques-unes dans sa manche. « Tu ne m'as toujours pas dit pourquoi tu étais venue ici. »

Elle se mord la lèvre à sa façon bien à elle et tape un pied contre l'autre. « Eli.

— Eli ?

— Eli Beck. L'homme avec qui je vivais à Pittsburgh.

— Que s'est-il passé ? » Mais je connais déjà la réponse. Il y a des constantes dans les rapports de Ruth avec les hommes. Le parcours est inscrit dans son cerveau.

« Je croyais que c'était un type bien. Il était gentil, au début. C'était une illusion. On travaillait dans la même université – lui à la cuisine, moi je servais les étudiants et je faisais le ménage.

— Qu'a-t-il fait, Ruth ?

— Il s'est mis à dealer. Et je ne voulais pas en entendre parler. Il m'a frappée. Fort. Juste là. » Elle pointe un index tremblant contre sa tempe. « J'ai dû partir parce que le bébé n'était pas en sûreté. »

J'ai envie de lui hurler dessus : *Pourquoi ne peux-tu pas mieux choisir tes mecs ? Ce n'est pas toi qui m'as dit que nous avions tendance à choisir des hommes qui ressemblent à notre père ? Et pourtant tu n'as jamais fait ça ?* Mais je ne dis rien de tout ça. À la place, je l'entoure de mon bras et la serre contre moi. « Oh, Ruth ! Au moins, tu es partie de là-bas. Et ton bébé va bien. C'est déjà ça.

— Oui. » Elle sourit faiblement. « Bon débarras – c'était une ordure. Et je vais être une bonne mère. »

Nous gardons le silence une minute. Il ne reste plus qu'une seule question.

« Ruth…

— Oui, c'est lui, dit-elle avant que j'aie fini ma phrase. C'est Eli, le père.

— Il est au courant ? » Je n'ai aucune envie de voir débarquer chez nous un dealer violent.

« Non. Je suis partie avant qu'il ne l'apprenne. Il ne sait pas où je suis.

— Bon. Alors tu es débarrassée de lui, maintenant.» Je lui serre le bras. «En avant? C'est bien ça, Ruth?»

Elle détourne les yeux et s'agite sur le banc, perdue dans le fil de ses pensées. C'est une pauvre chose chiffonnée. Pour elle, le seul signe d'espoir est cette feuille de papier brillant qu'elle serre dans ses doigts. Je ne l'ai pas accueillie des plus chaleureusement mais je commence à comprendre qu'elle ne pouvait pas faire mieux que de venir me voir, de se confier à moi. Je peux encore l'aider de bien des manières. Cependant, la première chose que je dois faire, c'est prendre toutes les vérités qu'elle m'a tendues et les examiner très attentivement, en pleine lumière.

Ruth

Quand je suis arrivée à Moses River il y a six semaines, j'espérais qu'Alex et moi pourrions nous retrouver en tant que sœurs et malgré son règlement, on dirait que ça commence à fonctionner. Depuis la visite chez le médecin, Alex est plus chaleureuse envers moi, elle me laisse des petits mots avant de sortir sur la pointe des pieds, le matin – sans doute pour aller à la boulangerie où Sully l'attend. Elle le retrouve parfois pour le petit déjeuner, parfois à midi. Mais elle le voit toujours. Je ne dis rien à Chase. J'ai besoin qu'Alex soit de mon côté. Tous les jours, elle me suggère des activités, essentiellement pour me faire sortir de l'appartement, mais au moins, elle communique. Et Dieu merci, elle n'a pas reparlé de retourner chez le médecin. Je crois qu'y aller lui a été aussi désagréable qu'à moi.

Elle me laisse parfois de l'argent sur le comptoir de la cuisine, avec une liste de choses qu'elle veut que j'achète pour le bébé. Des grenouillères, des petits chaussons, des couches. J'achète ce qu'elle me demande de prendre et j'empile le tout en tas dans un coin du salon. C'est là que le bébé dormira au début, mais je ne sais pas ce qui se passera ensuite. Va-t-elle me demander de partir et de me débrouiller toute seule ? Jusqu'ici elle n'en a rien fait. On dirait qu'elle se fait à l'idée de me garder près d'elle.

Une forme de confiance fragile commence à s'instaurer entre nous trois. Je ne pense pas qu'Alex ait parlé à Chase de mes démêlés avec la loi. Il n'y a pas fait allusion. Et il commence à se détendre quand je suis là et à poser moins de questions. Chaque jour, je vais faire un tour en ville, et en rentrant je le retrouve installé sur le divan, en train de regarder une compétition de je ne sais quel sport à la mode. Il me fait les commentaires en direct pendant que je reste assise là à masser mon ventre qui grossit et à faire semblant de m'intéresser à ce qu'il dit. Sa présence devient plus rassurante. Les jours où il s'absente pour poser pour des affiches ou pour participer à une réunion à la station de ski, je m'occupe en faisant de la cuisine-santé pour moi seule, et j'écoute de la musique classique à plein volume pendant que je cuisine. Chase dit qu'il est prouvé que ça rend les bébés plus intelligents.

Mon ventre est proéminent, maintenant – je ne peux pas cacher que je suis enceinte. C'est comme si, après avoir vu le Dr. Trevalley, toute la partie médiane de mon corps s'était détendue et que j'avais enflé d'un coup. Quelques jours plus tard, j'ai aussi senti le bébé bouger : un sentiment étrange, doux, comme si des bulles s'échappaient d'une cavité tout au fond de moi, mais ce qui m'a envahi n'était pas que de l'enthousiasme. Avant, quand je n'avais pas encore changé physiquement, le concept de maternité me paraissait idyllique. Maintenant, ça devient une réalité. Il y a des moments où je panique et où je me demande si, dans le catalogue de tous les mauvais choix de ma vie, celui-ci n'est pas le pire de tous. Je ne serai pas une assez bonne mère pour cet enfant, mais je ne peux plus revenir en arrière.

Un soir, alors qu'il n'y avait qu'Alex à la maison, je lui ai fait sentir le bébé qui donnait des coups de pied.

Elle travaillait à quelque chose sur son ordinateur, mais je me suis dépêchée de la rejoindre et je lui ai pris le bras.

« Qu'est-ce que tu fais ? a-t-elle demandé en se raidissant.

— Je te montre. Sens ! » C'était comme si j'essayais d'attraper un joystick, mais quand je suis enfin arrivée à poser la main d'Alex sur mon ventre, son visage s'est calmé et elle a soupiré comme si le monde venait de retrouver son cours normal.

« C'est pas bizarre, ce truc ? ai-je dit.

— Ça n'a rien de bizarre, Ruth ; c'est merveilleux. » Elle a ôté sa main.

« Oui, je sais, mais c'est aussi un peu étrange. C'est comme s'il y avait un alien là-dedans, enfermé dans un sac.

— Mon Dieu », a-t-elle dit en se remettant au travail.

Maintenant, je sens le bébé bouger tous les jours, et la sensation se fait plus précise. Bientôt, je serai capable de le voir donner des coups de pied sous ma peau, ça va être surnaturel, un petit scénario de science-fiction.

Je suis toujours contente quand Chase rentre. Il continue à se réjouir plus que tout le monde de ma grossesse. Il aime bien que je sois chez eux. Il me dit qu'accoucher d'un petit garçon demande plus d'énergie que d'escalader le sommet du mont Everest. Je ne sais pas d'où il tient ça, ni pourquoi il suppose que je vais avoir un garçon, mais c'est bien qu'il s'y intéresse. Ça signifie qu'il y a moins de risques qu'il me fiche dehors à tout moment.

« Être mère, c'est la chose la plus forte au monde, répète-t-il souvent. Il va t'arriver des bonnes choses, Ruth. J'en suis sûr.

— Merci », dis-je en espérant que ce soit vrai. Ça fait près de deux mois, maintenant, et je n'ai eu aucune nouvelle de Pittsburgh. J'ai peut-être vraiment réussi à enterrer le passé. Il ne remontera peut-être pas jusqu'à moi.

Près de moi sur le divan, Chase hésite. « Alex et moi avons parlé de fonder une famille, mais hélas, ça ne nous arrivera pas.

— Ah bon ? » Je fais un effort pour me redresser. « Pourquoi pas ?

— Elle ne peut pas avoir d'enfants.

— Elle te l'a dit ? » *Elle ment. C'est seulement qu'elle ne veut pas d'enfant avec toi.*

« Eh bien… dit-il en se frottant les yeux, les médecins nous ont fait faire des tests. Tu ne le savais pas ? Non, tu ne devais pas le savoir, si tu es partie quand elle était jeune.

— C'est vraiment triste, finis-je par dire en faisant semblant de le croire – ce qui n'est pas le cas.

— Non, mais ça va. Ne sois pas gênée. Et ne lui dis rien : elle ne voudra pas en parler. »

En réalité, je voulais dire que c'était triste pour nous, en tant que sœurs. Nous sommes censées avoir un sixième sens, être un champ de forces protecteur l'une envers l'autre. Mais Alex a rétréci le sien et ne s'en sert que pour m'écarter d'elle. Non seulement je me doute qu'elle lui a menti, mais je crois aussi savoir pourquoi elle lui ment. Et je ne peux en parler à Chase, parce que ça fait partie du règlement.

De son côté, Alex ne met aucune limite à sa curiosité. Elle essaye toujours d'en savoir plus sur Eli. *Il a les cheveux bruns et sales, comme ceux de Hal ? Ou est-ce que tu as au moins progressé d'un cran de ce côté-là ?* Je ne lui dis rien. Elle me jugerait, de toute façon. Ça, au moins, ça n'a pas changé. Quand Eli et moi avons emménagé dans la maison de Lennox Street avec quelques autres personnes rencontrées dans des centres de réadaptation, je savais que tous ceux qui y habitaient gagnaient malhonnêtement leur vie. Ils n'avaient rien de citoyens modèles ; ce n'était pas la maison idéale. Mais les loups ne se mangent pas entre eux, me suis-je dit, alors j'ai accepté cette chambre qu'on nous proposait, et j'ai fait comme s'il n'y circulait pas de drogue. J'ai résisté à la tentation, mais pas Eli. Ça n'était pas facile, mais on se débrouillait. Tout ne s'est écroulé que quand il a décroché ce boulot à l'université et qu'il a vu tous ces étudiants. Il y avait là un marché à exploiter. Il a senti l'odeur de l'argent frais.

J'élude autant que possible les questions d'Alex. Je ne peux pas lui dire toute la vérité, comment Eli nous a tous embarqués sur une pente dangereuse, comment il nous a tous aspirés vers le fond avec lui. J'ai essayé de ne pas me mêler des affaires d'Eli, mais il n'a rien voulu savoir ; il m'a battue. Finalement, il ne m'est resté qu'une solution, m'enfuir, et prendre un aller simple pour chez elle. Où aurais-je pu aller, enceinte, avec un casier judiciaire ? Au début, je gardais mon secret pour la protéger, mais il a fallu que je lui donne un gage, un embryon de vérité, et c'est ce que j'ai fait. Je ne lui en donnerai pas plus. Je m'éloigne chaque jour un peu plus de ma vie à Pittsburgh. Affaire classée. Au moins, cette partie de l'histoire est crédible. Et Chase, Alex et moi, malgré tout, nous nous entendons plutôt bien.

***

Un après-midi ensoleillé de la fin du mois de juillet, alors que je rentre au loft pour regarder je ne sais quel événement sportif que Chase nous aura déniché à la télé, je m'aperçois en arrivant à la porte qu'elle est entrouverte. La voix d'Alex me parvient. Elle a dû rentrer plus tôt du travail. L'espace d'une seconde, je me sens exclue, comme si elle s'était immiscée dans quelque chose qui m'appartient. Je m'apprête à ouvrir la porte en grand mais je m'arrête, la tête collée à l'entrebâillement.

J'entends ma sœur dire : « Mais il n'y a rien. Je ne comprends pas pourquoi ça t'agace autant.

— Alex… » répond Chase. Puis j'entends le bruit de quelque chose qu'on repose violemment. « Je ne te vois jamais. Tu es toujours au boulot. Et maintenant j'entends *ça*. Comment suis-je censé le prendre ?

— Sully est un ami. On prend un café, on parle de boulot, c'est tout. »

Je connais ce ton. La régularité d'un métronome avant l'explosion. Si ma sœur était une bombe, on entendrait son tic-tac.

« C'est juste un ami ? Mais tu le vois tous les jours ?

— Bon Dieu de merde ! C'est ta petite espionne qui a couru à la maison pour te raconter ça ? Ça ressemble bien à ma sœur, de me décrire comme indigne de confiance. C'est d'une ironie incroyable ! Et pendant ce temps, vous êtes tout le temps fourrés ici tous les deux, bien au chaud, à choisir des prénoms de bébé, et vous vous racontez des histoires comme quoi je te tromperais ?!?

— Ce n'est pas Ruth. Elle ne m'a pas parlé de lui.

— Ça va, épargne-moi tes mensonges ! »

J'appuie le front sur la porte d'entrée mais elle s'ouvre un peu plus et grince légèrement. Chase et Alex font volte-face.

« Oh, tiens donc ! dit Alex en levant les mains. Puisqu'on parle du loup… »

J'entre d'un pas méfiant dans l'appartement. L'atmosphère est lourde, poisseuse presque, comme du goudron.

« De quoi parliez-vous ? demandé-je.

— Je ne vois pas pourquoi tu poses la question, tu as tout entendu ! » Alex attrape son sac qui était posé sur le divan.

« Où vas-tu ? demande Chase.

— Je sors. Retrouver mon *petit ami*. Celui que je vois tous les jours. Pas vrai, Ruth ? » Elle sort en me bousculant d'un coup d'épaule.

Chase reste là à frotter sa barbe naissante, pendant que les pas d'Alex résonnent dans l'escalier. Ce n'est qu'après avoir entendu la porte de l'immeuble se refermer qu'il ouvre la bouche.

« Tu as vraiment tout entendu ?

— J'en ai entendu un peu, dis-je en refermant la porte de l'appartement. Une bonne partie, oui.

— Je suis désolé. On ne se dispute jamais. Je ne sais pas quoi faire. » Il se dirige vers la baie vitrée, en donnant un coup de pied dans un paquet de couches et une couverture polaire qui se trouvaient sur son chemin. « Elle n'est pas facile. Tu comprends ? Et il y a trop de trucs, ici.

— C'est une anguille.

— C'est marrant. Elle dit la même chose de toi. »

Tu m'étonnes !

« Tu le connais, ce Sully ? » Chase fait demi-tour pour me faire face. « Pardon. Je ne devrais pas te demander ça. Tu n'as pas besoin de te retrouver coincée au milieu de tout ça. »

Il a l'air tout triste, debout près de la fenêtre, les épaules voûtées. J'ai envie de le prendre dans mes bras. Serait-ce étrange si je le faisais ?

« Alex se défend toujours férocement si on la met au pied du mur, dis-je. Elle est comme ça depuis que je la connais. Ma mère l'appelait *petite tigresse* tellement elle était farouche.

— *Petite tigresse*, répète Chase doucement. Et toi, comment t'appelait ta mère ?

— *Petite chouette.* » Je déglutis.

« Vraiment ?

— J'étais l'éternelle inquiète. Maman me lissait le front du pouce. Comme ça. » Je passe le pouce au-dessus de l'arête de mon nez. Encore maintenant, la sensation me renvoie à un temps où il y avait des gens pour prendre soin de moi, et je dois m'accrocher au canapé pour ne pas vaciller.

« Qu'est-ce qui t'inquiétait ?

— Le fait d'être la grande sœur. » J'inspire profondément. « À Noël, une année, je suis restée debout jusqu'à minuit parce qu'Alex avait dit à nos parents qu'elle dormait chez une copine alors qu'en réalité elle était allée à une fête. Je ne voulais pas que mon père l'apprenne, mais il m'a surprise à la guetter par la fenêtre de la cuisine. Il m'a fait tout avouer et a appelé les flics. Horizon est une toute petite ville. Les flics sont allés la chercher à la fête et l'ont ramenée à la maison. »

Quand elle est descendue de la voiture de police, elle était molle comme du chiffon et suçotait une de ses mèches de cheveux. Je cligne des yeux pour me libérer de ce souvenir, de cette transe.

« Mais Alex est tellement légaliste, s'étonne Chase. Elle ne parle que de sécurité, de vérité, et de faire les choses dans les règles. »

Maintenant, oui. Je réalise que je n'aurais pas dû dire ce que je viens de dire. J'ai enfreint une des règles d'Alex. La panique m'envahit comme une vague salée.

« Écoute, je ne t'ai raconté cette histoire que parce que tu me l'as demandé. Ne dis jamais à Alex que c'est moi qui te l'ai apprise. »

Chase plisse le front. « Pourquoi ? Il y a autre chose qu'elle ne veut pas que je sache ?

— Non, rien. » *Tout !* « Chase. S'il te plaît, ne lui en parle pas. »

Il me dévisage durement, cligne des yeux en hésitant sur la conduite à tenir. J'ai refermé le couvercle sur Alex pour l'instant, mais il s'est ouvert au moins un instant, et je lui ai permis de jeter un coup d'œil à ce qu'il y avait dessous. J'ai instillé un doute, comme jamais Alex ne l'aurait fait.

Mais toute colère le fuit et il se retourne vers la fenêtre. « Tu as ma parole. »

Il le dit avec une telle simplicité que je le crois. Il tiendra sa promesse. Le soulagement m'envahit. Je le savais. Je savais que nous étions alliés. Tout mon travail a fini par payer.

« Tu veux regarder un peu la télé ? demandé-je.

— Oh oui. » Chase revient vers le canapé. Mais à ce moment précis, mon portable sonne. Je le sors de ma poche et je reste là à fixer l'écran. Il sonne et sonne, et tout l'intérieur de ma tête se met à tourbillonner.

« Tu ne réponds pas ?

— Non. Ce n'est pas important. » J'ai la bouche sèche et je titube jusqu'à la salle de bain. Je referme la porte à galandage derrière moi. La sonnerie finit par cesser et j'attends le bip qui va m'annoncer qu'Eli a laissé un message. Caustique. Radioactif. Une brûlure d'acide sur le répondeur. J'ouvre le placard sous le lavabo et j'écarte les flacons bien rangés de produits nettoyants bio. Là, tout au fond, il y a mon sac. J'y farfouille à la recherche de la boîte de café d'Eli, celle que j'ai cachée le tout premier soir où je suis arrivée ici. J'ôte le ruban adhésif et je retire le couvercle de plastique. Les petits sachets de cocaïne sont empilés, bien tassés, à l'abri. Tout comme les rouleaux de billets serrés par des élastiques. Tout est encore là.

J'ai peut-être un peu parlé d'Eli à Alex, mais je ne lui ai pas dit que je m'étais vengée à ma façon. J'ai pris ce qui m'était dû. J'ai réparé de vieilles injustices. Pour moi, c'est une police d'assurance. Je n'ai aucune intention de me servir de la drogue, pas à moins d'y être obligée. De l'argent non plus. Je suis étonnée qu'Eli ne m'ait pas contactée avant, mais j'imagine qu'il sait que je ne risque pas de répondre à ses coups de fil pour lui donner mon adresse. Eli est rusé. Il essaye de me retrouver. Ça ne s'arrête pas, comme toujours. Je cours, je cours, je cours, mais tout le monde veut me ramener à la maison. Il me retrouvera, un jour. Et quand il me retrouvera, il trouvera aussi Alex et Chase. Une fois de plus, l'univers me cloue sur une roue atroce, et je suis toujours exactement au centre de cette roue qui tourne.

Alex

C'est à cause de Ruth. Chase et moi ne nous sommes encore jamais disputés ainsi et c'est sa faute. J'ai été assez naïve pour croire que les choses pouvaient vraiment changer mais, une fois de plus, elle a des ennuis et elle en crée encore davantage. Chase est plus froid avec moi, maintenant, comme s'il hésitait. Il a pris l'habitude de se coucher plus tôt et quand j'arrive au lit après avoir travaillé tard, il dort déjà et il est impossible de communiquer avec lui. Nous sursautons si nos pieds se touchent, la nuit. Pendant ce temps, Ruth et lui semblent s'entendre de mieux en mieux. Je lui ai ordonné de ne pas parler du passé, mais elle a trouvé une faille : elle lui a parlé du présent. Elle n'avait pas le droit de mentionner Sully.

C'est presque un transfert de bonheur : elle reprend ce que je perds. Quand ils sont assis sur le canapé, Chase lui tend la télécommande de la télé. C'est un geste des plus anodins mais il semble chargé de sens. Elle débarrasse le couvert de Chase après les repas. Je devrais probablement être contente qu'ils s'entendent aussi bien – nous sommes une famille, après tout. Sauf que je sais ce qui se passe vraiment dans les familles, combien elles peuvent devenir compliquées et concurrentielles. Désunies. La réussite d'un de ses membres est très souvent la ruine de l'autre, et Sully a raison : c'est une lutte où il faut jouer des coudes, un jeu de bascule. J'ai vu ça assez souvent pour m'en souvenir toute la vie.

À la maison, je ne peux rien faire sans qu'on m'examine à la loupe. Chase m'observe comme un scientifique étudie ses souris. *Voilà un comportement intéressant*, pense-t-il quand j'emporte, ou quand je n'emporte pas, mon café pour aller travailler. *Je me demande ce que ça signifie*, se dit-il quand je lis un e-mail dès qu'il arrive sur mon téléphone. Je n'aime pas répondre à des messages de travail chez moi, mais beaucoup de collègues sont en vacances ou en congé maladie et je dois les remplacer. Chase a peut-être raison de me désapprouver. Nous essayons en général de profiter de son programme d'été pour passer nos moments libres ensemble mais jusqu'à présent, Ruth nous en empêche. Si je ne suis pas au travail, je fais des courses pour elle, je lui achète ce qu'il faut pour le bébé. J'ai renoncé à dire à Chase qu'aucune de mes urgences de travail n'a à voir avec Sully. Ruth s'est débrouillée pour qu'il ne me croie plus jamais.

En vérité, je n'ai pas vu Sully depuis une semaine – j'ai eu trop de travail, même si, pour être honnête, j'ai également un peu cherché à l'éviter. Chase est trop tendu à son sujet. Pourquoi prêter à plus de confusion ? Je ne sais pas si je me pose cette question pour Chase ou pour moi. Au lieu de ça, je me suis réfugiée dans les heures supplémentaires au bureau. C'est là que, ironie suprême, je trouve l'environnement le plus calme possible, en ce moment. Là, au moins, le chaos est à l'extérieur. Là, au moins, je sais ce que j'affronte.

Alors au moment où je croise par hasard Sully dans le couloir qui mène à l'Aide à l'enfance, j'ai presque l'impression que c'est illicite. Je suis en compagnie de Minerva et de Morris – nous allons rendre visite aux Floyd, tous les trois – et Sully est avec une collègue, une jeune femme, qui lui raconte ce qui lui est arrivé pendant le week-end. Il m'adresse un signe de tête mais il est obligé de continuer à écouter sa collègue. Nous nous mettons sur deux rangs, mal à l'aise, devant l'ascenseur. J'appuie sur le bouton, et nous attendons qu'il arrive.

« Et du coup, on n'a pas pu rentrer avant quatre heures du mat', dit la fliquette. C'est dingue. Qui l'eût cru, dans une ville comme ça ?

— Ouaip. Elle est pleine de surprises, répond Sully qui se tourne et ouvre le cercle. Quoi de neuf, Alex ? Ça fait un moment que je ne t'ai pas vu. Ça va ?

— Oui, on va bien ! » intervient Minerva qui s'avance de deux centimètres.

Sully l'ignore. « Ou étais-tu passée ? » demande-t-il. Si j'entends le ton blessé de sa voix, les autres l'entendent aussi.

« Oh, à droite, à gauche. »

Je sens littéralement bouillir Minerva.

L'ascenseur arrive et les autres s'y engouffrent. Je m'apprête à emboîter le pas à Minerva, mais Sully me prend le bras.

« Je peux te parler une seconde ? » Il me tire sur le côté. « Excusez-nous, lance-t-il tandis que la porte commence à se refermer.

— Je vous retrouve dans une minute », dis-je à mon équipe. La dernière chose que je vois avant que la porte se referme complètement, c'est Minerva qui a l'air de vouloir me couper en deux.

« Salut », dit Sully une fois les autres descendus. Il est si proche de moi que je peux sentir le savon sur sa peau. « Tu n'as pas répondu à mes sms.

— Ça va, j'étais seulement… » Je ne prends même pas la peine de finir ma phrase. Il ne s'y laisserait pas prendre. « Je voulais te dire que j'ai regardé le casier judiciaire de ta sœur, comme tu me l'as demandé. »

J'avais hésité à croire Ruth sur parole, mais je n'ai pas pu m'y résoudre, pas alors qu'il y a un bébé en jeu. Et puisqu'elle a raconté à Chase que je passais du temps avec Sully, je me sens un peu autorisée à douter d'elle.

Sully se rapproche encore de moi, probablement pour se montrer discret, mais son visage n'est qu'à quelques centimètres du mien. Mon cœur s'emballe. « Son histoire tient debout. Elle était en prison à la période dont tu m'as parlé. Elle n'a pas menti.

— C'est déjà ça, je suppose.

— Ouaip. On dirait qu'ils y ont été doucement sur la peine qu'elle a effectivement purgée. Bonne conduite, probablement, et c'était sa première condamnation. »

À leur connaissance. « Et sur Hal Nightingale ?

— Un vrai sale type. Avec un casier long comme le bras.

— Je sais.

— Mais il est mort il y a deux ans. Il s'est fourré dans des ennuis un peu trop grands pour lui. »

Donc Ruth n'a pas menti en disant qu'il n'était pas le père de son enfant, mais elle n'a pas jugé utile de préciser qu'il était mort. La vérité, mais pas toute la vérité. Ou bien est-il possible qu'elle n'en ait rien su ? Quoi qu'il en soit, je ne ressens pas la moindre once de compassion. Bon débarras. Cet Eli doit vraiment exister, alors. J'ignore quelle part de vérité Ruth cache encore à son propos. J'ai envie de demander à Sully de se renseigner sur lui, mais je suis partagée. Je ne devrais pas du tout adresser la parole à Sully, si je ne veux pas mentir à Chase. Je dois mettre fin à cette discussion. Je dois m'en aller, et vite. « Merci d'avoir fait ça, Sully. J'ai bien conscience de t'avoir demandé énormément.

— Mais non. Pas si c'est toi qui me le demandes. » Sully ne recule pas immédiatement.

« Je devrais y aller. Morris m'attend en bas.

— Ça va vous faire une sortie éducative amusante. » Il s'écarte et appuie à son tour sur le bouton de l'ascenseur. « Donc, juste pour être sûr, tu vas snober tous mes sms ? Ou seulement ceux que je t'ai envoyés cette semaine ?

— Je ne te snobe pas, dis-je d'une voix anormalement légère. C'est seulement qu'en ce moment… »

La porte de l'ascenseur s'ouvre avec un tintement.

« Tu viens ? demande-t-il.

— Je crois que je vais prendre l'escalier. J'ai besoin d'exercice.

— Alex, on n'a rien fait de mal. » Puis Sully entre dans l'ascenseur. Je regarde la porte se refermer et je reste dehors. Je dévale l'escalier et je fonce au parking, où Morris et Minerva sont déjà installés dans la voiture de fonction. Morris s'est faufilé à l'arrière, gardant son rôle d'observateur ; le sommet de son crâne touche la garniture du plafond. Il a installé un siège bébé dans l'espace à côté de lui. C'est bon signe. Minerva est assise, raide, au volant.

« Allez, dit Morris tandis que je m'installe sur le siège passager à l'avant. On ne peut pas lambiner toute la journée.

— Elle s'occupait de sa vie amoureuse, rétorque Minerva, qui enclenche brutalement la marche arrière avant que j'aie le temps de boucler ma ceinture de sécurité.

— Pas du tout. » *Elle ne peut pas laisser tomber ?*

« On aurait pourtant dit que si », marmonne-t-elle. Ses jointures, blanches, luisent sur le volant, et je me demande comment Morris lui a fait avaler qu'il se joindrait à nous pour cette visite chez les Floyd. Ça n'a pas dû bien se passer. Minerva a été tendue toute la matinée, et ce avant même que Sully n'entre en scène.

« Morris, tu vas venir dans la maison avec nous ? demande Minerva au bout d'un moment. Ou est-ce que tu es là en mode "je supervise, j'essaie de résoudre les conflits, mais je reste dans la voiture" ?

— J'entrerai avec vous, répond Morris.

— Trois travailleurs sociaux, ça ne fait pas un peu trop ? On dirait le débarquement allié. » Elle prend un virage trop vite.

« Tu peux regarder la route, s'il te plaît ? demandé-je. Et les Alliés ont débarqué pour une bonne raison. »

Elle m'ignore. « Soyons clairs. Il ne s'agit pas de savoir s'il faut prendre des mesures de protection. C'est une simple visite de suivi.

— Tout le monde est sur la même longueur d'onde, dit Morris.

— Oui, c'est juste un suivi, au cas où il y ait un autre enfant mort dont n'aurions pas connaissance, ajouté-je, incapable de m'en empêcher.

— Alex ! » Minerva se tourne sur son siège. « Cette information était confidentielle et si j'en avais fait état, ta vision des Floyd aurait été totalement biaisée, encore plus que…

— Oh, je les aurais jugés coupables de négligence ?

— Bon sang ! Tu entends ça, Morris ? Alex, le décès a été classé comme accidentel ! » Elle freine un peu trop brusquement, alors même qu'elle n'a aucune raison de ralentir, et nous basculons tous vers l'avant, retenus par nos ceintures de sécurité. « Je ne peux pas travailler dans ces conditions.

— Calme-toi et continue à rouler, dit Morris. Alex, Minerva a raison. Je te l'ai déjà expliqué. La mort de Rocky Floyd n'a aucun rapport avec la situation de son frère. »

Je hausse les épaules, parce que je sais que Morris ne croit pas vraiment ce qu'il vient de dire. Il sait que c'est plus grave, sinon il ne serait pas venu avec nous aujourd'hui. Et puis, il a eu la prévoyance de prendre un siège bébé.

« Merci ! » dit Minerva. Renforcée dans ses certitudes, elle fait la moue. « Et peut-être que si tu cessais de te précipiter chez ton petit ami au commissariat toutes les cinq minutes, ta perception de l'affaire serait moins déformée. »

Ne mords pas à l'hameçon, Alex. Ne mords pas. Si tout capote alors que nous ne sommes même pas encore chez les Floyd, on n'arrivera jamais à leur retirer Buster. Je glisse les poings serrés sous mes cuisses et nous roulons en silence une minute, au point que je songe à allumer la radio. Minerva se tourne vers moi.

« Et de quoi parlais-tu avec Sully, d'ailleurs ?

— De pas grand-chose. Il voulait juste me dire bonjour. »

Elle vire à gauche. J'entends derrière moi Morris cogner de la tête contre la vitre.

« J'espère que vous ne discutiez d'aucune de nos affaires en cours.

— Non.

— Et d'ailleurs, tu ne m'as toujours pas donné son numéro. »

Je tripote la couture de ma sacoche de cuir. « Il vaudrait peut-être mieux que je lui passe le tien. Il est très réservé là-dessus.

— Vraiment ? »

J'ai envie de lui claquer la tête contre la vitre. Morris tousse. Il ne demande pas de quoi nous parlons. Il ne veut rien savoir.

« Minerva, on peut discuter un peu des Floyd ? Comment réagissent-ils aux mesures de soutien que nous avons instaurées ? demande-t-il plutôt.

— Je les ai inscrits à *Personne n'est parfait*, un programme d'aide à la parentalité, et ils se débrouillent plus que bien.

— Bonne nouvelle.

— S'ils s'en sortent si bien, leur maison devrait être en meilleur état, aujourd'hui, dis-je. Sinon, je crois qu'on pourra dire que c'est mauvais signe. Un mois, c'est plus qu'il n'en faut pour se ressaisir et mieux s'occuper de leur bébé.

— Leur maison sera bien tenue. Ils sont vraiment repartis sur de bons rails, maintenant. » Minerva garde les yeux fixés au loin. « Pour ta gouverne, Alex, il n'est pas du tout vrai qu'Evelyn Floyd ait encore des problèmes de drogue, comme tu l'as suggéré à Morris. Ce sont des commentaires comme ça qui font qu'on se fourvoie et qui nous donnent mauvaise réputation.

— Qui *nous* donnent mauvaise réputation ? répété-je.

— Oui. À nous. Nous qui travaillons à protéger les enfants. On nous surnomme les pinailleurs, les drones du gouvernement, les voleurs, l'Entrave familiale plutôt que l'Aide familiale.

— C'est ridicule, dis-je.

— Quoi qu'il en soit, coupe Morris à l'arrière, aujourd'hui, on va juste vérifier ce qu'il en est, on jette un petit coup d'œil chez les Floyd et on s'assure qu'ils suivent bien tout ce qu'on a mis en place pour les aider. Je suis certain que Buster est en forme et que tout va bien se passer. » Il se frotte les paumes. « Mais, juste au cas où, y a-t-il d'autres membres de la famille, plus fiables, qui habitent dans la région ? Vous voyez ? Si jamais les choses commençaient à mal tourner ? »

Je souris intérieurement. *Ça y est.* Je savais que ça ne prendrait pas longtemps à Morris. Il est très à cheval sur le règlement et ne s'en éloigne jamais. Quand on retire un enfant à ses parents, il commence toujours par chercher un parent solide à qui en confier la garde. Une grand-mère, une tante, une cousine éloignée – toute personne ayant des liens de parenté avec l'enfant et qui ne soit pas totalement déglinguée. Quand les parents naturels n'acceptent pas notre plan, le service organise une conférence familiale pour trouver une solution sans recourir à un tribunal. Ces réunions sont en général tendues et rarement couronnées de succès. Dans la plupart des cas, il faut en passer par un juge pour décider où va atterrir l'enfant. Mais dans le cas de Buster, le simple fait que Morris pose la question est un signe positif. Ça signifie que la machine est déjà en mouvement.

« Il y a une grand-mère maternelle à Crow's Pass, répond Minerva en reniflant. Mais on n'aura pas besoin d'elle.

— Bien, répond Morris. Je suis sûr que tu as raison. »

Dès que nous sommes garés, nous voyons immédiatement que la maison a été nettoyée, au moins un peu. Pas de chaussures abandonnées dans l'allée, et s'il y a toujours le panonceau sur le portillon, ils ont retourné celui-ci, pour que le panonceau soit vers l'intérieur.

« C'est drôle, non, les maisons ont toujours un autre air quand ils savent qu'on va venir », remarqué-je.

Minerva ouvre la marche sans répondre, suivie de Morris et moi, jusqu'à la véranda, qui a été balayée. Il n'y a plus la montagne de mégots dans la litière à chats, mais ils n'ont pas remplacé la porte abîmée. Minerva frappe doucement sur le carreau cassé. Quelques secondes plus tard, Evelyn apparaît à la porte, en chemise à boutons passée dans son jean. Elle a Buster dans les bras. Sa couche est entièrement dissimulée sous un épais pantalon de flanelle. Ils sont tous les deux trop habillés pour juillet.

« Quoi ? » demande-t-elle en nous regardant tour à tour. Se souvient-elle seulement de qui nous sommes ?

« Madame Floyd, bonjour. Je suis contente de vous revoir. » Minerva fait un geste dans ma direction. « Vous vous rappelez Alex Van Ness. Et ce monsieur s'appelle Morris Arbuckle. C'est notre superviseur.

— Pourquoi vous êtes trois ? Il y en avait pas trois, la dernière fois. » Mme Floyd fait passer Buster sur son autre hanche. Il n'a pas l'air d'avoir beaucoup grandi.

Ses petites jambes sont serrées sur la taille de sa mère. Je ne saurais pas dire si ses bras sont sales ou seulement bronzés.

« Oh, ne vous occupez pas de moi, dit Morris. Je ne fais que les accompagner.

— Pouvons-nous entrer ? » Minerva se penche sur Buster comme si elle allait lui donner une chiquenaude sur le nez tellement c'est une comique née. « Ça ne sera pas long. »

Evelyn s'écarte et nous longeons en file indienne les étagères du cellier, manifestement bien garnies à présent, avant d'entrer dans la maison. Je remarque l'odeur. Elle a changé. Ça sent le citron artificiel, le genre d'odeur acide qu'il y a dans les produits nettoyants bon marché, qui colle à l'arrière de la gorge. Qui masque entièrement l'ancienne odeur aigre de l'abandon. Hormis deux assiettes dans l'évier et un paquet de céréales ouvert qui s'est un peu répandu sur le plan de travail, la maison semble propre, mais mon instinct me dit que ça cache quelque chose.

Evelyn nous indique la table de la cuisine, celle-là même où nous nous sommes assises, début juin. Cette fois, elle est propre et essuyée, pas une seule lingette pour bébé usagée n'est en vue. Nous nous asseyons tous, Minerva et Morris d'un côté de la table, Evelyn et moi de l'autre. Buster se tortille dans ses bras et elle le dépose sur le sol de linoléum, où il s'assoit, jambes étendues devant lui. Je cherche un jouet aux alentours.

« Mon mari n'est pas là. Il est parti acheter des couches.

— Oh, quel dommage. Nous espérions venir à un moment où tout le monde pourrait être là, » dis-je.

Morris continue à inspecter la pièce, tout comme moi. Nous vérifions que tout est conforme, en essayant d'être discrets.

« Ouais, mais il a eu un empêchement. Les couches. Il a dû sortir.

— Bon, on va bavarder avec vous seule, dit Minerva. Buster va bien, n'est-ce pas ? »

Evelyn tousse, longuement et sèchement. « Il va bien. Il grandit bien.

— Il a l'air en bonne santé ! » Minerva me sourit. *Je te l'avais dit*, me signifie-t-elle, *femme de peu de foi !*

« Il suit bien la courbe de développement normale ? demandé-je.

— Quoi ? répond Evelyn.

— Il s'en approche, intervient Minerva.

— Pendant que nous attendons votre mari, dis-je, ça vous dérange si j'utilise une seconde les toilettes ? » Je me lève, et Evelyn Floyd aussi. Minerva fulmine sur sa chaise.

« Non, ça va, madame Floyd, restez assise. Je sais où c'est. »

Je m'éloigne de la table tandis que Morris demande à Evelyn comment elle se sent, si elle dort mieux, et j'emprunte l'étroit couloir, en passant une nouvelle fois devant la chambre de Buster. Ils l'ont arrangée, elle aussi, et ils ont acheté un petit train en bois à leur fils. La locomotive est sur le rebord de la fenêtre, mais les wagons sont renversés, éparpillés. Au lieu d'aller aux toilettes, je continue d'avancer et je passe la tête par la porte de la chambre des Floyd. Elle est spartiate : un matelas au sol, une lampe de chevet sans abat-jour. Le lit est fait mais les draps sont sales et gris aux plis.

J'entre. Il doit y avoir quelque chose ici. Je le sais, c'est tout. Mon regard suit l'alignement de bouteilles de bière vides sous la fenêtre. Donc ils boivent. L'endroit est un capharnaüm, des vêtements partout, des sacs en plastique éparpillés au sol. Je jette un œil en arrière dans le couloir, terrifiée. Je n'ai pas beaucoup de temps. Je cherche sous le lit, en me disant que c'est sûrement là qu'ils cacheraient quelque chose. Oui, ça doit être ça. Bingo. Il suffit à Morris de regarder comme il faut. Je me dépêche de faire demi-tour, en passant je plonge aux toilettes pour tirer la chasse d'eau, et je reviens à la table de la cuisine. Je me sens chanceler, comme si le linoléum ondulait sous moi.

« Vous profitez bien de toutes les mesures d'aide qu'on vous a proposées ? demande Minerva. Je sais que vous avez suivi le programme *Personne n'est parfait*. Est-ce que ça vous a aidés ?

— C'était pas trop mal.

— Je suis vraiment très heureuse de l'apprendre. Et la maison est en bien meilleur état ! »

Elle ne se doute de rien, mais avant que je puisse dire quelque chose, Buster se met à pleurer. Il s'est cogné la tête au pied de la table.

« Ça va aller, Bust. Ça va aller, mon grand. » Evelyn l'écarte de la table. Il pleure à peine.

« Il a l'air tout à fait capable de se calmer seul, Evelyn. C'est bon signe. » Minerva se penche sur sa chaise et je saisis l'occasion pour accrocher le regard de Morris. C'est maintenant ou jamais. Je lui fais signe d'aller jeter un œil.

Il suit mon indication muette. « Avant que nous partions, je vais utiliser vos toilettes. »

Evelyn quitte Buster des yeux et regarde Morris se lever et s'éloigner vers le couloir. « Y a pas de toilettes dans votre service ou quoi ? » Elle s'essuie le nez de la manche.

« Où disiez-vous que monsieur Floyd était parti, déjà ? » demandé-je.

Evelyn croise les bras sur sa poitrine. « Qu'est-ce que ça peut faire ? On a fait tout ce que vous vouliez, merde.

— Oui, vous vous en tirez merveilleusement bien, dit Minerva. Je savais que vous en étiez capable.

— Minerva... » commencé-je. Mais elle s'est déjà mise en route.

« Je ne crois pas que nous ayons besoin d'attendre Frank. » Minerva se lève. « Je suis entièrement satisfaite de ce que je vois. »

Au même moment, Morris ressort du couloir. Il lisse frénétiquement sa cravate.

« Nous nous apprêtions à partir, Morris, dit Minerva. Je suppose que tu es d'accord pour dire que nous avons bien respecté le protocole et que nous en avons terminé ici ? »

Morris fait non de la tête. « Il y a un petit problème. Tu peux te rasseoir, Minerva ?

— Qu'est-ce qui se passe ? » demande Evelyn en soulevant Buster pour le remettre sur ses genoux.

Morris se frotte les mains. « J'ai bien peur d'avoir trouvé à l'instant la preuve d'une sérieuse consommation de drogue.

— Quelle *preuve* ? » Minerva contourne la table et se poste à côté d'Evelyn. « De quoi parles-tu ?

— J'ai trouvé ça dans la chambre, qui dépassait de sous le lit. » Il a au moins quatre sachets de cocaïne à la main, certains à demi ouverts, crayeux. Il a regardé là où il fallait. Je savais que j'avais raison.

Le regard d'Evelyn passe de Morris à moi, de moi à Minerva. « Non, c'est pas à moi. C'est quoi cette merde ? » Elle regarde Buster. La panique qui se lit sur son visage me tord l'estomac, mais je ne peux rien y faire. Elle s'est punie elle-même.

« Non », dit Minerva. On dirait que c'est elle qui vient de recevoir une gifle.

« C'est pas à moi, répète Evelyn. Je vous jure que je touche plus à cette merde !

— Madame Floyd, je crains que nous ne soyons obligés de vous retirer la garde de Buster aujourd'hui même. » Morris l'annonce aussi doucement qu'il le peut. « Toute cette cocaïne, si facile d'accès. Je suis vraiment désolé, mais nous n'avons pas le choix. »

Elle se lève, Buster accroché à sa taille, et se met à gémir. « Vous ne pouvez pas l'emmener ! Ne me l'enlevez pas ! » Elle se couvre la bouche d'une main, comme si elle allait vomir entre ses doigts. Une immense tristesse m'envahit, comme toujours dans ces moments-là, mais ce qui importe le plus, c'est l'intérêt de l'enfant.

Buster voit que sa mère panique ; sa lèvre inférieure se met à trembler.

« C'est quoi ce bordel ?!? » Frank Floyd déboule dans l'entrée et fonce à la cuisine, un paquet de couches et un sac de provisions à la main. « Qu'est-ce qui se passe, là ?

— Ils disent qu'il y a de la coke dans notre chambre ! répond Evelyn en pleurant.

— Pah, pah, pah !! » Frank jette le paquet de couches sur le plan de travail de la cuisine et s'approche comme si nous étions des fauves de cirque. « Personne ne se came chez moi ! »

Le grondement de sa voix effraie encore un peu plus Buster qui se met à pleurer, ses petits bras accrochés à sa mère. Elle le serre contre sa poitrine. Pendant ce temps, Morris est devenu gris et Minerva est toute rouge. Quelqu'un doit prendre la situation en main.

« Bon, écoutez, est-ce qu'on peut tous se calmer ? » Je prends une grande inspiration. « Monsieur et madame Floyd, notre directeur dit qu'il y a là un danger immédiat, et je crains que ce ne soit une raison suffisante pour…

— C'est qui, lui, putain ?? J'en ai rien à foutre de votre boss, dit Frank. Barrez-vous de chez moi !

— Écoutez-moi », dit Morris. Il est toujours blême, mais sa voix est assurée. Il montre les sachets de cocaïne qu'il a à la main, et Frank se cabre.

« C'est à toi ça, Evelyn, bordel ? Evelyn ! Je croyais que t'étais… Qu'est-ce que t'as foutu ?

— C'est pas à moi ! » Evelyn refuse de libérer Buster de son étreinte. « C'est pas juste, Frank ! Frank, n'insinue même pas que…

— Ben en tout cas, c'est pas à moi, bon Dieu ! » crie-t-il. Buster enfouit son visage au creux de l'épaule d'Evelyn.

« Écoutez, nous souhaitons tous la même chose, ici, reprend Morris. Bien sûr que nous voulons que les enfants soient dans leur famille. Buster est votre enfant.

Mais pour l'instant, il n'est pas en sûreté ici. Il faut que vous compreniez que mon but est de vous le rendre dès que possible. Mais vous devez être coopératifs.

— Vous croyez que vous allez pouvoir partir avec lui comme ça ? Vous pouvez pas faire ça. Ça peut pas être légal ! crie Frank, qui montre des signes de panique, à présent.

— Vous devriez baisser la voix, dis-je. La façon dont vous vous comportez aujourd'hui aura un effet sur Buster. Vous lui faites peur. Je sais que c'est horrible pour vous, mais si vous pouvez essayer de rester calmes, il le restera aussi.

— Mais… vous l'emmèneriez où ? » Evelyn nous regarde tour à tour, paniquée.

« Nous souhaitons prendre les mesures les moins intrusives possibles, répond Morris. Pour perturber Buster le moins possible. La meilleure solution serait que vous ayez de la famille susceptible de l'accueillir le temps de terminer l'enquête. Votre mère habite toujours à proximité, madame Floyd ? Pourrions-nous la joindre ?

— Ma mère ? » Evelyn pleure.

« C'est la meilleure solution. » Minerva parvient à sourire faiblement. « Appelons-la, d'accord, Frank ? Pendant qu'Evelyn prépare les affaires de Buster ? Restons calmes. Si vous pouvez rester calmes tous les deux, ce sera noté dans notre rapport. Ça vous aidera beaucoup à le récupérer plus vite. »

Même si elle cherche toujours à les calmer, c'est la première fois que je la vois faire son job correctement. Elle prend enfin le problème au sérieux, probablement parce que sa réputation est en jeu, désormais.

« Alex, tu peux aider madame Floyd, s'il te plaît ? » Morris a sorti son téléphone.

J'accompagne Evelyn jusqu'à la chambre de Buster. Elle se déplace comme si elle était en papier, comme si un courant d'air allait la faire s'envoler. Buster scrute son visage, puis se niche dans son cou avec de petits reniflements.

« Tout va bien, Bust, répète-t-elle. Tu vas aller chez mamie quelques jours. Tu vas bien t'amuser. » Elle déglutit, met des T-shirts dans un sac, et rien d'autre. Elle essaie d'y fourrer le petit train et une couverture, mais le sac à provisions dont elle se sert n'est pas extensible.

« Il a un doudou ? demandé-je en ramassant à terre le lapin bleu crasseux de Buster. Il ne devrait pas emporter ça ? »

Buster tend la main vers sa peluche. Je la lui donne tandis qu'Evelyn réprime un sanglot. C'est toujours la pire partie de mon job, et la plus nécessaire.

Quand nous revenons au salon, Morris m'adresse un signe de tête. On a localisé la grand-mère.

« Buster va aller chez grand-mère ! dit Morris. Il va y rester quelques semaines. Il va bien s'amuser, hein ?

— On l'appelle mamie, corrige Frank. Ça va pas être long, mon grand ! » Il caresse doucement l'oreille de Buster.

« Il est très clair que vous aimez beaucoup votre fils », dit Minerva, les yeux mouillés.

Morris me jette un coup d'œil et je sais ce qu'il pense. *Tous les gens perturbés aiment leurs enfants, Minerva.* La question est de savoir s'ils s'en occupent correctement ou pas.

« Pour la suite, enchaîne Morris, la bouche sèche, la police est en route. Vous aurez des papiers à remplir, et ils confisqueront la drogue. Nous remplirons de notre côté un rapport pour le tribunal expliquant ce que nous avons fait aujourd'hui. On vous en fera parvenir une copie. Ensuite, dans le cadre de la procédure judiciaire, nous organiserons un rendez-vous familial dans notre service. Votre mère sera présente, ainsi qu'un avocat si vous en souhaitez un. Nous pourrons discuter de tout, afin de mettre en place ce qui est préférable pour le petit bonhomme.

— Je comprends rien à ce que vous dites, réplique Evelyn.

— Vous reverrez Buster dans quelques jours, dit Minerva. Nous allons organiser une visite encadrée. N'est-ce pas, Morris ? Et nous reparlerons de tout ça très vite. Avec une réunion la semaine prochaine. Pour trouver la bonne solution.

— Le ramener chez ses parents, vous voulez dire ? demande Evelyn.

— C'est ce que nous souhaitons tous, oui », répond Morris.

Je me tais. Le mieux est de rester sereine. Nous touchons presque au but.

Morris nous donne le signal du départ, et Evelyn me tend Buster. Il est tiède et doux à étreindre. Ses cheveux sentent le sommeil. Il cherche immédiatement à s'écarter de moi, en geignant.

« Mama ? » dit-il. C'est le premier mot que je lui entends prononcer.

« Tu pars en vacances ! parvient à dire Evelyn. Chez mamie ! Tu te souviens du chat de mamie ? Il va être si content de jouer avec toi ! » Sa voix se brise mais elle sourit, même si ses yeux font exactement le contraire.

« On va prendre un avocat », prévient Frank, la mâchoire tremblante.

Nous attendons dans la cuisine jusqu'à ce que les flics se garent devant l'allée. Morris demande à tout le monde de sortir, puis laisse la drogue sur la table et nous accompagnons les Floyd jusqu'à la voiture de police. Evelyn effleure du bout des doigts ceux de Buster; elle essaie de sourire, de ne pas craquer. Morris détaille ce qui est arrivé aux policiers, et je remarque que Sully n'en fait pas partie, ce qui est vraiment dommage. J'aurais aimé le voir, en cet instant. Au lieu de ça, j'installe Buster dans le siège bébé que nous avons apporté, et il m'observe de ses yeux marron tout le temps que je le sangle. Il a toujours son lapin sale à la main.

Evelyn se penche par la portière pour l'embrasser. « On se retrouve bientôt ! »

Frank est obligé de la prendre par la taille pour l'arracher à son fils. Tout cela est déchirant mais je me répète : *Si tu l'aimes tant que ça, tu ne pouvais pas faire mieux ?* Une fois que Morris en a terminé, il revient à notre voiture et s'installe au volant, inspire un grand coup et met le contact.

Les policiers raccompagnent les Floyd à l'intérieur et c'est la dernière image que j'ai d'eux.

Sans un mot, nous allons directement chez la grand-mère de Buster, tous trois débordant de stress. Même Minerva se tait. L'adrénaline me brûle l'estomac, mais je me suis installée à l'arrière, en faisant danser le lapin de Buster devant lui et en lui tenant la main.

« Tu es en sûreté, mon joli », lui murmuré-je.

***

Quand je rentre à pied au loft, il est seize heures et je me sens vidée. J'ai à peine pu manger de la journée – la nausée ne m'a pas quittée – parce que cette visite chez les

Floyd a beau avoir été un succès et un pas dans la bonne direction, ça ne va jamais sans complications. C'est dans la nature même du travail d'assistante sociale : même les jours de gloire sont empreints de tragédie.

L'appartement est inhabituellement silencieux. Chase n'est pas affairé aux fourneaux, la télévision est muette. Ruth est assise seule sur le canapé, sa pile d'affaires pour le bébé derrière elle, et le contenu de son sac éparpillé en vrac sur la table basse. Un vieux porte-monnaie qui me semble familier, avec un fermoir à l'ancienne, un passeport, un peu de monnaie.

« Ruth ? Que se passe-t-il ?

— Il l'a trouvée, dit-elle, le regard terne, vide. Désolée. J'ai essayé de la lui reprendre.

— Trouvé quoi ? » Mais elle est fermée comme une huître. En me dirigeant vers la chambre, je l'appelle : « Chase ? » Il est assis sur le lit. « Ça ne va pas ? »

Quand il lève les yeux, il est gris cendre. Il a un petit carré de papier à la main.

« Qu'est-ce que c'est ? » En un éclair de trouille, je me demande si Sully ne m'aurait pas écrit un mot que Chase aurait intercepté. Je fais un pas vers lui et je m'arrête.

« Chase ? Fais-moi voir. C'est Sully ? »

Ses yeux s'écarquillent un peu plus.

« S'il s'agit de Sully, je ne l'ai pas revu, Chase. Enfin, je l'ai vu aujourd'hui, mais seulement par hasard, quand…

— Il ne s'agit pas de Sully, dit-il. Mais merci pour le coup de pied dans le ventre supplémentaire. » Puis il me tend ce qui est une photo froissée, bordée de blanc. Elle est délavée, et tandis que je plisse les yeux pour saisir ce qu'elle représente, la pièce se met à tourner.

« Non, dis-je d'une voix rauque. Où as-tu trouvé ça ? » J'ai dans la main une vieille photo de ma famille, prise devant notre ferme, à Horizon, il y a dix-sept ans, en plein été. Maman, un seau d'eau à la main. Nous, les enfants, pieds nus, assis sur le portillon, souriants. Je peux presque entendre la scène, les oiseaux qui chantent, les rires. Je n'ai pas vu cette photo depuis si longtemps.

« Il y a trois gamins sur cette photo, Alex, dit Chase. Il y a toi. Il y a Ruth. Et ce petit garçon tout bronzé, c'est qui ? »

Je n'arrive pas à soutenir son regard ; je ne vais pas pouvoir rester debout très longtemps.

« Qui est le troisième, Alex ? »

Sur la photo, je l'entoure de mon bras, pour être sûre qu'il ne bascule pas en arrière et qu'il ne tombe pas du portillon. Nous avons tous les deux les genoux couronnés, séquelles de nos jeux et de nos aventures.

« Tu as un petit frère ? » Chase a craché le mot. « Est-ce que tu m'en aurais parlé, un jour ? »

Non, Chase. Non, je ne t'en aurais pas parlé.

DEUXIÈME PARTIE

LE COUREUR

Alex

Si je ne peux pas parler du passé alors que j'y suis ligotée par cent mètres de corde, c'est qu'avec le temps, j'ai appris à ensevelir au plus profond de moi ce qui est arrivé à Horizon. Je le maintiens là, enfoui, dissimulé. Mais ma sœur a saisi le bout de la corde et a tiré dessus aussi fort qu'elle le pouvait. Maintenant, tout ressurgit, rance, puant. Et me déchire les entrailles en remontant.

La voix de Chase me parvient déformée, comme s'il parlait sous l'eau. Il dit quelque chose à propos de mon petit frère. Il sait son nom. Pim. Un nom que je n'ai pas prononcé à voix haute depuis des années.

Je ne peux pas rester une seconde de plus. Je dois partir. Je fais demi-tour et je fonce vers la porte, la photo toujours à la main.

« Alex ! crie Chase. Tu ne peux pas… »

Mais la porte claque derrière moi et je titube dans l'escalier, je traverse le hall de l'immeuble et je me retrouve sous le ciel lourd de l'après-midi.

***

Le jour où c'est arrivé, ma mère a terminé la vaisselle et s'est assurée que tout était propre avant son départ.

J'étais debout près du frigo, à essayer de décoller de l'ongle un vieil autocollant représentant un arc-en-ciel. Il était à moitié délavé. Maman s'est essuyé les mains sur son tablier, l'a ôté et a éteint la radio. Le morceau de country qui passait s'est arrêté brusquement, remplacé par le chant des criquets au-dehors. C'était à la ferme, en septembre, à cette période dorée de l'année où tout semble comme trempé dans le miel. Nous nous sommes mis en rang tous les trois dans la cuisine, Ruth, Pim et moi, pieds nus et dépenaillés. Papa était dehors. Je l'ai entendu démarrer le camion.

Maman s'est adressée à Ruth : « Ruth Van Ness, tu es la plus âgée, donc c'est toi la responsable. On sera partis une heure, pas plus. Ne touchez à rien de ce qui est électrique. Et occupe-toi de ton frère et de ta sœur. » C'était la toute première fois qu'elle nous laissait seuls.

Ruth avait treize ans, elle était presque aussi grande que maman. « J'ai compris, a-t-elle répondu. Allez-y et amusez-vous bien.

— Je veux venir aussi, ai-je dit, parce que j'avais huit ans et que sans ma mère, le monde me paraissait incomplet. Pourquoi vous ne m'emmenez pas ?

— Tu survivras bien une heure sans nous, Alexandra. Willem Van Ness, tu vas être sage ? » Elle l'avait baptisé Willem – pour honorer nos origines hollandaises – mais depuis sa naissance il y a quatre ans, nous ne l'appelions que par son diminutif traditionnel, Pim.

« Ruth dit que je peux sauter du toit si je veux. » Les grands yeux de Pim étaient sérieux. « Je vais me faire un parachute parapluie.

— Je n'ai jamais dit ça, a souri Ruth. Et il ne le fera pas. »

Maman a repris sa bague là où elle l'avait accrochée, au-dessus de l'oiseau en porcelaine sur l'appui de fenêtre, et se l'est renfoncée au doigt. Puis elle nous a passés en revue, posant les lèvres sur chacune de nos têtes.

« Au revoir, ma petite chouette », a-t-elle d'abord dit à Ruth. « Au revoir, ma petite tigresse », m'a-t-elle dit ensuite. Avant de terminer par Pim : « Au revoir, ma petite noisette. »

Nous l'avons suivie en file indienne jusque sur la véranda. Nous avons regardé papa aider maman à monter dans le camion, qui s'est ébranlé dans l'allée, cahotant sur le chemin pierreux. Ils allaient en ville acheter des tuyaux d'arrosage. Je m'en souviens car ça me semblait une raison bien ennuyeuse de partir en voyage. Mon père n'aurait-il pas pu y aller seul ? La banalité de leur corvée – remonter la travée d'un magasin de matériel agricole – n'aurait jamais dû tomber un après-midi comme celui-là. Cela semble d'une cruauté sans nom. Mais c'est le propre des tragédies de la vie : elles se cachent toujours sous quelque chose d'insignifiant.

Il était trois heures de l'après-midi et le soleil brûlait le ciel. J'ai regardé le camion jusqu'à ce qu'il ne soit plus qu'un minuscule point sur la route et que le bruit du moteur ait disparu.

« Viens ! » Ruth a passé le bras sur mon épaule. « On peut s'occuper une heure. Ça sera vite passé.

— Tu veux jouer avec moi ? » lui ai-je demandé. Il n'y avait aucune autre ferme à des lieues à la ronde, rien que des collines vides sillonnées de ravines et de ruisseaux.

« À un jeu de plateau ? Bien sûr, tout ce que tu veux. Mais peut-être pas au Monopoly. Tu sais dans quel état ça peut te mettre. » Ruth m'a ramenée vers la porte d'entrée.

« Ils vont revenir ? » a demandé Pim. Il a levé sur moi ses beaux yeux et pris ma main. Il avait bruni après un long été d'un bleu sans nuage passé dehors, son T-shirt encore plus blanc contre sa peau mate. Notre mère avait beau lui laver les cheveux aussi souvent qu'elle le pouvait, ils poussaient en désordre et semblaient aimanter la poussière, prenant chaque été une couleur moka qui ne s'assombrissait à nouveau qu'à l'automne.

« Ne t'en fais pas, petit Pim, ai-je dit. Maman et papa vont bientôt rentrer. Ruth l'a promis.

— À quoi on joue ? Est-ce qu'on peut tous sauter du toit avec des parapluies ? C'est moi qui commence !

— On n'a pas assez de parapluies. » Ruth m'a lancé un clin d'œil.

« Mais on s'ennuie à l'intérieur ! a-t-il grogné. On va jouer dans les champs ?

— D'accord, a concédé Ruth en nous ramenant vers la cuisine. Mais d'abord, il faut qu'on rentre mettre des chaussures, Pim. L'herbe est piquante, là-bas. Et il peut y avoir des clous. »

Pim ne l'a pas écoutée, bien sûr. Cet été-là, nous avions inventé un jeu que Pim avait baptisé « la sentinelle », auquel nous jouions sans arrêt du matin au soir. Nous avions dû nous inspirer de ces jeux d'enfants comme la capture du drapeau ou la gamelle, où il s'agit de défendre une base et de repousser les intrus. Il y avait un bout de terrain hors de vue de la maison, une parcelle herbue derrière le silo à grain, entourée d'arbres, qui s'ensauvageait chaque été parce qu'elle était en dehors du cercle des machines de fauchage. Quand l'un d'entre nous, la sentinelle, gardait la maison – un carré tracé au sol, signalé par une grosse pince à linge en bois fichée dans la terre –, les deux autres, les voleurs, tournaient autour, et choisissaient le bon moment pour jaillir de derrière un arbre ou d'un tracteur abandonné pour voler la pince à linge. Le voleur devait alors faire le tour du silo à grain et revenir à la maison sans se faire prendre. S'il y parvenait, il prenait alors le rôle très convoité de la sentinelle. *Je t'ai vue, je t'ai vue!* criait toujours Pim en courant. C'était toujours lui la sentinelle et il ne s'écartait jamais très loin de sa pince à linge.

Parfois, dans mes rêves, je suis prise dans un interminable jeu de la sentinelle, sauf que mes jambes sont paralysées, que ma bouche ne s'ouvre pas et que mes yeux sont cousus. Je suis toujours adulte, dans ces rêves, mais Pim est encore un petit garçon. Et dans mes cauchemars, il reste beaucoup plus rapide que je ne le suis.

« Je veux être la sentinelle », ai-je annoncé tandis que nous passions tous les trois de la cuisine à la véranda, en faisant claquer la vieille porte moustiquaire derrière nous. Les dernières fois où nous y avions joué, Pim m'avait attrapée à chaque fois et j'en avais eu assez. Il s'agrippait à la pince à linge, le pouce appuyé sur l'extrémité. Il avait gravé nos initiales sur le côté et dormait chaque nuit avec la pince dans la main.

« Donne-la moi, ai-je réclamé. C'est mon tour. Je ne jouerai que si c'est moi la sentinelle.

— Pim, elle a raison. C'est son tour, a dit doucement Ruth. "Les choses partagées font du bien", tu te souviens ? »

J'ai croisé les bras et tapé du pied sur le vieux plancher de la véranda avec une sévérité feinte. J'adorais ce jeu. Ce que je préférais, c'était le secret, les cachettes que j'avais trouvées d'où je pouvais observer la maison, éloignées et compliquées, trop sophistiquées pour que mon frère ou Ruth puissent les découvrir. J'étais douée pour ça, pour l'attaque ; il suffisait de choisir le bon moment. Mais ma vitesse de course n'était pas à la hauteur de mes ruses. Il était rare que je ne me fasse pas reprendre. Même ainsi, pourquoi n'ai-je pas laissé Ruth faire la sentinelle ce jour-là ? À son âge, elle était à mi-chemin entre le monde des adultes et celui de l'enfance. Elle aurait peut-être senti le danger, là où je n'ai rien perçu.

« Tu pourras redevenir la sentinelle au prochain tour », a-t-elle dit à Pim – ce qui n'était pas vrai, car il y avait des règles. On ne pouvait pas tricher comme ça. En soupirant, Pim m'a passé la pince à linge et quand nous sommes arrivés dans notre arène bordée d'arbres, Ruth nous a pris tous les deux par les épaules.

« Vous êtes prêts, tous les deux ? Et n'oubliez pas que ce n'est qu'un jeu, d'accord ? C'est juste un jeu, et on ne traîne pas trop longtemps dehors. Il y a de la limonade au frigo et le gagnant aura droit au premier verre. »

Elle n'aurait pas dû dire ça. Parce que j'ai alors décidé que je voulais cette limonade. Je la gagnerais et la boirais toute, d'un seul coup, en regardant la tête qu'allait faire mon frère à travers le fond du verre. Ruth et Pim sont partis se cacher. J'ai enfoncé la pince dans le sol, en lui donnant deux coups de pied, pour être sûre qu'elle tienne bien. J'étais prête. L'air était lourd de chaleur, on n'entendait que de rares pépiements d'oiseaux sans conviction.

Personne n'étant visible, j'ai attendu, puis je me suis éloignée de ma base lentement, lentement, m'aventurant de plus en plus loin. J'incitais Ruth et Pim à tenter leur chance, à essayer de voler la pince et je me sentais prête pour la course qui s'ensuivrait. Pim a jailli de sa cachette pour essayer d'emporter la victoire et quand je l'ai vu, il s'était déjà emparé de la pince plantée dans le sol. Il était si vif, sa silhouette si frêle, le dessin de ses côtes visible sous son T-shirt.

« Je t'ai vu, je t'ai vu ! » ai-je crié en me lançant à sa poursuite. Je voyais le dessous sale de ses pieds tandis qu'il courait dans l'herbe haute en gloussant. Il laissait une trace nette dans la prairie sèche que trois mois de chaleur avaient rendue cassante. Je ne pensais qu'à une chose : le rattraper ; je serais encore la sentinelle au tour prochain. Il ne me volerait pas la limonade. Je le poursuivais avec dix, douze mètres de retard, ma course se reflétait bizarrement dans le chrome terne des murs du silo à grain.

Au pied d'un des gros camions-bennes qui servaient pour le grain, Pim s'est arrêté et s'est retourné, minuscule devant l'énorme pneu de caoutchouc noir du camion. Il respirait violemment. Sa petite poitrine se gonflait et se dégonflait, mais je n'ai pas ralenti. En un instant, il a compris que j'étais toujours à ses trousses, qu'il ne pourrait pas revenir à la maison avant que je ne l'attrape. J'ai vu un frisson de panique le parcourir tandis qu'il cherchait un moyen de fuir. Il a repéré l'échelle sur le côté du camion et l'a escaladée aussi vite qu'il a pu.

Le temps que j'arrive au bas de l'échelle, il était déjà sur le huitième barreau. C'était une échelle métallique, soudée à la carrosserie, dont la peinture qui s'écaillait me brûlait les doigts. Comment avait-il pu grimper si vite sans chaussures ? Pourquoi était-il toujours devant moi ? Cette injustice a éclaboussé de rouge tout ce que j'avais dans la tête.

« Arrête, Pim ! » ai-je crié. Ou peut-être n'ai-je pas crié. Peut-être suis-je simplement restée là, agrippée à l'échelle, furieuse.

J'ai enterré la vérité si loin au fond de moi que je l'ai perdue. Il n'y a aucun son, aucun contour, aucun détail qui puisse m'aider à la retrouver. Ce dont je suis sûre, c'est que

Pim ne s'est pas arrêté avant d'arriver en haut de l'échelle et qu'il s'est accroupi sur le rebord de la benne du camion, doigts et orteils agrippés au métal, recroquevillé comme une hirondelle sous la pluie. Il me regardait de là-haut. Mon petit frère. Mon petit oiseau.

« Pim ! » ai-je appelé – j'en suis sûre cette fois –, la voix tremblante. J'ai grimpé à l'échelle jusqu'à être assez près pour l'atteindre, et j'ai tendu le bras pour le rattraper alors qu'il vacillait sur le rebord.

« Non ! Pim ! » ai-je hurlé. Et pendant que j'escaladais les deux derniers barreaux, il a complètement perdu l'équilibre. Je revois ses yeux s'écarquiller, sa bouche s'arrondir comme un O. Le temps que j'arrive au sommet, mon frère s'enfonçait dans le grain en glapissant de terreur et en battant des bras. Puis les graines de lin ont commencé à lui entrer dans la bouche et il a cessé de crier.

Plus il s'agitait dans le sable mouvant de ces graines de lin, plus il s'enfonçait. Je me suis étirée de tout mon long vers lui, j'ai essayé, mais ses bras étaient trop frêles et il n'arrivait pas à revenir vers moi. Il ne faisait que s'enfoncer un peu plus. Il n'était plus qu'un visage couvert de mucus et de salive, un regard sauvage, primitif, et j'ai hurlé comme une damnée, en me demandant s'il fallait que je plonge aussi ou non, mais je n'en ai rien fait. Je suis restée là, agitant les mains dans le vide tout près de lui. Seul le haut de sa tête était visible à présent, ces grands yeux noirs tournés vers moi, implorants. Et quelques secondes plus tard, tout avait disparu. J'ai regardé ses dernières mèches de cheveux se faire engloutir. J'ai fermé les yeux très fort, le nez et la bouche englués de panique. *Par pitié, mon Dieu, faites que quand j'ouvrirai les yeux, ça ne soit pas vrai.*

J'avais passé un pied par-dessus le rebord de la benne quand Ruth est arrivée en bas de l'échelle. Je crois que tout ce chaos a duré moins d'une minute, une minute durant laquelle elle m'avait entendue crier et s'était précipitée depuis la bordure des arbres.

« Descends ! a-t-elle glapi en grimpant à l'échelle et en saisissant l'ourlet de mon T-shirt.

— Mais Pim est là-dedans ! ai-je hurlé.

— Il... Quoi ?!? » Elle m'a contournée sur l'échelle en me marchant sur les doigts au passage et a enjambé le rebord de la benne. « Pim ! Oh non ! Pim ! Bon Dieu ! »

Je l'ai regardée bouche bée, rougissante. Je n'avais encore jamais entendu Ruth jurer. La sérieuse, la paisible Ruth, qui avait une bible à son chevet et se donnait cent coups de brosse à cheveux chaque matin. D'un geste vif, elle s'est accrochée des deux mains au rebord et a plongé tout son corps dans le grain.

« Ruth ! ai-je sangloté. Ne fais pas ça ! » Même si elle tenait bon le rebord, j'étais sûre qu'elle allait disparaître elle aussi et c'est ce qui est arrivé, d'une certaine manière. Nous avons disparu, toutes les deux. Ce que nous possédions de nous-mêmes s'est perdu lors de ces quelques minutes que Ruth a passées à faire bruire et tourbillonner le grain, de tout son corps, dans l'espoir que Pim saisisse une jambe, un pied, comme s'il était assis au fond d'une piscine, les yeux ouverts, retenant sa respiration. La figure de Ruth s'est déformée sous l'effort et elle a fini par ralentir, puis par s'extraire du grain. Elle est restée pliée sur le rebord, pantelante.

« Descends ! » a-t-elle hoqueté. J'ai descendu l'échelle, les genoux tremblants. Elle s'est laissée glisser, elle aussi, tête en avant, manquant tomber, aux trois quarts couverte d'une étrange poussière de graines de lin qui donnait à ses vêtements et à sa peau l'argenté d'un papillon. Les graines débordaient de ses chaussures, flocons minuscules que nous retrouverions ensuite durant des semaines dans notre chambre, dans les plis de nos vêtements.

« Où sont les chauffeurs des camions ? » a balbutié Ruth, affolée. Nous savions toutes les deux que papa les avait laissés rentrer chez eux plus tôt ce samedi, dans un moment de rare générosité, parce qu'il faisait très chaud et que c'était plus simple ainsi. « Il faut qu'on vide ce camion ! » Elle s'est mise à tâtonner sur les flancs de l'énorme véhicule, cherchant un levier, quelque chose pour lever la benne et libérer Pim.

« Il faut appeler à l'aide ! ai-je dit, en suivant Ruth qui cognait contre la paroi de métal. Il faut téléphoner aux secours !

— Ça va prendre trop de temps ! Il faut lever la benne ! » Elle a couru à la porte côté conducteur et essayé de l'ouvrir, mais elle était verrouillée. La vitre était à demi baissée. Elle s'est faufilée à l'intérieur, s'écorchant les genoux, la respiration saccadée.

« Je ne vois pas les clés ! » a-t-elle crié comme si c'était moi qui les avais, comme si je pouvais simplement les lui passer et résoudre le problème. Puis elle s'est effondrée sur le volant, parcourue d'énormes sanglots, pendant que je l'observais de l'autre côté de la vitre.

« Regarde nos vêtements, ai-je dit. Maman va être folle de rage. » Ma voix était devenue morne, terne. Je me suis frotté les bras et les jambes, perdue, pour essayer d'en ôter la terre, la poussière et l'odeur de métal. Rien d'autre ne me semblait réel.

Ruth est sortie du camion, a titubé jusqu'à moi et nous nous sommes écroulées dans les hautes herbes.

« Qu'est-ce qu'on va faire ? On a besoin de papa et maman », a-t-elle dit en sanglotant, terrifiée par son impuissance.

« Je le poursuivais », ai-je dit. J'ai tendu les mains vers elle, tremblante. « Je ne voulais pas ! Je l'ai poursuivi, Ruth, en haut de l'échelle. »

Elle m'a prise dans ses bras jusqu'à ce que je cesse de tressaillir et nous sommes restées assises, enlacées, tremblant de tous nos membres comme si l'hiver était soudain arrivé.

De grosses larmes coulaient sur mes joues sales et Ruth m'a serrée dans ses bras, m'a bercée, nos côtes s'entrechoquant. La benne se dressait, menaçante, derrière nous, froide et silencieuse, catacombe hideuse. Au loin sur la route toute droite, nous avons entendu le grondement de diesel du camion de mon père qui rentrait. Ils n'étaient partis qu'une demi-heure. Ruth s'est levée. Elle a baissé les yeux sur moi, la figure sale et zébrée de larmes. Elle m'a tendu la main pour me relever et nous avons titubé jusqu'à la véranda, en piétinant les rasoirs d'herbe qui nous piquaient et nous griffaient les chevilles.

« Je t'aime, répétait-elle. Je t'aime, je t'aime, je t'aime.

— Est-ce qu'on va retrouver Pim ? » ai-je demandé. Ma voix se brisait.

« Continue de marcher, a-t-elle répondu. Il faut qu'on aille voir papa et maman. »

Ruth m'a fait asseoir sur les marches de la véranda. Elle m'a essuyé le visage de ses mains fraîches, a vidé ses chaussures au milieu des pissenlits. Puis elle s'est coulée à côté de moi. Le camion approchait, approchait. Ruth hoquetait à chaque fois qu'elle respirait, comme si elle avait déclenché quelque terrible maladie.

Quand mes parents se sont garés dans l'allée, Ruth m'a pris la main et m'a fait se lever à côté d'elle. Maman est sortie la première du camion, la tête inclinée, en sachant déjà que quelque chose n'allait pas parce qu'elle nous connaissait bien, qu'elle connaissait nos visages par cœur. J'ai eu envie de courir vers elle mais Ruth me serrait la main comme dans un étau.

« Que s'est-il passé ? » a demandé ma mère. Elle restait là, une main sur la poignée de la portière, dans l'autre un panier d'osier avec quelques provisions ainsi qu'un tuyau d'arrosage.

« On ne trouve plus Pim », a répondu Ruth. Son menton tremblait. « Il s'est sauvé et on ne le retrouve pas. »

Que faisait-elle ? Pourquoi disait-elle ça ? Elle me serrait la main de plus en plus fort.

Mon père a contourné le camion. Qu'allait-il lire en nous ? Mon père, qui ne se laissait prendre à aucun tour. « Pim ! a-t-il crié en direction du champ, les mains en porte-voix. Pim !

— Vous l'avez cherché ? » Le panier de ma mère s'est mis à pencher. « Il est dedans ou dehors ?

— Dehors, a dit Ruth.

— On jouait, et... » Les doigts de Ruth se sont resserrés si fort sur les miens que je n'ai rien pu dire d'autre.

« Il est parti en courant, a dit Ruth. C'est tout ce qu'on sait. »

Papa s'est avancé vivement en direction du champ. « Pim ! » Je n'avais jamais entendu crier aussi fort. Il s'est retourné vers Ruth. « Pourquoi se serait-il sauvé ?

— Je ne sais pas.

— Ruth ? » Ma mère a plissé le front. « Ruth Van Ness ? » Elle s'est tournée vers moi. « Alexandra, où as-tu vu ton frère pour la dernière fois ? » Ses yeux étaient de granit. Tout mon corps tremblait.

« Le camion de grain », ai-je chuchoté. Les jambes de Ruth ont flageolé puis elle s'est ressaisie.

Ma mère a lâché son panier, les provisions se sont répandues sur le sol durci par l'été.

Papa s'est mis à courir vers le fond du champ, vers les camions. « Lottie, Lottie, fais rentrer les filles à l'intérieur ! » a-t-il crié tout en courant.

Maman n'a pas regardé Ruth. Ruth a essayé de l'enlacer, mais c'était comme essayer d'étreindre une statue. Tout ce que ma mère a dit, c'est : « Rentrez à la maison. »

Elle nous a tenu ouverte la porte grillagée et nous sommes entrées dans la cuisine. Ruth et moi avons levé les yeux vers notre mère dont le visage était neutre, sans expression. Près du fourneau, les baskets de Pim gisaient, abandonnées. Elles étaient bleu ciel, avec des lacets à motifs.

« Il était *pieds nus* ? » a demandé ma mère en fixant Ruth.

Elle a ramassé une des baskets de Pim, l'a serrée contre son cœur et s'est avancée vers la fenêtre. Puis elle est restée debout à attendre, regardant vers le champ, en nous tournant le dos. Les reproches commençaient à s'amonceler comme de mauvais nuages dans tous les coins de la pièce, et Ruth était là en plein sous l'orage qui menaçait, de plus en plus noir. Mais elle avait menti. À tout le monde. Elle était exactement à l'endroit où elle méritait d'être.

Ruth

La pince à linge de Pim à la main, je parcours du doigt les initiales qui y sont gravées. Je n'ai pas pu les laisser l'inhumer avec. À l'enterrement, pendant que maman toussait à petits hoquets, je suis allée devant le cercueil pour un dernier adieu, j'ai vu la pince posée près de son corps et je l'ai prise, espérant que d'une manière ou d'une autre, Pim sache qu'il aurait toujours sa place près de moi. Je ne considère pas ça comme du vol.

Ce que j'ai bien volé, en revanche, c'est cette photo de Pim, dans l'album de famille, l'été où j'ai quitté la ferme. Ils ne me l'auraient pas donnée si j'avais demandé à l'emporter. Je l'ai prise parce que c'est une photo heureuse. C'est aussi simple que ça. Il y a eu une époque où tout allait bien. Des jours où nous n'étions pas détruits, où je n'étais pas la coupable.

J'ai emporté cette photo, mais je ne l'ai pas laissée négligemment sur la table basse pour que Chase la découvre. Non. Il a fouillé dans mes affaires. Ça aurait peut-être dû me mettre en colère, mais au moins il n'a fouillé que mon sac accroché à la patère et n'a pas découvert la boîte de café d'Eli, qui reste dissimulée sous le lavabo de la salle de bain. Je ne lui en veux pas ; pas vraiment. Fouiller dans le passé d'une autre personne, c'est ce que nous faisons tous, en réalité. Et si vous ne jetez que des os à un chien, il finira par dénicher tout seul de quoi manger. C'est ce que j'ai tenté d'expliquer à Alex quand elle est enfin rentrée, quatre heures plus tard, mais elle ne m'a pas crue.

« Tu l'as laissée traîner quelque part exprès ! m'a-t-elle quasiment craché à la figure. Ça te fait plaisir qu'il l'ait trouvée.

— Alex ! Tu crois que je suis venue ici uniquement pour te gâcher la vie ? Je ne cherche pas à créer d'ennuis, tu sais.

— Ah non ? Pourquoi, alors que tu as fait ça toute ta vie ? »

Elle ne comprend peut-être pas que tout ce qu'elle a perdu, je l'ai perdu aussi. Encore maintenant, il y a des instants où je me noie en pensant à Pim, à son odeur, à sa peau brunie par l'été, à son rire. Il nous rejoignait, Alex et moi, quand nous ressortions sans faire de bruit de notre chambre pour regarder la télévision, longtemps après qu'on nous avait mis au lit.

Maman aimait les séries fantastiques comme *X-Files* ou *Docteur Who* et chaque vendredi soir, elle se préparait un bol de pop-corn et s'installait devant la télé pendant que papa faisait un puzzle dans la pièce voisine. L'odeur d'huile de coco tiède emplissait le salon et la cuisine. La ferme grinçait de partout mais à douze ans, j'en connaissais la moindre lame de plancher. Alex avait sept ans et suivait exactement mes pas, Pim sur ses talons. Nous nous accroupissions au seuil du salon et, chacun notre tour, nous essayions de regarder la télévision pendant que le tapis nous grattait les genoux. Aux moments qui faisaient le plus peur, Pim hoquetait et nous étions découverts.

« Willem Van Ness, disait maman en insistant sur chaque syllabe, tu es trop jeune pour voir ça. Ça suffit ! »

Derrière le canapé, Alex et moi regardions le visage découragé de Pim. Il se couvrait les yeux de ses deux mains bien à plat, avec leurs petites fossettes à chaque phalange, comme si le fait de ne pas voir la pièce empêchait maman de savoir qu'il était là.

« Ne m'oblige pas à me lever, disait maman.

— D'accord. *Je dois retourner me coucher* », nous annonçait Pim en chuchotant trop fort, les yeux sombres écarquillés, les cheveux en bataille.

« Et vous aussi, les filles, ajoutait maman. Prenez un peu de pop-corn et remontez. » Elle nous tendait le bol bleu émaillé par-dessus le dossier du canapé et chacun de nous en emportait une poignée graisseuse, traînant des pieds pour quitter le salon à la queue leu leu, remonter l'escalier et aller dans la chambre de Pim, avec son plancher de chêne.

« Tu as recommencé, petit Pim », disait Alex sans qu'il y ait le moindre reproche dans sa voix. Elle bordait Pim, lui donnait sa pince à linge et l'embrassait sur la joue.

Pim gloussait, et Alex et moi nous blottissions contre lui, chacune d'un côté. Souvent, ces soirs-là, nous nous endormions sur place, trois noix de cajou brunes alignées collées l'une à l'autre. Le matin, invariablement, nous nous retrouvions sous la chaude couverture de flanelle de maman.

Ce souvenir me revient encore et toujours, et pourtant les autres souvenirs de cet horrible mois de septembre à la ferme l'envahissent, l'obscurcissent. Chaque année qui suivit fut un chant funèbre, dans cette maison.

Alex a fait de ce qui s'est passé un brasier, semant le désordre dès qu'elle en avait l'occasion. Mon père et ma mère passaient toujours plus de temps dans le bureau de la directrice, et Alex ne cessait de les provoquer. Un hiver, un des garçons de sa classe a lancé des boules de neige sur des plus petits que lui, à l'école. Alex s'est mise en tête de lui donner une leçon. Elle a été méchante. Implacable. Elle a été exclue un moment de l'école parce qu'elle l'avait poussé si fort du haut d'un talus qu'il s'était démis l'épaule.

« Il n'a pas l'épaule cassée, si ? » ai-je demandé à Alex ce soir-là à la table du dîner. J'essayais de meubler le silence, de ramener les choses à leur juste proportion.

« Ruth, ne te mêle pas de ça, a dit mon père.

— Mais je ne faisais que...

— Ça suffit ! » Mon père a tapé du poing sur la table, et toutes les cuillères ont tressauté. « Ta sœur a eu des ennuis à l'école, Ruth, mais au moins, *au moins*, elle n'a rien fait d'autre.

— Joseph... » Ma mère a posé la main sur son poignet.

« Lottie, elle est l'aînée. Elle doit apprendre à être responsable, à cesser de toujours accuser les autres. Depuis deux ans, elle ne fait que nous mentir et nous cacher des choses.

— Quoi ? Mais qu'est-ce que j'ai à voir là-dedans ? Je n'ai cassé l'épaule de personne.

— Tu as fait pire », a dit Alex. Elle m'aurait fait moins mal si elle m'avait poignardée. Le silence est tombé, on n'entendait que le ronronnement du vieux frigo qui crachotait péniblement dans la cuisine. Même ma mère a gardé les yeux baissés sur son assiette, sans dire un mot pour me défendre. Je me suis sentie plus seule que jamais. On m'avait renvoyée à ce champ, sans personne pour m'aider à rentrer.

« Monte dans ta chambre ! m'a dit mon père. Pas toi, a-t-il ajouté à l'intention d'Alex. Tu restes là ! »

Je suis montée dans ma chambre. Unis, soudés, ils m'ont regardée monter.

À treize ans, Alex se comportait comme si elle défiait directement l'univers tout entier. *Viens me chercher*, disait-elle, avec cette forme de colère vitreuse qu'on peut voir dans les yeux des joueurs de roulette russe. Elle sortait tard, allait à des fêtes au champ de course les vendredis soir, traînait avec des enfants de fermiers beaucoup plus stupides qu'elle. Papa ne savait pas ce qu'elle avait dans la tête. Moi seule le savais. Je ne pouvais pas la raisonner – elle refusait de m'écouter. À l'école, elle était la meilleure de sa classe sans travailler, ce qui faisait plaisir à nos parents. Si elle avait de bonnes notes, c'est que tout allait bien pour elle, forcément. Mais Alex était une cocotte-minute. La tension s'accumulait en elle et personne ne s'en apercevait sauf moi. Et puis, à quinze ans, elle a commencé à s'attirer des ennuis avec les garçons. Tout son monde a explosé. Et j'ai été la seule que ça n'a pas étonnée.

À cette période, j'avais déjà une vie en dehors de ma famille, de toute façon. Je n'en pouvais plus de vivre dans une maison pleine d'échos. C'est pourquoi je me suis cramponnée à Hal. Il comblait toute cette tristesse, je me sentais en sûreté, je me sentais aimée. *Ta famille, on l'emmerde*, disait-il en me tendant une pilule à gober. *Qu'est-ce qu'on en a à foutre ? Reste avec moi, bébé. On se fera notre nid à nous.* À cette époque, à chaque pilule qu'il me donnait, je me sentais bien, je m'évadais. Je m'en remettais à lui. Je ne connaissais pas son autre facette alors, celle qui allait me trahir, m'abandonner sans hésiter face à la menace de la prison. Quand je l'ai découverte, il était trop tard. Alex s'en était assurée, elle avait fait en sorte que je ne puisse plus jamais revenir dans ma famille. D'un seul mensonge, elle avait scellé mon destin. Pour toujours.

Alex

Ce n'était pas moi l'enfant difficile, contrairement à ce que pense Ruth. La pire chose que j'aie faite, c'est d'aller à une fête à l'âge de quatorze ans sans que mes parents le sachent. Je n'ai jamais été plus sournoise que ça, ce qui n'est pas grand-chose en comparaison de ce que Ruth pouvait fabriquer à cette période. Durant ses dernières années de lycée, elle n'essayait même plus de réussir. Elle échouait partout, séchait la plupart des cours. À la maison, elle restait silencieuse et secrète. Papa et maman ne savaient plus que faire d'elle.

En classe de première, elle s'est mise à fumer de l'herbe. Ça se sentait dans ses vêtements, dans ses cheveux. Elle traînait avec des jeunes en trench-coat qui se redessinaient les sourcils au stylo. Mon père n'arrêtait pas de recevoir des coups de fil de ses copains dans la police, qui lui disaient qu'elle était sur la mauvaise pente. Plus elle s'enfonçait dans cet autre monde, plus elle s'éloignait d'une éventuelle bouée de sauvetage familiale.

Mais elle se considérait toujours comme ma grande protectrice et dès que je faisais ce que tous les adolescents normaux font, elle poussait les hauts cris. Elle m'a surprise en train de m'éclipser discrètement pour aller à cette fête, et quand le flic que connaissait mon père m'a ramenée à la maison, que mes parents m'attendaient de pied ferme sur la véranda, elle était juste derrière eux, bras croisés, pleine de suffisance.

« Continue sur cette voie, Alex, et ce sera très vite ta ruine. Tu vaux mieux que ça ! » Puis mon père s'est tourné un instant vers Ruth, qui s'est un peu décomposée. « Tu veux finir comme ta grande sœur ? » Il a hésité, avant de poursuivre : « Comme *elle*, vraiment ? Sois un lion, pas un mouton. Et ne me mens plus jamais. »

Je n'ai pas pu m'en empêcher. Je me suis mise à pleurer, là, sur la véranda, et je me suis jetée dans les bras de ma mère.

« Allez, ça n'est pas si grave, a-t-elle dit en m'ouvrant les bras et m'embrassant sur le haut du crâne. Mais ne recommence plus, petite tigresse. »

« Je ne le ferai plus, ai-je promis. Je ne le ferai plus. »

J'ai regardé mon père. Lui aussi avait les larmes aux yeux. J'ai lâché ma mère et je suis allée vers lui, les mains molles, pendantes. Il m'a serrée contre lui ; je sentais sa cage thoracique osseuse contre mes épaules. Et j'ai vu, derrière lui, Ruth me lancer un regard noir.

Quelques semaines plus tard, Hal Nightingale a surgi dans nos vies. Il réparait une clôture avec mon père et maman nous a dit, à Ruth et à moi, d'aller leur porter des sandwichs et une cruche de thé glacé.

« C'est pour moi, tout ça ? » a dit Hal, en ôtant son chapeau de cow-boy et en s'essuyant le front d'un revers de manche. Son hâle était fort et il avait des plis autour des yeux, comme s'il avait passé une bonne partie de sa vie à regarder le soleil.

« Hal, ce sont mes filles », a dit mon père. Il a pris un sandwich sur le plateau et en a mangé la moitié d'une seule bouchée. « Laisse-les tranquilles. »

Ruth et moi sommes revenues à la maison, mais Ruth n'arrêtait pas de se retourner pour voir si Hal la suivait des yeux.

« Il travaille dur ? » a-t-elle demandé à mon père ce soir-là au dîner. Mon père mâchait et il a dévisagé Ruth jusqu'à ce qu'il ait terminé et avalé sa bouchée.

« Non. C'est un feignant. Et il ne va pas rester. Il sera parti dès que j'aurai trouvé un ouvrier correct. Pourquoi cette question ? »

Ruth a haussé les épaules, en regardant son assiette plutôt que mon père.

« Et cet autre garçon ? a demandé ma mère. Ce jeune Tommy que tu as embauché…

— Il est jeune, mais c'est un bon gars », a dit mon père. Il a reposé sa fourchette et tendu un index épais vers Ruth. « Voilà un garçon sur lequel tu devrais me poser des questions. »

Ruth a reniflé dans son verre de lait.

Il n'a pas fallu longtemps à Hal et Ruth pour se trouver, probablement parce que mon père le leur avait interdit. Il avait raison à propos de Hal : c'était un bon à rien, un instable qui s'en sortait grâce à son charme de pacotille.

Ruth retrouvait Hal en secret presque tous les soirs ; il garait sa Plymouth Duster quelques dizaines de mètres après le virage de la route, ils s'asseyaient tous deux sur le capot et se passaient et se repassaient une bouteille de whisky ou un joint. En tout cas, c'est ce que m'affirmait Tommy Gunnarsson.

La toute première fois que Tommy m'a adressé la parole, j'étais assise seule sur la dernière marche de la véranda, à regarder les arbres que le vent décoiffait. Il rentrait d'avoir lié des balles de foin dans les champs. Une traînée de terre maculait une de ses clavicules, et ses cheveux blonds étaient pleins de poussière – mais bien coupés.

« Comment ça va ? a-t-il demandé.

— Ça va.

— Je m'appelle Tommy. » Il m'a tendu la main.

« Oui, je sais. » Sa poignée de main était forte et assurée. Il a soulevé le couvercle de sa boîte de pique-nique et m'a jeté un regard. Puis il en a sorti un pissenlit presque fané et me l'a tendu. « Je t'ai apporté ça. »

En prenant le pissenlit, je suis sûre que j'ai rougi, d'un rouge bien vif, d'une couleur qu'on ne peut prendre que quand les garçons sont une nouveauté.

« Je sais que c'est une mauvaise herbe, a-t-il dit. Mais qui peut décider de ce qui est joli et de ce qui ne l'est pas ? »

Il me regardait droit dans les yeux, et je savais qu'il ne parlait pas de fleurs.

« Merci. » La fleur jaune du pissenlit pendouillait entre mes doigts.

« Je vais m'acheter un Chevrolet Silverado. Je vous emmènerai faire un tour, un jour. Mais en attendant, on pourrait aller se balader à pied, un de ces soirs.

— D'accord », ai-je dit.

Il a porté la main à son chapeau pour me saluer et je l'ai regardé repartir lentement vers les champs. Régulièrement, il se retournait pour vérifier que je le suivais des yeux. Et je le suivais des yeux.

Ensuite, j'ai commencé à passer de plus en plus de temps avec lui. Il arrivait devant la maison et me demandait : *Vous voulez aller faire un tour dans la prairie, mademoiselle Alexandra ? Vous voulez venir vous promener sur la route ?*

Mon père approuvait, et j'appréciais ses prévenances. Ruth levait les yeux au ciel et, dans son dos, l'appelait l'enfant de chœur bigot. Mais elle se trompait sur Tommy, comme en tout.

Deux ou trois semaines avant mon quinzième anniversaire, nous sommes allés à pied à l'autre bout du domaine, là où la clôture longeait les arbres. C'était une belle soirée, des insectes butinaient les fleurs grandes ouvertes, et Tommy tirait sur de hautes herbes tout en marchant.

« Les terres de ton père sont immenses », a-t-il dit, en regardant à l'autre bout du champ. J'ai suivi son regard et plissé les yeux. Parce que là-bas, au bout du champ, ma sœur et Hal Nightingale étaient appuyés lourdement à une barrière de bois, le pantalon autour des chevilles. Ruth nous tournait le dos ; elle avait les mains sur les épaules de Hal. Je me rappelle surtout la blancheur choquante du haut des cuisses de Hal, les étranges ruades de ses hanches, sa manière de se lécher les lèvres dans l'effort.

« Mince alors ! a dit Tommy. C'est ta sœur ? »

Je les fixais, immobile. À vingt mètres de nous, Hal m'a vue mais ne s'est pas arrêté. Il n'a même pas ralenti. Il m'a souri, a ouvert la bouche pour me montrer sa langue. Les grognements qu'il poussait se sont faits plus forts.

« Viens, on s'en va. » Tommy m'a tirée par le bras. « On n'a rien à faire là. »

Nous sommes rentrés à la ferme en trébuchant, silencieux, mal à l'aise tous les deux. En arrivant près de la véranda, j'ai dit à Tommy : « Ne parle à personne de ce que nous avons vu, d'accord ?

— Promis. » Et il a tenu parole, même si je sais que toute la scène l'avait perturbé autant que moi. Pour ma part, je n'ai jamais rien dit non plus, ni à Ruth, ni à mes parents, ni à personne. Mais l'image était difficile à oublier.

Le jour de mes quinze ans, Tommy est venu à la maison et m'a offert de vraies fleurs, achetées chez le fleuriste. « Joyeux anniversaire », a-t-il dit en me les tendant. Puis il m'a emmenée faire notre promenade habituelle.

« Comment savais-tu que c'était mon anniversaire ? lui ai-je demandé, une fois hors de vue de la maison.

— Je me suis renseigné. » Il m'a pris la main. « Je fais tout pour en savoir le plus possible sur toi. »

J'ai rougi, tout en me disant qu'il n'y avait pas beaucoup à faire.

« Bon, a-t-il dit en se levant tout à coup. Est-ce que quelque chose d'autre te ferait plaisir pour ton anniversaire ? »

J'ai levé les yeux vers lui, hésitante.

Il s'est penché vers moi, s'est arrêté, la bouche toute proche de la mienne. « Moi, je voudrais t'embrasser, si tu veux bien. »

J'ai acquiescé, en déglutissant. Il a pressé ses lèvres sur les miennes, son chapeau a cogné mon front. Il sentait le propre, comme quand maman suspendait des draps fraîchement lavés sur la corde à linge. Au bout de quelques secondes, il s'est redressé et a attendu que je lève les yeux vers lui.

« Bon anniversaire, mademoiselle Alexandra. »

Je crois que c'est le moment où je suis tombée amoureuse de lui. Ou peut-être un peu plus tard dans la soirée. Mais ce moment a bien existé, réel, palpitant – et transitoire, comme toute chose lorsqu'on n'a que quinze ans.

Les semaines qui ont suivi ce soir d'anniversaire, j'ai repensé de plus en plus à ce que j'avais vu Ruth faire dans le champ. Nous dormions dans la même chambre et je restais éveillée chaque soir longtemps après son retour d'escapade, sentant l'alcool et l'herbe. Elle s'endormait très vite, mais je ne pouvais penser qu'à son comportement irresponsable. Et si nos parents découvraient ce qu'il y avait entre Hal et elle ? Et si elle avait des ennuis, de très gros ennuis ? J'étais sûre que nous ne survivrions pas à une nouvelle crise familiale, mais je ne pouvais pas lui poser de questions ni l'avertir de rester loin de Hal. À cette période, elle ne faisait que se moquer de moi. Alors un vendredi soir, quand j'ai entendu le rocking-chair de papa grincer sur la véranda, je suis descendue le rejoindre. Maman dormait déjà.

« Pourquoi restes-tu assis là tout seul ? » ai-je demandé en me pelotonnant près de lui, en chemise de nuit.

Les criquets stridulaient dans les buissons. Il se léchait les dents, lèvres retroussées. « J'attends ta sœur. Elle est sortie il y a plusieurs heures et elle n'est pas encore rentrée. Je vais lui tanner le cuir et écorcher vif le petit ami qu'elle s'est trouvé. »

Je savais que je ne devais rien dire. Je n'en avais aucune envie, mais je continuais à repenser à la façon dont Ruth se moquait de Tommy et de moi. Tous les matins au petit déjeuner, elle me demandait si j'avais fait de beaux rêves le concernant, comme si elle pouvait lire dans ma tête et connaître toutes mes pensées. Mais elle ne savait rien. Elle n'avait aucune idée de ce qui se passait dans ma tête. Elle ne savait pas ce que j'avais vu.

« Papa, ai-je dit alors, est-ce que tu es en colère à cause de ce qu'elle fait avec Hal au fond du champ ? »

Il s'est figé à mon côté, le regard perdu, déçu, mais il a cru que je n'en avais rien vu. « Avec Hal Nightingale ? Qu'est-ce qu'ils font dans le champ ? a-t-il demandé d'une voix trop égale pour être vraiment nonchalante.

— Je ne devrais peut-être pas le dire. C'était... mal. »

Mon père a enfoui la tête dans ses mains. Il avait l'air totalement abattu.

« Je suis désolée, papa. Je n'aurais peut-être rien dû dire.

— Va te coucher.

— Tu es sûr ? Ça ne me gêne pas de te tenir compagnie. »

Il a posé la main sur mon épaule. Un instant, j'ai senti sa tiédeur, puis il l'a retirée. « C'est bon, a-t-il dit. Monte. »

Je l'ai laissé et je suis vite allée au lit. Il était trois heures du matin quand des cris au-dehors m'ont réveillée. Au début, j'ai cru que c'était le tonnerre, mais c'était le grondement de la voix de mon père.

« Je sais ce que tu as fait ! Je sais très bien ce que tu fais ! »

La voix de ma sœur était pleurnicharde, plaintive. « Quoi ? Qui t'a dit ça ? Je l'aime bien, papa, c'est tout. Ce n'est pas un mauvais gars.

— J'ai entendu dire qu'il vendait du MDMA à des mineurs. Une drogue chimique ! Tu t'es droguée, ce soir ?

— Non, papa…

— Pendant tout l'été, tu as raconté une chose à ta mère et une autre à moi. Tu vas arrêter de nous mentir ! »

Je n'ai pas compris toute la suite, ils parlaient trop vite, ils étaient trop en colère.

« … Comme si tu étais au courant, disait Ruth pleine de défi. Ça fait longtemps que tu te fiches de ce qui m'arrive. Tu juges tout le temps les gens à l'emporte-pièce, et ensuite, ils n'existent plus pour… »

J'ai entendu un bruit de verre brisé, comme si mon père avait jeté quelque chose contre la balustrade.

« Ça suffit ! a-t-il hurlé. Va te coucher. Tu ne le reverras plus jamais. »

Il est rentré dans la maison avant Ruth : j'ai entendu son pas lourd dans l'escalier. Ruth est restée assise seule très longtemps, en se balançant dans le rocking-chair de papa. Quand elle a fini par monter se coucher, j'ai fait semblant d'avoir dormi tout du long.

Mon père a viré Hal le lendemain, mais Hal est resté à traîner sur la route, en attendant que Ruth l'aperçoive. Toute la journée, il est resté là pendant que Ruth était punie, enfermée à la maison. Il a essayé d'attirer mon attention plusieurs fois, de me parler, il voulait probablement me faire passer un message pour Ruth. Puis après cette première journée, il est revenu à chaque fois qu'il pensait que mon père s'était absenté. Ma mère s'est mise à surveiller Ruth de près, une nouveauté dont Ruth m'a rendue seule responsable.

« Merci beaucoup, *sainte Alex*, me disait-elle quand maman avait quitté la table après le déjeuner. Attends un peu qu'ils apprennent ce que toi, tu fais ! »

Mais je ne faisais rien, à part essayer d'éviter Hal Nightingale qui rôdait autour de la ferme. Chaque fois que je le voyais au loin sur la route, je sentais comme une décharge électrique et j'étais terrifiée. Et puis un jour, en ville, il a sifflé à mon passage. Je ne pouvais pas en parler à Ruth – elle ne m'aurait pas crue – et si j'en avais parlé à mon père, il y aurait eu un meurtre. Alors je suis allée voir ma mère.

« Hal Nightingale a fait *quoi* ? » Elle a laissé tomber sa cuillère de bois dans le moule à gâteau.

« J'espère vraiment qu'il ne me suit pas, m'man. Il est toujours à rôder dans le coin.

— Est-ce qu'il t'a touchée ? Alex Van Ness ? »

L'image de Hal et Ruth au fond du champ a envahi mon esprit. J'ai senti quelque chose se tendre tout au fond de mon pelvis, sans savoir ce que ça signifiait. « Non, il ne m'a pas… touchée. »

Ma mère m'a pris la main et sa peau était rêche comme du vieux papier. Quand elle a repris la parole, sa voix claire et déterminée m'a surprise.

« Tu as bien fait de me le dire. Je vais en parler à ton père.

— Maman, non. Ruth va être…

— Ruth doit comprendre ce qu'elle a fait, quels dangers elle a couru, et quels dangers court sa petite sœur, maintenant.

— S'il te plaît, maman. Il n'a encore rien fait, pas vraiment. Je ne veux pas que papa s'inquiète. »

Elle s'est tue. Je ne crois pas qu'elle en ait parlé à mon père, en fin de compte. Avec le recul, j'aurais préféré qu'elle le fasse. J'aurais préféré que mon père le menace encore plus violemment. Hal aurait peut-être renoncé définitivement à Ruth et les choses se seraient terminées autrement. Autrement pour Ruth. Et autrement pour moi.

Ruth

Je pensais tellement à Hal et à la vie que nous projetions de mener ensemble que je n'ai pas réalisé jusqu'où Alex était prête à aller, jusqu'où elle était *déjà* allée. Dans les semaines qui ont suivi mon interdiction de fréquenter Hal, elle a fait de ma mère sa confidente. Et de mon père son jouet. C'est comme si elle avait saisi l'opportunité de profiter de mes ennuis ; elle s'en délectait presque. Quoi que je fasse, je n'avais aucune chance de faire pencher la balance de mes parents en ma faveur. Je ne voulais pas quitter la maison ; ça m'effrayait trop. Et j'espérais encore qu'ils finiraient par me pardonner et par changer d'avis. Alors, quand tout a explosé – par la faute d'Alex, pour une fois, pas à cause de moi –, comment aurais-je pu imaginer qu'ils prendraient son parti ? D'une manière ou d'une autre, ils ont tous fini par trouver le moyen de faire de moi la coupable.

Un jour, alors que l'été commençait à décliner et que je revenais d'un rendez-vous secret avec Hal, je suis entrée dans la cuisine. Maman était assise à un bout de la table, Alex à l'autre. Ni l'une ni l'autre ne parlait.

« Que se passe-t-il ? »

Ma mère a levé les yeux vers moi, des yeux pleins d'une dureté liquide, étrange, comme de la pierre ponce au fond d'un bain. « Tu es au courant de ça ? » m'a-t-elle demandé en indiquant une feuille imprimée, sur la table.

« Elle ne sait rien », a marmonné Alex.

J'ai pris la feuille et je l'ai lue. C'était un formulaire médical, un imprimé de consentement parental pour l'avortement d'une mineure. Un avortement ? J'ai dû m'y reprendre à deux fois avant d'y croire vraiment. Et quand j'ai réalisé que c'était pour Alex, j'ai failli éclater de rire. Imaginez-moi ça : toutes ces années passées à me montrer du doigt comme le mouton noir de la famille, et c'est Alex qui tombait enceinte !

Son visage était sillonné de larmes, désespéré. Je m'en suis voulu d'avoir eu envie de rire. Malgré tout ce que ma famille pensait de moi, je n'étais pas une mauvaise fille, en fin de compte. Je n'étais pas un monstre.

Alex a alors levé les yeux sur moi et j'ai revu la petite fille qui se tenait sur l'échelle, le jour où Pim a disparu. *Fais quelque chose*, semblait-elle me dire. Mais je ne pouvais rien pour elle. Pas cette fois. Ce qu'elle avait fait avec Tommy, elle l'avait choisi.

Une part de moi, fermée depuis longtemps, s'est rouverte. J'avais envie de lui tendre la main, de l'étreindre. Mais je n'en ai rien fait.

« Papa est au courant ? » En m'entendant parler de papa, Alex a baissé les yeux.

« Pas encore, a dit ma mère. Seigneur, il n'en a pas assez enduré, il n'a pas assez souffert de toute sa vie ? Comme nous tous ? Et maintenant... Maintenant, ça !

— Maman, ne lui dis rien. Il va la renier. Il va mettre le feu à la maison des Gunnarsson. Il va tuer Tommy !

— Tais-toi ! » a dit Alex. Son désespoir et son chagrin se sont mués soudain en rage, toute entière dirigée contre moi.

« Ruth, il faut que tu conduises ta sœur en ville jeudi, a dit ma mère. Tu peux bien faire ça pour elle, au moins.

— Mais maman, je…

— Fais-le ! Pour moi. Pour ta sœur. » Elle était si agressive qu'elle me crachait pratiquement au visage.

Un nouveau seau d'emmerdes jeté en l'air, et qui finissait par me retomber dessus.

***

Les abords de la clinique étaient atroces. Des hordes de femmes rougeaudes, en sueur, armées de banderoles, nous insultaient, Alex et moi, pendant que nous essayions de nous frayer un chemin. J'en ai bousculé quelques-unes. Bon Dieu. C'était déjà assez pénible sans que cette engeance vienne nous aboyer sous le nez. Alex n'avait rien dit durant le trajet en voiture. Elle s'était même excusée de me forcer à l'accompagner. J'avais tout essayé pour la distraire : j'avais mis de la musique, tenté le bavardage futile, la compassion. Rien n'y avait fait. Une fois à l'intérieur de la clinique, elle a tendu le formulaire d'autorisation parentale.

« C'est la signature de votre mère ? a demandé l'infirmière d'une voix lisse et monocorde, en donnant sur la feuille un coup d'ongle pailleté.

— Oui, m'dame, a répondu Alex.

— Dois-je l'appeler pour vérifier ? »

Je suis intervenue. « C'est bien la signature de notre mère. D'ailleurs, je suis sa grande sœur et je suis majeure, j'ai vingt ans. Notre mère m'a demandé de l'accompagner. *In loco parentis*. On peut s'asseoir ? »

Nous avons trouvé des places l'une à côté de l'autre dans la salle d'attente. Les coussins se sont dégonflés avec un soupir quand nous nous sommes assises. La pièce était austère, nue, et sentait l'acide.

« Qu'est-ce que vous regardez ? » ai-je dit au type en face de nous qui nous dévisageait. Il a plongé honteusement le nez dans un magazine.

Alex suçotait le bout d'une de ses mèches de cheveux, tic nerveux qu'elle avait contracté après que nos vies eurent viré au cauchemar.

« Tu es enceinte de combien ? » lui ai-je demandé doucement. Même ça, je l'ignorais. Elle avait refusé de me parler, les jours précédents.

« Six semaines.

— Tu l'as dit à Tommy ? »

Silence.

« Tu ne peux pas le laisser s'en tirer comme ça, sœurette. Il faut qu'il soit au courant. C'est de sa faute aussi. »

À nouveau, son regard est passé en un instant du chagrin à la colère brûlante. « Si c'est de la faute de quelqu'un, c'est de la tienne !

— La mienne ? » J'avais l'impression d'avoir reçu une gifle.

« Si tu n'avais pas… »

Mais juste à cet instant, on l'a appelée et elle s'est levée.

« Pas la peine de m'accompagner. Je vais faire ça toute seule. Comme tout le reste. »

Puis elle s'est éloignée et je suis restée dans la salle d'attente, en sueur. Mais pourquoi donc pensait-elle que c'était de ma faute ? Parce que j'avais plongé dans mon monde à moi et que je n'avais pas vraiment fait attention à ce qui lui arrivait, à elle ? Parce que nos parents m'avaient pratiquement reniée ? Parce que je vivais chez eux comme un fantôme ?

Je suis restée là, malheureuse, à regarder les chaussures des autres personnes qui passaient dans la clinique. Les chemins qu'elles suivaient étaient-ils aussi cahoteux que le mien ?

L'avortement s'est passé très vite. Elle est sortie seule, refusant mon aide, les bras enroulés autour d'elle-même. Pendant tout le trajet du retour, elle a regardé par la fenêtre, l'air à la fois plus jeune et plus vieille qu'à l'aller. Qu'était-il arrivé à ma petite sœur ? Est-ce ce jour-là à la clinique ou plus tard qu'elle a disparu ? La culpabilité me rendait malade. Je l'avais déçue. Une fois de plus.

Je me suis garée dans l'allée et je suis descendue du pick-up. Ma mère était sur le perron et se frottait les mains l'une sur l'autre. Il se passait quelque chose de grave.

« Maman ? » ai-je demandé. Alex est descendue lentement du pick-up. Ma mère pleurait quand elle a rejoint Alex et lui a ouvert les bras.

« Ma petite tigresse, je suis désolée. Je suis vraiment, vraiment désolée. Je n'avais pas compris. Je ne savais vraiment pas. » Ma mère pleurait sur l'épaule d'Alex, respirait par saccades. Alex l'a serrée dans ses bras et s'est mise à pleurer aussi.

« M'man ! ai-je dit en m'approchant. Qu'est-ce qui se passe ? »

Elle s'est dégagée de l'étreinte d'Alex. Elle avait le visage en feu. Je ne lui avais jamais vu l'air aussi féroce.

« Ton père est parti le trouver.

— Trouver qui ? Tommy ?

— Non, Ruth. Pas Tommy. » À côté d'elle, Alex tirait maman par la manche. Elle ressemblait vraiment à une petite fille. Son expression était étrangement vide, malgré les larmes qui coulaient sur ses joues. Quand elle a ouvert la bouche, sa voix était neutre.

« Je leur ai laissé un mot, a-t-elle dit. Avant de partir pour la clinique. J'ai dit à papa et maman ce qui s'est vraiment passé. »

Elle s'est avancée vers la véranda. Ma mère l'a aidée à monter les marches.

« Mais de quoi tu parles ? Je ne comprends rien à ce que tu dis ! »

Il m'a fallu un moment pour réaliser. « Attends, quoi ?!? Tu ne veux pas dire… Non. Non ! » Toutes les cellules de ma peau me picotaient. Il n'aurait jamais, jamais osé poser ne serait-ce qu'un doigt sur elle. « Alex ! ai-je crié. Tu n'insinues pas que c'est Hal qui t'a mise enceinte ? »

Alex a fait lentement demi-tour, le bras de maman toujours sur son épaule. « Depuis le jour où papa l'a viré de la ferme, il n'arrête pas de me suivre. Un jour, il m'a prise dans ses bras. Je n'ai pas pu m'enfuir. » Et puis elle a fondu en larmes, parcourue de gros sanglots, se pliant en deux de chagrin à chaque fois. Maman l'a reprise dans ses bras. Et s'est remise à pleurer, elle aussi.

« Alex, non. Ce n'est pas vrai ! Hal ne ferait jamais ça. Jamais ! »

Alex a fait un pas de plus sur les marches, derrière ma mère.

C'est ma mère qui a parlé pour elle. « Tu es inconsciente, Ruth. Tu refuses de voir la vérité. C'est toi la source de tous les ennuis, dans cette famille. »

Tout à coup, papa a débouché dans l'allée au volant de son pick-up. Mais il ne s'est pas arrêté devant nous, il est allé droit à la grange. Nous le regardions toutes les trois, stupéfaites. Il est descendu, bras et jambes fléchis, muscles bandés.

« J'ai cherché partout, a-t-il crié à ma mère. Maintenant je sais où il est. » Quand il est remonté dans son pick-up, il avait une batte de base-ball à la main. Son regard fixé sur moi était dur comme la pierre, puis il a repris la route dans l'autre sens.

« Arrête ! » ai-je crié. Sous moi, la terre s'est mise à se dérober, à trembler. Je cherchais de l'air, je me noyais. J'ai supplié Alex : « Arrête-le ! C'est Tommy qui t'a fait ça, pas Hal ! »

« Maman, a-t-elle sangloté. C'est faux. Ruth est une menteuse. »

Ce n'était pas Hal. Pas mon Hal. Il était toujours gentil avec Alex, toujours. Elle avait sûrement laissé Tommy la mettre enceinte. Et puis quand c'était arrivé, elle avait trouvé le moyen de se déculpabiliser. Je suis rentrée dans la maison en titubant et je les ai bousculées, en laissant la porte moustiquaire battre derrière moi.

« Ruth ! » a appelé ma mère. Mais j'ai foncé dans l'escalier, j'ai attrapé un sac et j'ai fourré toutes mes affaires dedans. Maman est arrivée au pied de l'escalier. « Je t'en prie ! » a-t-elle dit, mais sans conviction. Elle ne le pensait pas ; elle n'a pas fait un pas dans l'escalier. Elle ne voulait pas de moi. Plus personne ne voulait de moi, depuis que Pim était mort. Hal était le seul à me comprendre. Le seul à me faire sentir un peu heureuse, à me laisser croire que j'avais ma place quelque part.

Quand Hal s'est garé dans notre allée, quelques heures plus tard, il avait la figure démolie, sa lèvre était ouverte, son œil gauche fermé et enflé. J'ai mis toutes mes affaires dans son coffre, que j'ai refermé violemment. Que pouvais-je faire d'autre ?

Alex a eu le front de me demander : « Ça va aller ? » avant que je monte en voiture. Je lui ai ri au nez.

Maman est sortie et s'est plantée sur la véranda, sans un geste d'adieu. Hal et moi avons quitté la ferme et foncé au sud vers la grand-route, tandis que ma maison et ma famille rapetissaient en tremblotant dans le rétroviseur couvert de poussière, avant de disparaître.

TROISIÈME PARTIE

LA VOLEUSE

Alex

Il se fait tard, mais je ne me résous toujours pas à rentrer au loft. Chase va me bombarder de questions auxquelles je n'aurai pas la force de répondre. Je reste assise un moment sur un banc du parc à regarder les mamans avec leurs jeunes enfants. Du haut d'un toboggan, une fillette qui doit avoir cinq ans me fait signe de la main tandis qu'elle s'apprête à s'élancer. *Regarde-moi*, dit-elle. *Je peux le faire ; je suis courageuse.* L'espace d'un instant, j'ai peur qu'elle ne bascule en arrière. Mais elle a déjà fait du toboggan. Elle s'accroche solidement à la rambarde de métal. Je lui réponds moi aussi par un signe, mais je n'arrive pas à lui sourire. À chaque minute qui passe, je lutte contre l'envie d'envoyer un sms à Sully. Je nage déjà en pleine confusion. Si je dis quoi que ce soit à Sully, je risque de tout lui raconter, et ça serait injuste envers Chase.

Quand je finis par rentrer, Chase est sous la douche mais Ruth est là sur un tabouret, dans la cuisine. Elle se tourne vers moi dès que j'entre et me saute presque dessus.

« Ce n'est pas moi, dit-elle immédiatement. Je ne sais pas sur quel air il faut que je te le chante. Je ne lui ai jamais montré la photo de Pim. »

Je ne réponds pas. Je n'ai plus la force de jouer à ce jeu-là.

« Et tu sais quoi ? » Elle se tortille sur son siège, pointe l'index en l'air. « Ta règle qui interdisait de parler du passé était absurde. Personne ne vit comme ça. C'est une règle impossible à suivre. »

Je soupire et referme la porte d'entrée. « Bon, de toute façon, tu n'as pas l'air de l'avoir prise très au sérieux.

— Non, parce qu'elle est stupide. Tiens, essayons : tu me dis quelque chose sur toi, Alex, mais ça ne peut pas avoir le moindre rapport avec ce qui t'est arrivé avant. Vas-y ! » Son genou droit ne tient pas en place. Comme d'habitude, c'est elle qui est en colère, alors que c'est à moi qu'on a fait du tort.

« Je suis vraiment fatiguée, Ruth.

— Tu me crois ?

— Non. » Je vais ouvrir le frigo en lui tournant le dos. « Je pense que ça te plaît que Chase ait découvert ça et qu'il soit en colère contre moi. Tu avais un moyen de pression sur moi. Je pense que tu y as vu l'occasion de me faire du mal et que tu l'as saisie. »

Quand je me retourne vers elle, elle a la main posée sur sa poitrine, la bouche ouverte, l'air outragé comme si je la calomniais.

« Mais ça ne prend pas avec moi, Ruth. » J'attrape dans le frigo un Tupperware contenant des pâtes, l'ouvre, puis le remets en place. « Toute la comédie que tu joues pour te faire plaindre. Tu sais très bien ce que tu as fait dans ta vie, les choix qui ont été les tiens. Et tu as décidé pour tout le monde. Personne n'a jamais eu son mot à dire.

— Mais de quoi tu parles ? »

Je referme violemment le frigo. « Si quelqu'un a le droit d'être en colère ici, c'est moi. Mais regarde-toi ! Même ça, tu essaies de me le prendre. »

Elle se redresse si vivement qu'on dirait qu'elle est sur la chaise électrique. « J'ai beaucoup travaillé sur moi-même, Alex, et j'ai résolu plein de choses. Je pense qu'il est temps que tu fasses de même.

— Oh, je t'en prie, épargne-moi ça ! » Je commence à élever la voix mais du coin de l'œil, sur la gauche, je sens que Chase est sorti de la douche. Il est en short, les cheveux en bataille.

« Coucou », dit-il. Il a l'air d'avoir peur, comme s'il avançait sur un champ de mines.

« Chase. » Je m'avance vers lui. « Désolée d'être partie comme ça. J'avais besoin de m'éclaircir les idées. J'ai passé une journée horrible, du début à la fin. Je te demande pardon.

— C'est bon, dit-il. Ça va. Mais il faudrait qu'on parle. » Il regarde autour de lui comme s'il remarquait seulement maintenant qu'on ne peut pas avoir d'intimité, dans cet appartement. « Est-ce qu'on peut aller seuls quelque part, là, tout de suite ?

— Oui, ça me ferait du bien, dis-je.

— Tu as faim ? Oui, tu dois avoir faim. Viens, je sais où je vais t'emmener. » Il enfile un T-shirt qui traînait sur le canapé, prend ses clés suspendues au crochet près de la porte. « Ça va aller, Ruth ? demande-t-il.

— Je ne sais pas, fait-elle en se levant.

— Elle va se débrouiller », dis-je. Puis je m'adresse à elle : « Ne bouge pas d'ici. »

La dernière chose que je vois avant que la porte se ferme, c'est Ruth qui se sert de pâtes dans le frigo.

Nous prenons la voiture de Chase, parce qu'elle est plus rapide. La ville est déserte et tout est fermé, mais il connaît un bar à vin rattaché à l'hôtel Snow Ridge, sur le chemin de la station de ski. L'hôtel lui-même est chic – le genre d'endroit où les gens aisés descendent passer le week-end avant de retourner à leurs entreprises de Denver ou L. A. – et le bar est encore ouvert. La sono crache un jazz aux accents désespérés, plaintifs, bouleversants.

« Tu es déjà venu ici ? » demandé-je. Je n'ai jamais vu autant de costumes trois pièces et de Rolex à Moses River.

« J'y viens tout le temps. » Chase fait un signe au barman. « Ils me connaissent assez bien pour me faire des prix.

— Mais tu viens ici à quelle occasion ? »

Il reprend un air inquiet. « Pour le boulot. Si des partenaires commerciaux d'autres stations viennent à Moses River, on les reçoit toujours ici.

— Ah, d'accord. » C'est la toute première fois que je me demande s'il y a autre chose de sa vie que j'ignore.

Nous nous installons dans le coin le plus tranquille, si c'est possible, vu que toutes les tables, basses et cirées, entourées de coussins épais, sont brillamment éclairées par des luminaires de prix et dominées par des haut-parleurs. Quand le barman s'approche, Chase commande un gin-tonic mais je me rabats sur un soda au gingembre – je ne pourrais rien avaler d'autre. Ni lui ni moi ne parlons avant que le barman ne reparte.

« Où étais-tu, toute la soirée ? demande Chase.

— Je me suis promenée à pied.

— Toute seule ?

— Oui, Chase. Je te le jure. » Long silence. « Vas-y, interroge-moi. Tu as des centaines de questions à me poser, je le sais. »

Il soupire. « Je n'ai qu'une seule question, en réalité. Pourquoi ne m'as-tu pas parlé plus tôt de ton frère ? »

Je pose les mains sur les genoux. « Qu'est-ce que tu sais de mon frère ?

— Qu'il est mort dans un accident, à la ferme, quand il était vraiment tout petit. C'est terrible, Alex. J'ai beaucoup de peine pour toi. Et je ne comprends pas pourquoi tu ne m'en as pas parlé. »

Une boule de stress monte en moi, elle enfle et s'étend. Une pression qui cherche à s'échapper.

« J'ai du mal, encore maintenant, à repenser aux circonstances de la mort de Pim. C'est arrivé il y a si longtemps. Mes parents étaient sortis, et il est tombé dans la benne d'un camion de grain. Ruth était l'aînée. Elle était responsable de nous. »

Le barman nous apporte nos verres et repart.

« Mais… c'était de sa faute ? » demande Chase.

Je laisse passer un moment. « Comme je te l'ai dit. La mort de mon frère était un accident. Mais Ruth était censée le surveiller. Elle aurait dû être responsable de nous, et elle ne l'a pas été. Elle ne l'a pas du tout protégé. Elle n'aurait pas pu faire pire. » Je repousse mon soda loin de moi, sur la table. « J'étais proche de mes parents, et puis la mort de mon frère a érigé un grand mur de brique entre nous. Nous n'avons jamais réussi à le surmonter.

— Wow, dit-il en frottant son menton lisse. En tout cas ça explique pourquoi elle est si secrète. Dès que je lui pose une question, elle se ferme comme une huître.

— Tu n'aurais pas pu te fier à ses réponses, de toute façon. Elle refait toujours l'histoire à sa manière. Elle modifie le passé comme ça l'arrange. » Je lui prends la main, doigts enlacés. « Je suis désolée de ne t'avoir rien dit de tout ça avant. Mais je ne reviens jamais là-dessus si je peux l'éviter.

— Je comprends. » Chase lisse son verre du pouce.

« Certaines personnes ont l'esprit tordu, dis-je. Et parfois, elles font partie de votre famille. »

Chase saisit son verre et sirote son gin-tonic. « Tu sais, dit-il, je crois que tu ne m'en as jamais dit autant sur toi-même. »

Ma gorge se serre et je lutte pour ne pas pleurer. « Ce n'est pas parce que je n'ai pas confiance en toi, Chase, ou que je ne veux pas que tu me connaisses. Je ne cherche pas à me rendre inaccessible.

— Mais tu as vécu avec ces secrets trop longtemps.

— Oui, réponds-je. Oui. »

Chase se penche par-dessus la table et me caresse la joue, la nuque. « Qu'est-ce qu'on fait alors ? On la met dehors ? »

C'est mignon, sa façon de me soutenir. Mais jeter Ruth dehors ne servira à personne.

« Non, dis-je en lui embrassant la main avant qu'il ne la retire. C'est ma sœur. Elle est sans ressources et enceinte de sept mois. Je ne peux pas la mettre dehors, même si elle est tordue. »

Chase acquiesce, plein de commisération. « Mon frère et moi, on ne s'est plus parlé pendant six mois après que je l'ai battu à une compétition de ski. Je m'en souviens encore. J'étais malheureux. Mais quand il a eu besoin de moi pour l'entraîner, la saison suivante, je n'ai pas pu dire non. »

J'aimerais avoir eu une vie comme la sienne, des traumatismes aussi bénins.

« Le plus important pour moi, c'est de m'assurer que le bébé de Ruth sera en sûreté, dis-je. Tu sais, dans mon travail, j'ai appris que très souvent, les cicatrices se transmettent. Elles se perpétuent de génération en génération.

Je ne veux pas que ça arrive au bébé de Ruth. Il a droit à une chance d'être heureux.

— On peut s'occuper d'elle, faire en sorte qu'elle mange correctement, lui remonter le moral, mais tu réalises bien que, au bout du compte, c'est quand même elle la mère de l'enfant ? dit Chase. Ça, on n'y pourra rien. »

Je souris. Il a peut-être raison. Mais il a peut-être tort.

Il rayonne de fierté, de l'autre côté de la table.

« C'est très généreux de ta part, dit-il. De prendre la responsabilité de ta sœur. Je t'aime.

— Tu l'as laissée s'installer chez toi. C'est généreux de ta part à toi aussi. »

Il hausse les épaules. « Alex, je dois aussi te demander... Est-ce que je dois m'inquiéter de l'existence de ce Sully ?

— Non ! réponds-je vivement. Bon Dieu, non ! Il ne se passe absolument rien entre lui et moi. Je te le jure, Chase, je ne pense pas du tout à lui comme ça. C'est un collègue, et qui est très distant, de toute façon. C'est le boulot qui nous réunit, mais c'est tout, rien d'autre. »

Chase semble rassuré. Il me sourit, puis remarque que le bol de fruits secs est vide et se lève pour en demander un autre. Au passage, je le retiens pour l'embrasser.

Ce soir-là, nous passons plus de temps au bar que nécessaire, nous prenons encore deux ou trois verres, jusqu'à être les deux derniers clients. Je contemple Chase qui me raconte ce qui lui est arrivé pendant la semaine. Il est enthousiaste, jovial, soulagé. Nous sommes à nouveau soudés, et il est entièrement de mon côté. Elle ne le possède plus. Je l'ai repris.

Ruth

Ça ne se passe pas bien. Alex et Chase me permettent quand même de rester chez eux, même si je ne vois pas du tout pour quelle raison ils font ça. Elle est tellement brusque avec moi que, visiblement, elle continue à croire que c'est de ma faute si Chase a tout appris, pour Pim. Mais nous ne parlons plus de cette photo – je n'ai plus rien à en dire.

Alex est froide, distante, détachée. Alors pourquoi prend-elle la peine de m'aider, de m'héberger chez elle ? Peut-être que les sœurs, même furieuses l'une contre l'autre, s'aiment toujours… Mais les repas sont tendus et elle prend soin d'être déjà partie le matin quand je me lève. Chase, lui, est toujours là, comme un chien fidèle. Mais il y a une forme de méfiance dans son attitude envers moi. Quand il se surprend à sourire à quelque chose que je viens de dire, un instant de panique se lit dans son regard, comme s'il venait juste de se rappeler qu'il n'est pas censé m'apprécier. Il ne me fait plus de smoothies.

Et à ce malaise général s'ajoute le fait que j'ai vraiment peur d'Eli, maintenant. Le message qu'il a laissé sur mon portable était glaçant, menaçant : *Sors de ton trou, sors de ton trou, où que tu sois,* disait-il en une psalmodie lourde de méchanceté. *Tu as pris quelque chose qui ne t'appartenait pas, Ruthie. Ta maman ne t'a jamais dit que c'était vilain?* Et ce n'est pas le seul message qu'il m'ait laissé. Tous étaient plus ou moins menaçants. Je n'ai répondu à aucun et j'essaie de ne pas regarder mon téléphone, mais il bipe régulièrement. Il s'illumine la nuit comme du plutonium. Je prie pour qu'il ne me trouve pas parce qu'à dire vrai, je ne sais plus où est sa boîte de café. J'ai fouillé tout l'appartement, et je ne trouve cette foutue boîte nulle part.

Au début, j'ai cru que je l'avais tellement poussée tout au fond du meuble de toilette qu'elle était invisible. Je me suis agenouillée tant bien que mal, comprimant la grosse bosse de mon ventre devant moi, tâtonnant à l'aveugle dans le noir du petit meuble. Mais la boîte n'y était plus. Elle a complètement disparu. La nuit, je me tourne et me retourne, en cherchant désespérément à me rappeler si j'ai pu la changer de cachette et l'avoir oublié, avec ces pertes de mémoire liées à la grossesse. Ou est-ce que Chase aura trouvé la boîte et l'aura jetée? Ou Alex? Mais si l'un des deux avait jeté un œil à l'intérieur et trouvé la dope, pourquoi ne m'en a-t-il rien dit? Tout ça n'a pas de sens.

« Tu n'aurais pas vu les affaires que j'ai laissées dans la salle de bain? » ai-je demandé à Alex un peu plus tôt dans la semaine, alors qu'elle rédigeait un e-mail sur son ordinateur de travail.

Elle a levé les yeux, agacée. « Quelles affaires?

— Rien, laisse tomber », ai-je murmuré. J'aurais eu du mal à être plus précise. Plus tard, le même jour, j'ai essayé avec Chase. « Tu n'aurais pas vu une boîte de café qui se balade? lui ai-je demandé nonchalamment. De la marque Folgers?

— Tu nous as acheté du café? » Il a tendu la main vers le paquet de marque bio qu'il utilise, posé au-dessus de la cuisinière. « D'habitude on boit celui-là. Il y a moins de produits chimiques dedans. »

Ni l'un ni l'autre n'avait la moindre idée d'où je voulais en venir, ce qui m'oblige à me poser la question : où sont passés ma dope et mon fric, bordel ?

***

C'est un dimanche de fin août qui commence sous un ciel idyllique, sans nuage, d'un bleu de céramique. Je suis allongée sur le divan, avec des brûlures d'estomac et la nausée. Je ne peux m'empêcher de penser que je panique pour deux, maintenant. Je voulais aborder la maternité différemment, malgré ce que je sais du monde ; au début, j'espérais vraiment que ça ouvrirait un meilleur chapitre entre Alex et moi. Mais ces mouvements étranges et saccadés de la tête ou du coude du bébé sous ma peau me disent que tout est terriblement imminent. Je regarde mon ventre sous le drap et je m'attends à ce qu'un poing en jaillisse, ou un pied. Je suis plus angoissée que jamais. Que va penser mon bébé de moi, à peine né ? Que je suis une crétine qui a perdu l'équivalent en drogue de milliers de dollars ? Que j'ai démoli moi-même mon assurance-vie ? Que j'ai attiré chez nous un criminel violent ? Je décompte les jours qui me restent jusqu'au 20 septembre. Je devrais être enthousiaste à l'idée d'accoucher mais cette date m'emplit de terreur. Il faut que j'arrange les choses avant que le bébé naisse, avant qu'Eli débarque, même si je commence à croire qu'il va le faire très vite.

Ta sœur habite Moses River, disait son dernier message. *C'est un long trajet en bus, Ruthie. Qui coûte cher. Je vais devoir déduire ça du fric que tu m'as volé.* Il sait pertinemment où je suis. Il devait m'écouter mieux que je ne le pensais quand je lui ai dit que j'avais une sœur. Est-ce qu'il a déjà envoyé un homme de main pour me reprendre la drogue ? Est-ce pour ça que je ne la retrouve pas ? Mais au fond, je sais qu'il viendra lui-même, ne serait-ce que pour me faire le plus de mal possible. Je sursaute dès qu'une voiture se gare devant la fenêtre. Quel effet a ce stress sur mon bébé ?

J'entends Alex et Chase se lever et entrer dans la cuisine. Je fais semblant d'être encore à demi endormie mais ça ne sert à rien. Je suis trop inquiète, il va falloir que je dise quelque chose. Je me lève lentement. Alex et Chase sont en train de manger, installés à l'îlot central. Chase leur a fait des toasts à la purée d'avocat, mais il ne semble pas qu'il en ait fait pour moi. Alex, qui sirote paisiblement son café, s'interrompt quand elle me voit, debout près du canapé.

« Quoi ? Tu voulais un petit déjeuner ?

— Oh, je vais te préparer quelque chose, dit Chase en se levant. Je me demandais si l'avocat n'allait pas te donner mal au cœur. J'ai lu quelque part que chez les femmes enceintes, tout est une question de texture... »

Alex et moi le dévisageons.

Puis je me lance : « J'ai quelque chose à vous dire. »

Chase jette un regard hésitant vers Alex. Elle repose son toast, ôte les miettes du bout de ses doigts. *Quoi encore ?* se demande-t-elle. *Qu'est-ce que tu as bien pu fabriquer, encore ?* La honte me serre la gorge.

« J'ai peut-être... Je nous ai peut-être tous fourrés dans une drôle d'histoire. »

Chase écarquille les yeux mais il attend qu'Alex lui indique comment se comporter.

« Drôle comment ? » On entend dans sa voix qu'elle en a assez de moi.

« Quand j'ai quitté Pittsburgh, j'étais en panique. Eli et moi venions de nous engueuler sévèrement, et il me demandait de faire des choses que je ne voulais pas faire. Mais quand j'ai dit non, il a…

— Quel genre de choses ? » coupe Alex.

Je baisse les yeux sur mes pieds nus, sur mes orteils qui se recroquevillent. « Vendre de la coke. Aux étudiants du campus. »

Chase a la bouche pleine mais il a totalement cessé de mâcher.

« Donc je me suis sauvée. J'ai fui. Mais je n'avais pas d'argent. Juste avant de partir, j'ai pris une des boîtes d'Eli. Une boîte où il planquait sa drogue, je veux dire. Et de l'argent. »

Chase et Alex se regardent, sidérés.

« Il me devait du fric, de toute façon, et je me suis dit que si jamais je me retrouvais sans rien, si tu me renvoyais sans m'héberger, au moins, j'aurais de quoi survivre quelques mois.

— Tu as… commence Alex. Tu as piqué de la drogue et de l'argent à un putain de dealer ? Et tu as tout apporté ici ? Ici, dans notre appartement ?

— Je ne cherchais pas à vous mettre en danger. Sincèrement, je ne voulais pas.

— Mais pourquoi voler de la drogue, demande Chase d'une voix douce. À quoi ça t'aurait servi ? Il t'aurait fallu la revendre pour…

— Oui. Ça n'était qu'en dernier recours. Et je n'en ai pas pris du tout. Je n'ai touché ni à la coke, ni à l'argent – à cause de vous. Vous m'avez tous les deux sauvée de cette vie-là. Mais… je n'ai pas jeté le paquet. »

Alex se met à faire les cent pas. « Où est ce truc, alors, Ruth ? Où est cette foutue drogue ?

— C'est ça, le problème. Je l'avais mise sous le lavabo de la salle de bain. Je l'avais cachée tout au fond. »

Alex se tourne vers Chase. *Tu vois ? Une chose après l'autre. Ça n'arrête jamais. Jamais.*

« Tu as planqué de la drogue dans le meuble de la salle de bain ?

— Oui. Avec un gros paquet de pognon, pour tout te dire. Il doit y avoir dix mille dollars. Je suis vraiment, vraiment désolée.

— Dix mille ? » Alex est estomaquée. « Volés à un dealer violent et cachés chez nous ? Mais dans quelle partie tordue de ton cerveau tu as pu croire qu'en faisant ça, tu te comportais comme une future mère ? » Elle a la mâchoire crispée, dure comme la pierre.

« La drogue est dans notre salle de bain ? » Chase se frotte le front, comme s'il essayait de résoudre une énigme.

« Elle y était. Mais je ne retrouve plus la boîte. »

Alex incline la tête.

« Et il y a autre chose. » Je joins les mains devant moi, comme en prière. « Eli est en route. »

Le regard d'Alex se porte sur Chase, puis revient à moi. « Qu'est-ce que tu veux dire, il est en route ? Tu lui as donné notre adresse ?!?

— Non, bien sûr que non ! Mais il est… il est malin, et il comprend vite. Je me suis dit que je pouvais lui rendre la boîte et qu'il reparte, mais elle n'est plus là où je l'ai laissée. Elle a… disparu… » Je me tais, ne sachant plus que dire.

« Bon Dieu. » Chase se lève et fait tomber son toast à l'avocat par terre.

« Cherchons cette boîte, dit Alex sombrement.

— Alex, un *dealer de coke* vient chez nous, la reprend Chase, en essayant désespérément de ramasser la purée d'avocat par terre. Tu ne crois pas qu'on devrait appeler la police tout de suite ?

— J'ai entendu ce qu'elle a dit, Chase ! Je le découvre comme toi. Et je suis d'accord ! Voilà un nouveau paquet de merde qu'elle nous déverse sur la tête, sans que ce soit ta faute ni la mienne. Mais d'abord, il faut retrouver cette putain de boîte. Et après, ajoute-t-elle en tendant vers moi un index accusateur, toi, tu iras dire à la police tout ce que tu as fait.

— Si vous appelez les flics, ils m'arrêteront, c'est sûr. C'est ça que vous voulez ? » demandé-je. Ils mettent trop de temps à réfléchir, mais finissent par faire non de la tête.

« Bon, tu as laissé la boîte dans le meuble sous le lavabo ? dit Alex. Et tu ne l'as jamais déplacée ? Tu es sûre de ça ? »

J'acquiesce, le souffle court. J'ai chaud, beaucoup trop chaud. Toute cette anxiété n'est bonne pour personne.

Alex fonce à la salle de bain, chacun de ses gestes empreint de colère. Je me traîne derrière elle, les jambes flageolantes, et Chase suit, deux pas derrière moi. Elle ouvre brutalement le meuble de toilette, en sort lingettes, papier toilette, savons, qu'elle jette derrière elle comme un chien qui creuserait furieusement un trou. « À quoi ressemble cette boîte ? demande-t-elle en examinant le fond du meuble.

— C'est une boîte de café Folgers. » Je pose une main sur l'encadrement de la porte pour garder l'équilibre.

Elle secoue la tête, grogne en se penchant un peu plus près du sol. Derrière, Chase tremble comme un chihuahua.

Alex, agenouillée au sol, cesse de fouiller. « Elle n'y est pas. »

Je gémis : « Qui l'aurait déplacée ?

— Pas moi, répond Chase. Je voudrais bien savoir où elle est, mais je n'en sais rien. »

Alex soupire. Ses mains sont molles sur ses genoux.

« Est-ce que quelqu'un aurait pu entrer dans l'appartement ? demande Chase tout à coup. Quelqu'un nous aurait cambriolés ? Ou est-ce que cet Eli aurait pu entrer et repartir avec ? » Son front s'éclaire à cette idée – pauvre petit garçon bien protégé !

« Chase, tu crois vraiment qu'un dealer entrerait en douce et repartirait comme ça sans bruit ? » demande Alex.

Chase jette un œil par la porte de salle de bain, sur l'écran géant, la chaîne hi-fi haut de gamme, toute la technologie hors de prix qu'il y a un peu partout dans l'appartement. Ses épaules s'affaissent à nouveau.

« Elle a raison, dis-je doucement. Si je ne la retrouve pas, je suis vraiment dans la merde. Eli va me le faire payer. » Tout mon corps dégouline de stress.

Alex se relève, referme la porte du meuble de toilette d'un coup de pied et se tourne vers moi. Tout est trop proche, oppressant, nous sommes tous les trois trop serrés dans cette salle de bain.

« C'est vrai, cette histoire de drogue planquée dans une boîte ? » Alex se plante devant mon nez. « Ou est-ce que c'est encore une de tes ruses pour attirer l'attention ? Tu cherches de nouveaux moyens de foutre le souk dans nos vies ? De nous ficher un peu plus la trouille ?

— Quoi ?!? Mais non !

— Ou bien est-ce que tu cherches encore à nous apitoyer ? À nous forcer à te protéger ?

— Ça n'est pas déjà ce qu'on fait ? dit Chase.

— Peut-être qu'un voisin de l'immeuble est entré ici ? C'est possible ? demandé-je. Vous ne fermez pas toujours la porte à clé…

— C'est vrai, dit Chase.

— Arrête ça ! crie Alex. Aucun des voisins de l'immeuble n'est entré chez nous pour aller droit au meuble de la salle de bain ! Tu vois à quel point ça paraît ridicule ? » Elle écarte Chase et me pousse, assez fort pour que je titube en reculant d'un pas et que je manque basculer.

« Alex ! crie Chase. Qu'est-ce qui te prend ? Elle est au bord d'accoucher ! »

D'épais nuages obscurcissent soudain ma vision.

Chase me retient par l'épaule. « Ruth, ça va ? Ruth ? »

Le monde se met à tourner. Il tourne si vite que je ne peux pas suivre. Je ne peux plus tenir debout. Je n'entends plus que la voix terrifiée de Chase.

« Alex, aide-moi, dit-il. Elle saigne. »

Ma tête s'incline mollement vers l'avant et je vois un mince filet de sang couler sous l'ourlet de mon short, le long de ma cuisse, descendre vers mon genou. Sans s'arrêter, il se répand maintenant sur le blanc du carrelage de la salle de bain, près de mon pied.

J'entends Alex dire : « Mon Dieu ! », mais les tourbillons d'obscurité se font plus épais devant mes yeux et je m'y abandonne, je m'écroule sur Chase et je finis par me retrouver au fond d'un trou dans lequel plus aucun son ne filtre.

Alex

« Du repos et pas de tracas, dit le médecin. Voilà ce dont votre sœur a besoin. Et moins elle se fera de souci, mieux ça vaudra. »

Pas de tracas, c'est presque impossible, vu la situation dans laquelle elle est – dans laquelle nous sommes tous, à présent.

« C'est à elle qu'il faut le dire, docteur. Pas à moi », réponds-je.

Tous les tests qu'ils lui font passer indiquent que l'épisode est entièrement dû au stress. Ils gardent Ruth en observation pour la nuit. C'était un léger saignement, rien de plus, rien de grave. Je suis assise sur un fauteuil, près de son lit, tandis qu'elle dort. J'étais exactement dans la même position quand j'ai passé des jours et des nuits à veiller mon père. Même le bleu roi du siège est le même. Ruth dort comme quand elle était enfant – paisiblement, en silence, si totalement ailleurs dans son sommeil que c'est comme si elle était passée dans une autre dimension. Je rentre à l'appartement à l'aube, avant son réveil, et je trouve Chase qui fait du café dans la cuisine.

« Je n'arrivais pas à dormir, dit-il. Je sais que c'est ta sœur, et tout, mais bon sang, Alex ! Je ne suis pas sûr de vouloir la laisser revenir ici. Elle a stocké de la drogue et de l'argent volé chez nous. »

Je vais droit sur lui pour le serrer dans mes bras. « Je sais, je sais. Mais ce que tu ne saisis pas, Chase, c'est qu'elle invente beaucoup de choses. »

Il s'écarte, le visage juvénile et confiant. « Tu veux dire qu'elle ment là-dessus ? Pourquoi ferait-elle ça ?

— Pour nous déstabiliser. Elle sème le chaos. Elle est comme ça depuis que nous sommes toutes petites. Si elle trouve un bouton, elle va appuyer dessus, pour voir. Ne me demande pas pourquoi.

— Hmm, dit-il. Quand même, tu n'aurais pas dû la bousculer. »

Je baisse les yeux. « C'est vrai. Je n'aurais pas dû faire ça. Elle est tellement… énervante, parfois.

— Mais on n'a pas le droit de bousculer une femme enceinte…

— Je t'ai dit que tu avais raison. Je regrette. »

Il me serre contre sa poitrine. « Bon… d'accord. Et tu penses vraiment qu'elle invente cette histoire de drogue et cet Eli ? »

Je tends le cou pour l'embrasser sur le menton. « Je crois qu'Eli existe vraiment, mais je doute fort qu'il vienne ici. Je vais demander au commissariat de vérifier ça et de voir s'ils peuvent garder l'œil ouvert. D'accord ? Honnêtement, Chase, je ne crois pas qu'il y ait de nouvelles raisons de s'inquiéter. Si cette drogue existait vraiment, elle serait dans l'appartement. »

Il demeure silencieux un moment, puis acquiesce.

« Je dois passer rapidement au bureau, aujourd'hui. Tu aurais le temps d'aller chercher Ruth à la sortie de l'hôpital ? demandé-je.

— Je croyais que tu ne travaillais pas aujourd'hui ? On devait passer du temps ensemble.

— Je ne travaille pas, non. Je veux juste aller vérifier une chose ou deux. »

La réunion familiale à propos de Buster a lieu aujourd'hui, même si Morris a refusé quand j'ai proposé d'y assister.

« Il est peut-être préférable que tu t'abstiennes cette fois, a-t-il dit. Prends ton lundi. L'affaire Floyd semble te préoccuper un peu trop.

— Qu'est-ce que tu veux dire par là ?

— Simplement que ces réunions sont pénibles, à tout le moins. Il faut des gens qui arrondissent les angles... pas l'inverse. Il y aura déjà Frank, Evelyn, leur avocat, la grand-mère maternelle et moi. Ça fait beaucoup de monde. »

Minerva n'y sera pas non plus. Elle est partie trois semaines en vacances à Paris.

« Tu ne peux pas programmer la réunion à une autre date, Morris ? a-t-elle demandé la veille de son départ. Je pense que c'est vraiment important que je puisse y assister.

— Ça fait déjà un mois, Minerva. C'est bien trop long, a-t-il répondu. Et puis on n'y décidera rien d'important. Tu sais comment ça se passe. »

Il a raison. Ces réunions familiales sont un point de passage inutile et lourd d'émotion sur le chemin inévitable qui mène au tribunal. Les parents biologiques viennent extrêmement rarement à ces réunions avec une perspective intelligente, altruiste, et ne reconnaissent presque jamais que leur enfant s'en sortirait mieux en étant élevé par un autre qu'eux. La plupart du temps, ces réunions ne font que compliquer encore plus les choses. Pourtant, Morris refuse de ne pas en passer par là, et je me sens obligée d'être au bureau pour celle-ci, au cas où.

« D'accord, dit Chase en sirotant le café qu'il vient de faire. J'irai chercher Ruth.

— Merci. Elle doit sortir à treize heures. Je t'aime. Ne t'en fais pas. »

En toute honnêteté, c'est à moi-même que je devrais dire de ne pas m'en faire. Avec la date de l'accouchement de Ruth qui s'approche et la conférence familiale à propos de Buster, j'ai un programme bien plus chargé que celui de Chase, et beaucoup plus de raisons de m'en faire. Il y a des moments où je me demande comment je fais pour continuer.

Je n'ai pas vu Buster depuis qu'on l'a retiré à ses parents, et je ne sais pas comment se sont passées les visites encadrées. En tant qu'assistante sociale chargée du dossier, Minerva a assisté à toutes, mais Morris m'a assuré que Buster allait très bien. *Super*, c'est le mot qu'il a employé. *Ne t'en fais pas, Alex, sa mamie s'occupe très bien de tout. Buster est en pleine forme.*

Une heure plus tard, je quitte vivement le loft et je fonce à mon bureau. Je suis parfaitement à l'heure et je peux entendre la voix de Frank juste au moment où ils arrivent. Personne ne sait que je suis là, et surtout pas Morris. Je jette un œil par l'embrasure de la porte pour voir tous les acteurs concernés s'avancer dans le couloir en direction de la salle de réunion. Quand ils entrent, Frank et Evelyn ont l'air hébétés et dépenaillés, comme s'ils avaient passé ce mois sans leur fils assis sous un tuyau de drainage qui fuit. La grand-mère se faufile derrière eux, les cheveux orange vif coupés très court, comme si elle avait plongé la tête dans un seau de peinture. Elle est toute en os et porte un jean incrusté de strass cachant ses jambes maigres ; la peau veinée de son visage est tendue sur ses pommettes saillantes. Elle a probablement laissé Buster chez une amie : personne ne vient jamais avec les enfants concernés, au cas où ces réunions tournent mal. Pour la centième fois, je me demande si Buster va bien, s'il est vraiment en pleine forme, mais je dois me fier au jugement de Morris. Je me retire dans mon bureau et j'écoute à travers la maigre paroi de contreplaqué le plaidoyer d'Evelyn, ses promesses pleines de larmes et de panique. Je peux en entendre chaque mot.

« Mais on a fait tout ce que vous vouliez, sanglote-t-elle. On a rempli les formulaires, et tout ; on a passé les tests de dépistage de drogue. Pas vrai, Frank ?

— Ouais, et on était clean. » On sent la rage qui se dissimule dans la voix de Frank. « Clean, monsieur Arbuckle. Qu'est-ce que vous dites de ça ?

— Ah, mais c'est très bien, c'est fantastique. » Je m'imagine Morris lisser sa cravate. « Et je me dois de redire que nous souhaitons tous la même chose, ici. Grand-mère, vous vous en tirez comment ?

— Je m'appelle Janeen. » La voix de la grand-mère est tendue. « Et ils n'étaient pas drogués. J'aurais pu vous le dire dès le départ. Ils ont mené un dur combat, monsieur Arbuckle. Je pense que les gens devraient être récompensés pour ça, pas punis. J'adore Buster, monsieur, ne vous méprenez pas, mais sa place est avec son père et sa mère.

— Oui, répond Morris. Je suis très heureux que les tests aient été négatifs, mais ça n'est pas tout à fait aussi simple que ça. Evelyn, Frank, pour être clairs, vous maintenez que vous ne consentez pas à ce que Buster soit dorénavant élevé par sa grand-mère ?

— Non, je ne consens pas, bordel ! dit Frank. Sans vouloir t'offenser, Janeen.

— Il n'y a pas de mal, répond-elle.

— Alors j'ai bien peur que ce soit au tribunal d'en décider, conclut Morris. Nous allons laisser le juge considérer tous les faits. »

Je l'imagine penser : *Chassez le naturel, il revient au galop.* Je suis vraiment heureuse de l'avoir de mon côté.

Ce n'est qu'une fois que les Floyd ont quitté le bâtiment que j'émerge de mon bureau. Je suis presque à la sortie quand Morris me surprend.

« Alex ? Mais qu'est-ce que tu fais là ?

— Rien, je… J'avais laissé mon…

— Tu as tout écouté, c'est ça ? » Il hoche la tête, stupéfait. « Tu n'as pas pu t'en empêcher. Ça n'est pas normal, tu sais, de venir travailler alors qu'on t'a dit de rester chez toi et de te reposer.

— Je sais. Je suis désolée. C'est seulement que…

— Tu prends tout trop à cœur. Voilà ce qu'il y a. C'est une bonne chose, d'accord, mais je ne peux pas te permettre de me désobéir. Tu as de la chance que Minerva ne soit pas là.

— Pardon, Morris.

— Rentre chez toi. Fais un break. Dieu sait que nous avons tous besoin de prendre un peu soin de nous-mêmes. »

Je m'arrête devant la porte sécurisée et je fais demi-tour.

« Oui, Alex, dit-il en levant les yeux au ciel même si son ton est chaleureux. La réunion familiale s'est bien passée. Il y aura une audience au tribunal pour Buster, exactement comme tu le voulais.

— Il n'y a pas que moi qui veuille…

— Rentre chez toi, ou je te vire !

— D'accord. D'accord, désolée. Je m'en vais tout de suite. »

Quand je rentre à l'appartement, il est vide. Chase doit être parti chercher Ruth à l'hôpital. Il va falloir bien veiller sur elle à la maison. Je m'inquiète pour ma sœur, pour sa capacité à devenir mère. Bien évidemment, ça n'est pas bon signe qu'elle s'évanouisse et qu'elle saigne à cause du stress. Elle ne s'en sort pas et le bébé n'est même pas encore né. Comme le dit le proverbe, il va falloir tout un village pour élever son enfant.

Dans la cuisine, je mets de l'eau dans la cafetière, je me détends, au calme, j'ai une heure pour moi seule. Il est rare que je sois toute seule à l'appartement, et le silence me semble réparateur. Mais juste au moment où je mets un nouveau filtre dans la cafetière, on frappe à la porte. C'est l'heure du déjeuner. Personne ne frappe jamais à la porte. Quand j'ouvre, un homme se tient appuyé au montant ; il se cure une dent du bout de l'ongle. Il est grand et mince, son jean fait des plis sur ses baskets. Il a le teint cireux comme s'il n'avait pas vu le soleil depuis un bout de temps, les yeux bleu pâle, froids, et ses cheveux courts sont plus beiges que blonds.

« Oh, salut, dit-il en souriant. Ruth est là ? »

J'hésite, la bouche sèche. C'est lui ? Eli Beck, coupable de violences conjugales, revendeur de drogue, futur père ? Alors il cherchait vraiment Ruth. Je l'ai sous-estimé.

« Vous cherchez quelqu'un ? » demandé-je en le regardant droit dans les yeux, en essayant de cacher que mon rythme cardiaque s'envole.

« Ruth Van Ness. Elle habite bien ici, non ? » Il se penche un peu plus en avant, trop décontracté, mais avec un air de chiot affamé, d'avorton, celui qu'on n'a jamais nourri.

« Désolée, je ne connais personne de ce nom-là. Qui êtes-vous ?

— Vous êtes sa sœur. » Il sourit. « C'est vous, la futée. »

Nous savons tous deux que ce n'est pas un compliment. J'inspire profondément, en essayant de ne pas laisser voir que mes mains tremblent. J'ai déjà eu affaire à des types comme ça. J'ai fait retirer des enfants à des dégénérés exactement comme lui. Je décide de jouer franc-jeu. « Ruth vit chez moi. Mais elle est sortie.

— Je peux entrer ? » Il avance le pied comme s'il allait bloquer la porte de toute façon. *Tu n'as pas le choix, ma chérie*, voilà le message.

« Bien sûr. Je faisais du café. Vous en voulez une tasse ? Mais je ne sais pas quand Ruth doit rentrer. » Je laisse la porte ouverte et je me dirige vers la cuisine, l'esprit en feu. Je l'entends derrière moi, j'entends ses pas traînants. « Elle est sortie avec mon mari. » Est-ce que j'ai la voix assurée ? « Ils ne devraient pas tarder.

— Tu sais qui je suis ? » Eli jette un regard autour de lui, exactement comme Ruth la première fois qu'elle est entrée ici.

« Vous êtes l'homme que ma sœur a quitté.

— Ah, donc tu sais qui je suis. » Il se touche la poitrine, comme s'il était flatté.

« Elle ne veut pas vous voir. Pourquoi est-ce que vous débarquez ici maintenant ? »

Il est maigre mais il est costaud. Je me demande pourtant combien de fois il s'est vraiment battu. Près du fourneau, il y a un gros mug de porcelaine. Je le pose tout près de moi.

« C'est ce qu'elle t'a dit ? interroge-t-il avant de tirer un tabouret et de s'asseoir, bras croisés. Ruth, Ruth, Ruth. »

Je me demande si ma sœur est vraiment partie avant de lui apprendre qu'elle était enceinte. La cafetière se met à crachoter et à s'étrangler derrière nous.

« Écoutez, est-ce que je peux faire quelque chose pour vous ? » Je continue à le fixer des yeux.

« C'est marrant, ça, comme question. Elle m'a pris quelque chose. Je veux le récupérer. »

Merde. Nous y voilà. « J'ai peur de ne pas comprendre de quoi vous parlez.

— Menteuse. »

Ma mâchoire s'immobilise mais mes doigts s'avancent vers la poignée du tiroir où nous rangeons les couteaux.

« Vous êtes sœurs. Tu sais tout ce qu'elle sait.

— Pas du tout. Vous vous trompez lourdement.

— Tu trembles, dit-il en se levant.

— Je ne tremble pas. Et je n'ai pas peur de vous.

— Non ? Tu devrais. » Il contourne le comptoir, fonce droit sur moi. Le couteau que je saisis est un petit éplucheur, celui que Chase préfère pour émincer les légumes, celui qu'il passe son temps à aiguiser. Eli se croit plus rapide que moi mais je connais bien ces fumiers qui pensent détenir le pouvoir. Il essaie de me prendre par les épaules mais je lève le couteau et la lame le cueille sous le menton. Il y porte les deux mains et il s'immobilise, ses yeux pâles écarquillés.

« Putain de merde ?!? » Il regarde le bout de ses doigts pour voir s'il saigne. Un petit filet se met à couler, teintant de pourpre le col de son T-shirt. Il commence à reculer, le bras droit tendu devant lui comme une barrière.

« Tu crois que tu peux te pointer ici et me foutre la trouille ? » J'avance au fur et à mesure qu'il recule, le couteau levé, la lame luisante. « Tu ne sais pas à qui tu as affaire. Tu ne sais pas de quoi je suis capable. » Il a tant reculé qu'il se cogne au mur près de la porte d'entrée, et son coude s'enfonce dans la toile du portrait de Chase à skis, le ruinant complètement. « Je pourrais te couper la gorge et te regarder te noyer dans ton sang, personne ne viendrait m'embêter avec ça. » J'appuie le bras contre sa poitrine, je le cloue au mur, j'appuie la lame si fort contre sa pomme d'Adam que sa peau fait un bourrelet autour du métal. Ça fait très longtemps que j'ai envie de rabattre le caquet de ces bons à rien, de ces tordus, et j'en ai enfin l'occasion. Le sang bout dans tout mon corps.

« Fous le camp de chez moi et ne t'approche pas de ma sœur ! » Dans ses yeux, il n'y a plus que de la peur. C'est une grande gueule, un faux dur ; en réalité, c'est un chien battu, un faible.

Quand je le libère, je garde le couteau levé comme si je m'apprêtais à le poignarder et il s'enfuit tant bien que mal, se précipite dans le couloir et dévale l'escalier. J'entends la porte d'entrée de l'immeuble claquer derrière lui.

Dès qu'il est parti, je referme la porte de l'appartement et la verrouille. Le silence retombe, et je retourne à la cuisine en titubant. Je nettoie le couteau, j'efface frénétiquement les gouttes de sang sur le sol, je rince le tout dans l'évier. Je regarde le tableau démoli de Chase. Merde. Tout s'est passé si vite. Je vais m'asseoir sur le lit à l'autre bout du loft, tête dans les mains, jambes tremblantes. Eli va-t-il revenir ? Faut-il que j'appelle Sully ? Je ferme les yeux une minute et j'essaie de reprendre mes esprits. Au moins, c'est sur moi qu'il est tombé. Si ç'avait été Chase, ça se serait terminé autrement. Et si ç'avait été Ruth... L'idée me rend malade. *C'est bon*, me dis-je. *Tu t'en es sortie. Tu as fait tout ce qu'il fallait faire.*

Au-dessus de la plinthe, à gauche du lit, il y a une grande grille d'aération dont j'ai ôté les vis il y a longtemps, même si Chase ne s'en est jamais aperçu. Je me penche et je tire sur la grille par un coin, je la dépose doucement au sol. Dans l'espace sur le côté du conduit, il y a la boîte de café Folgers, ronde et luisante, avec l'adhésif déchiré autour du couvercle, exactement dans l'état où je l'ai trouvée sous le lavabo de la salle de bain. Dedans, il y a tout ce qu'Eli cherchait, tout ce que Ruth croit avoir perdu.

Si tu veux mettre quelque chose en sûreté, cache-le toi-même. Cette boîte était une bombe à retardement. J'ouvre le couvercle et je caresse les petits sachets soyeux. J'aime la façon dont ils s'enfoncent sous mes doigts. Les rouleaux de billets sont tous là. Bien à l'abri. Eli est parti, et il n'a fait de mal à personne. Et il n'y a que moi qui le sache.

Je replace l'ensemble dans le trou et je remets la grille métallique sur le devant. Revenue à la cuisine, je noue mes cheveux en chignon, je respire un grand coup et je prends mon téléphone.

Sully décroche à la première sonnerie. « Alex ?

— Salut, dis-je. Qu'est-ce que tu fais ?

— Rien. Je ne suis pas en service.

— On peut se voir ? J'ai quelque chose à te dire. »

Il hésite. Tout un tas de possibilités pétillent à l'autre bout du fil. « Bien sûr. Ça va ?

— Oui, tout va bien. Mais il faut que je te parle. Il s'agit de ma sœur. »

Ruth

Nous sommes jeudi après-midi, et je viens juste de me réveiller d'une sieste. Je n'ai pas eu de nouvelles d'Eli depuis lundi, jour où je suis sortie de l'hôpital. Son silence est presque pire que ses menaces. Attend-il de me prendre au dépourvu ? Dans l'appartement, je sursaute dès qu'un toast ressort du grille-pain et j'ai l'impression que je pourrais me mettre à pleurer à tout moment.

Quand Chase m'a ramenée de l'hôpital, Alex m'avait aménagé un joli coin pour que je me repose ; elle avait aussi passé l'aspirateur et tout nettoyé. Mais quelque chose avait changé dans l'appartement, comme s'il y avait un manque. Il m'a fallu une minute avant de m'apercevoir que l'immense photo de Chase à ski près de la porte d'entrée n'y était plus ; la toile était posée à l'envers, déchirée, près du porte-manteau.

« Qu'est-ce qui est arrivé à ma photo ? a demandé Chase. Elle est tombée ?

— Je suis vraiment désolée. » Alex est allée lui donner un baiser sur la joue. Elle était rouge, comme si elle avait couru. « Je l'ai renversée en passant l'aspirateur. Et je crains bien de l'avoir crevée avec le coude. »

Chase a dégluti, le front plissé. « C'est vraiment dommage. J'aimais beaucoup cette photo.

— Je suis absolument désolée. Je peux peut-être la faire refaire ?

— Peut-être », a répondu Chase.

Je les ai laissés s'apitoyer un moment, en prétextant que j'avais besoin d'aller aux toilettes. Pour la énième fois, j'ai fouillé le meuble de salle de bain, mais la boîte n'y était toujours pas.

Il y a une explication, il y en a forcément une. Quelqu'un sait où est la drogue. Mais ni Alex ni Chase n'en ont parlé depuis mon retour. Alex a dû dire à Chase que je mens sur toute la ligne, que la boîte n'existe pas, que j'invente tout. Mais pourquoi mentirais-je ? Depuis peu, elle me semble distraite, ou à tout le moins tellement absorbée par son travail qu'elle n'est pas vraiment là. À d'autres moments, j'ai l'impression qu'elle me voit comme un des cas qu'elle a à traiter, une des personnes qu'elle doit remettre sur pied. Un simple fardeau de plus. Je sais qu'elle fait tout pour que je me sente comme chez moi mais je me sens, étrangement, ignorée et étouffée en même temps.

J'entends du bruit derrière moi ; en me retournant, je découvre Chase en train de plier du linge.

« Oh, salut, dis-je. J'ai dormi longtemps ?

— Une heure, à peu près. Tu faisais des bruits bizarres.

— Ah bon ? » J'écarte les cheveux de ma figure – on dirait que j'ai transpiré.

Il apparie des chaussettes et s'abstient de commenter. Il garde ses distances, s'occupe pour se donner une contenance.

« Où est Alex ? demandé-je en entreprenant de me lever.

— Au travail. Tu devrais peut-être rester couchée. »

Repos complet au lit, c'est ce qu'on m'a prescrit. Il a raison mais je lève quand même les yeux au ciel. Dehors, il pleut, une violente averse de fin d'été, et la chaleur monte de l'asphalte. Je le sens par la fenêtre ouverte. Alors que je m'étends à nouveau sur le canapé, mon téléphone vibre, et je le cherche parmi les coussins. Mon Dieu, serait-ce Eli ? Mon cœur bat pendant que je lis le message.

Rends-moi la boîte, Ruth, et on sera quittes. Je ne te ferai pas de mal. Je vais rester encore quelques jours en ville.

Je le lis deux fois, trois fois, pendant que mon cœur retrouve un rythme plus normal. Je m'attendais à le trouver bien plus énervé – il est comme ça : coléreux, impétueux, sa rage ronfle comme un moteur, enfle jusqu'à ce qu'il devienne violent, comme la veille du jour où je l'ai quitté. Mais ce sms semble d'un autre ordre. Il est étrangement poli. Ça lui ressemble si peu que c'est troublant. Je fixe l'écran un moment, ne sachant pas très bien quoi répondre. Je finis par taper :

On peut se voir demain ? Je peux t'expliquer. Je veux tout mettre à plat.

Il se passe à peine quelques secondes avant que mon téléphone ne vibre.

Gare routière, 10 h. Mais viens sans ta sœur. Elle est dingo, merde.

Je porte immédiatement la main à mon ventre. Quoi ? Il a vu Alex ? J'ai la tête qui tourne. Je tape :

Tu es venu ici ?

À nouveau, il répond immédiatement :

Ouais. Ta sœur est vraiment timbrée.

Je me redresse, un bras sur le dossier du canapé. Pendant une seconde ou deux, je regarde Chase plier un T-shirt. Chase. Bien sûr. Il faut que je l'aie de mon côté. Même si j'enfreins les règles d'Alex et que je parle du passé ; je ne peux plus la laisser tout diriger. Elle a vu Eli et elle le cache. Même Chase n'en sait rien.

Et c'est alors que l'idée me vient. Je m'avance vers lui, comme si je voulais l'aider à plier le linge.

« Doucement, dit Chase. Tu ne devrais pas aller si vite. » Il ne me regarde pas – il évite de me regarder.

Sois prudente, Ruth. Vas-y doucement. Je m'arrête devant lui, je tourne le tabouret de cuisine sur lequel il pose le linge pour qu'il soit parfaitement en face de lui. « Chase, je voulais te remercier pour tout ce que tu fais. Tu prends vraiment bien soin de moi et du bébé. »

Il s'interrompt, étrécit les yeux, le T-shirt toujours dans les mains. « Je t'en prie. Ça me fait plaisir que tu t'en aperçoives.

— Tu vas rencontrer le petit dans peu de temps, dis-je en me flattant le ventre. Tu veux le sentir bouger ? Ça fait un drôle d'effet, mais je me suis habituée. J'ai envie d'y être, maintenant. »

Il sourit mais reste sur la réserve. « Ça va aller, merci. Mais ça va être chouette d'avoir un bébé ici. Encore deux semaines, c'est ça ?

— S'il est à l'heure. Ils disent que pour les premières grossesses, ça peut tarder un peu.

— Je sais. J'ai lu des trucs là-dessus. »

Je m'assieds sur un tabouret libre, le ventre face à lui. « Tu ferais un bon père, je pense. Si jamais tu choisissais d'avoir des enfants. » Je m'interromps, en le regardant droit dans les yeux. « Je le pense sincèrement. »

Il s'adoucit. « Merci. C'est très gentil, Ruth. »

C'est le moment que j'attendais. « C'est vraiment dommage qu'Alex ne puisse pas avoir d'enfants. »

Il s'arrête aussitôt de plier le linge.

J'attends un instant. Puis : « Oh, mais tu sais pourquoi, non ? » C'est maintenant ou jamais. « Elle était très jeune. Ça a vraiment été dur pour elle, quand c'est arrivé, et j'imagine qu'un choc pareil ne s'efface jamais. »

Il me regarde, perplexe : « Quand quoi est arrivé ?

— L'avortement. » Le mot sort de ma bouche, brusquement, comme un poison qu'on recrache.

« De quoi parles-tu ? Quel avortement ?

— Rien. C'est ma faute. Oublie ce que j'ai dit. »

Un silence pesant s'installe, puis :

« Je ne comprends rien à ce que tu dis.

— Je me fais du souci pour Alex. » Nouveau silence. « Elle ne t'a jamais dit pourquoi elle ne pouvait pas avoir d'enfants ? »

Il a les yeux écarquillés, stupéfait. Il fait non de la tête.

« Elle n'avait que quinze ans. » J'essaie de ne pas prendre un ton trop désespéré. Je veux paraître calme et sereine. « Chase, ce n'est peut-être pas à moi de le dire, mais tu ne crois pas que c'est bizarre qu'elle t'ait caché autant de choses ? Tu ne te demandes pas si... »

Il se passe la langue sur les lèvres. « Si quoi ?

— Rien. Laisse tomber. » Je me lève et je fais quelques pas vers le canapé, comme si la conversation était terminée. C'est alors qu'il reprend la parole.

« On a eu une bonne discussion, le mois dernier. Elle s'est confiée et m'a raconté beaucoup de choses. Elle m'a même expliqué ce qui se passait avec Sully. Ce n'est qu'une histoire de boulot. Elle m'a promis de ne pas le contacter en dehors. Donc ça n'est pas ce que tu crois. Elle est secrète, c'est sûr, mais pas... tu vois. On est très proches, et elle ne me cacherait pas quelque chose comme ça. Pas quelque chose d'aussi... déterminant, d'aussi déstabilisant. Elle m'en aurait parlé.

— Tu en es sûr ? Tu crois vraiment que j'inventerais une histoire pareille à propos de ma sœur ? » Je reste debout, bien plantée sur mes jambes, solide. « Clinique médicale du Sacré-Cœur, Horizon, Dakota du Nord. Il n'y a qu'une clinique qui porte ce nom. Septembre 2009. Je l'y ai conduite moi-même. »

Il est cloué sur place, la tension qui émane de lui palpite comme un pouls. Je le laisse à sa souffrance tout en regardant mon téléphone.

« Et en plus, Chase, ce type qui en a après moi, Eli Beck, je crois qu'il est venu ici, dans ton loft, et qu'Alex était là. Elle ne nous a rien dit. Ni à toi. Ni à moi. Tu es sûr qu'Alex a abîmé ton tableau en passant l'aspirateur ? Ma sœur n'est pas maladroite à ce point. »

Il a l'air si enfantin, si désorienté. Je lui tends mon téléphone pour qu'il lise les messages d'Eli. « Je n'ai pas menti à propos d'Eli, Chase. Je ne t'ai menti sur rien. Mais Alex, si ! »

Il parcourt les messages puis me rend mon téléphone. « Je dois... Je ne peux pas... balbutie-t-il. Je ne comprends rien à ce qui se passe. Pourquoi me cacherait-elle ça ? Pourquoi ? Ça n'a aucun sens. »

Dans mon esprit, en boucle comme un mantra, je le supplie de me croire. *Sois le tout premier, je t'en prie !*

« Chase, où est passée la drogue qu'il y avait dans ta salle de bain ? Tu l'as trouvée ? Tu l'as prise ? »

Il me regarde, dégoûté. « Non, bien sûr que non !

— Je le sais, dis-je. Et ce n'est pas moi non plus. »

Je peux voir les rouages de sa cervelle s'activer. Ses yeux s'arrondissent, tristes.

« J'ai besoin de ton aide, Chase. Alex a besoin de ton aide. Quelque chose ne va pas. »

Dans notre dos, nous entendons le son d'une clé qui s'immisce dans la serrure de la porte d'entrée. Chase panique visiblement, fait deux pas pour s'écarter de moi, tandis qu'Alex entre. Elle se tourne vers nous, détecte l'atmosphère pesante qui règne. Le martèlement de la pluie, dehors, meuble le silence.

« Salut. Qu'est-ce qui… Qu'est-ce qui se passe ? » Son regard passe de moi à Chase.

« Rien », répondons-nous à l'unisson. Elle semble souriante mais on peut déchiffrer quelque chose d'autre sous la surface, comme une esquisse plus irrégulière tracée en rouge, comme de la colère. Qui me rappelle Alex à quatorze ans, celle qui réussissait haut la main à l'école tout en jouant la comédie, qui paraissait angélique à tous ceux qui n'y regardaient pas de trop près. Mais j'ai toujours su lire en elle. Toujours.

« Allez ! De quoi vous parliez, tous les deux ?

— On papotait, c'est tout », répond Chase. Il ne s'approche pas d'elle, ne la prend pas dans ses bras, ne l'embrasse pas.

Alex s'avance vers moi, près du canapé. « C'est très sympa… Ruth, tu devrais être allongée. Le bébé, tu te rappelles ? » Sa voix est trop sirupeuse, mais je m'assieds. Elle s'apprête à dire autre chose mais son téléphone bipe. Elle le sort de sa poche, y jette un coup d'œil furtif en le posant sur la table basse. J'en profite pour regarder Chase. Il parvient tout juste à faire comme si de rien n'était.

« Et vous avez fait quoi d'autre… » commence Alex, mais son téléphone bipe à nouveau.

« Qui est-ce ? demande Chase.

— Aucune idée. C'est mon téléphone de travail, et je ne suis pas de service.

— Alors fais-moi voir, dit Chase en tendant la main.

— Chase. » Alex s'empare du téléphone et le remet dans sa poche. « Ce n'est que le boulot. Calme-toi.

— C'est vraiment le boulot ou c'est Eli ? » dis-je.

Sa mâchoire se durcit, ses joues s'embrasent. « De quoi parles-tu ?

— Il est venu ici ? demande Chase doucement. Est-ce que cet Eli est venu à l'appartement ?

— Non, rétorque Alex en croisant les bras.

— Si, il est venu, dis-je. Je sais qu'il est venu.

— Il a envoyé un sms à Ruth qui parle de toi, ajoute Chase.

— Et je commence à croire que tu sais très bien où est cette boîte de café », ajouté-je, enhardie par le soutien de Chase.

Le visage d'Alex s'empourpre. « Mais qu'est-ce qui vous prend, merde ? » dit-elle, sans bouger toutefois. Sa défense est pitoyable, et même Chase s'en rend compte.

Je lui tends mon téléphone et lui montre les sms d'Eli. Ses lèvres forment les mots, sans un son. L'espace d'un instant, je me dis qu'elle va jeter mon téléphone à l'autre bout de la pièce. « Alors un dealer dit qu'il est venu ici, et vous le croyez ? Vous êtes vraiment bêtes à ce point-là ? Chase… » Elle se tourne vers lui, qui se cabre. « J'attendais mieux de ta part. C'est ça que vous complotiez tous les deux ?

— Elle m'a dit que…

— Mais bien sûr, *elle t'a dit* ! coupe-t-elle. Tu n'as pas écouté le moindre mot de ce que moi, je t'ai dit ? Je t'ai prévenu dès le début qu'elle cherchait les ennuis ! Elle veut nous diviser, Chase. Tu ne comprends pas ça ? Elle dirait, elle ferait n'importe quoi pour m'empêcher d'être heureuse ! »

Mon cœur bondit à nouveau. Chase prend un air penaud. Mais il faut qu'il soit de mon côté. Je ne la laisserai pas gagner ce combat-là. Elle a trop souvent gagné, les autres fois.

« Je crois que je vais tout raconter à Sully, dis-je. J'ai l'impression que ça devient sérieux, si Eli vient ici et menace ma propre sœur. Et si ma sœur ne veut pas dire qu'il est venu. Et d'ailleurs, où a bien pu passer cette drogue ? C'est un mystère que je ne résoudrai pas toute seule. Je crois qu'il faut y mêler la police.

— Tu penses vraiment que Sully te croira plus que moi ? Tu n'as même pas réalisé qu'il pouvait commencer par t'arrêter pour recel de drogue ? »

Ses yeux se mouillent. Je sais que c'est de la colère, mais elle cache si bien son jeu que ça n'en a pas l'air. C'est son ultime effort pour que Chase prenne son parti.

« Est-ce que l'un de vous a la moindre idée de ce que je fais toute la journée ? dit-elle. Au travail, à la maison, avec vous, avec Buster, avec Sully ? J'essaie en permanence de sauver tout le monde ! Et c'est comme ça que vous me remerciez ? En me traitant de menteuse ? Je te protège, Ruth ! Parce que c'est le rôle d'une sœur !

— Et tu me protèges comment, exactement ? En t'opposant à Eli ? C'est très dangereux, sœurette ! Et pourquoi ne veux-tu pas nous en parler ? Pourquoi ? »

J'essaie de me planter en face d'elle mais elle est plus rapide que moi et s'en va. Le temps que j'arrive à me lever, elle a déjà claqué la porte. Pendant un moment, le silence règne. Puis Chase se tourne vers moi, avec un air résolu que je ne lui ai encore jamais vu.

« Je te crois, dit-il. Dis-moi tout ce que tu sais sur elle. Et n'omets absolument rien. »

Alex

Les rues de Moses River sont presque vides à cause de la pluie, qui tombe dru et donne aux trottoirs une odeur aigre. Je marche vite, mue par une colère brûlante qui me laisse l'esprit vide. Comment ose-t-elle ? Comment ose-t-elle me menacer d'aller voir Sully ? Elle ne le connaît même pas. Et en plus, elle a Chase dans son camp ! Je croyais pouvoir m'appuyer sur lui – je pensais avoir réglé la question – mais visiblement, il est faible. Ruth a toujours été retorse et tricheuse mais là, elle fout tout en l'air.

En traversant le pont, je sors mon téléphone et je lis les sms que Sully m'a envoyés, ceux que je n'ai pas pu lire, juste à l'instant, à l'appartement. *Il faut que je te voie*, a-t-il écrit. Et puis : *Je veux dire professionnellement. Mais pas seulement.* Je ne réponds pas ; je continue à marcher. Heureusement que je n'ai pas laissé Chase les lire.

Je ne suis allée qu'une seule fois chez Sully, lundi dernier, après la visite d'Eli, mais je sais comment y retourner. C'est là, cette rue ombragée d'arbres, où les maisons sont plus solides et plus anciennes. Quand j'ouvre le portail, Gravy me surveille depuis la fenêtre, les oreilles en guidon de vélo. Elle a aboyé à ma première visite, soupçonneuse je suppose, mais à présent, elle est étrangement silencieuse.

Je frappe à la porte et il ne faut pas longtemps avant que le pas de Sully ne se fasse entendre. Je peux imaginer sa façon de se mouvoir.

« Hé, dit-il en retenant sa chienne, qui se met à gronder sourdement. Calme-toi, Gravy, ce n'est qu'Alex.

— Tu ne te souviens pas de moi, Gravy ? » Je tente mon sourire le plus engageant. Elle me renifle la main, puis s'éloigne, et je me tourne vers Sully. « Désolée de te surprendre comme ça, j'espère que je ne te dérange pas. »

Il sourit prudemment. « C'est toujours une bonne surprise quand c'est toi. Ça va ? Entre, tu es trempée. » Il me fait entrer, m'aide à ôter mon manteau. Je suis si proche de lui que je sens l'odeur de sa peau. J'ai envie de m'abandonner contre lui, d'enfouir la tête au creux de son épaule et de me mettre à pleurer. Mais je ne céderai pas. Je vais être prudente et faire les choses comme il faut. Je vais tout arranger.

J'ai des palpitations dans le ventre. Je passe devant lui pour entrer dans la pièce principale, qui sent le feu de cheminée et le café. Sully attend, me regarde me débarrasser de mes chaussures. Il vient de prendre une douche, son T-shirt colle à ses épaules là où il n'a pas pris le temps de se sécher. Quand je me tourne vers lui, il y a une seconde de gêne durant laquelle il ne sait pas s'il doit me serrer dans ses bras ou non. Il n'est pas tout à fait sûr de ce qui est autorisé.

« Que se passe-t-il ? demande-t-il. Eli est revenu ? Tu as l'air secouée.

— Non, il n'est pas revenu. Ça va. Mais est-ce qu'on peut boire un verre ? Tu as du vin ?

— Oui, bien sûr. Suis-moi. » Il va à la cuisine, dont les murs sont un patchwork de bois et de brique de récupération, le tout éclairé par des spots encastrés. Il nous sert deux verres de vin rouge.

« Alex, j'ai un peu tâté le terrain sur cet Eli, comme tu me l'as demandé, et il a un casier. C'est un pauvre mec, qui est passé de placement en placement. Des allers-retours depuis qu'il a sept ans. Tu connais la chanson. Il a fait un séjour à la prison d'État de Pennsylvanie pour trafic de drogue, et il a été mêlé à des histoires de gangs. Il est irrécupérable, et dangereux. Il y a des mandats d'arrêt contre lui.

— Wow ! » dis-je parce que les hommes aiment les demoiselles en détresse, alors qu'en fait j'ai envie de dire : *C'est un moins que rien, un chien battu.* « C'est terrifiant. Tu crois que vous allez bientôt l'arrêter ?

— J'en suis sûr, oui. Ne t'en fais pas. Je te mettrai hors de danger. » Il me tend mon verre de vin, avec une secousse électrique quand ses doigts touchent le bout des miens.

« C'est de ça que tu voulais parler dans ton sms ? demandé-je en m'asseyant à la table de la cuisine. C'est pour ça que tu voulais me voir ? »

Il rougit et choisit de s'asseoir sur la chaise à côté de moi plutôt que de l'autre côté de la table. C'est bon signe. « Ce n'est peut-être pas la seule raison. » Nos cuisses se frôlent. C'est comme un rendez-vous galant au cinéma.

« Merci de prendre soin de moi, Sully. C'est en toi que j'ai le plus confiance. »

Il plisse le front un instant. « Je continue à croire que tu devrais signaler l'agression d'Eli, dit-il. Tu ne peux pas laisser des types comme ça débarquer chez toi. Ça regarde la police.

— Je ne peux pas. Je te l'ai dit – Ruth. Elle est vulnérable.

— Mais le signaler, ça vous aiderait, Ruth et toi. Tout le monde serait protégé. »

J'allonge le bras et je lui prends la main, enlaçant mes doigts aux siens. La tiédeur m'envahit, comme si Sully était un liquide dans lequel je m'enfonce. La dernière fois que je suis venue ici, ça a commencé aussi comme ça. *Est-ce qu'Eli t'a fait du mal ? Ça va ? Tu te sens menacée ?* Sourcils froncés d'inquiétude, il m'a tendu la main, et j'ai acquiescé, même si je ne me sentais pas du tout menacée. Je ne l'étais pas. Mais Sully est comme ça : il cherche toujours quelqu'un à secourir. C'est un bon gars. Le moindre de ses gestes est prévisible. Et je savais qu'il avait envie d'aller plus loin, mais je ne pouvais pas le laisser faire. Pas cette fois-là. Pas alors que ça n'était pas nécessaire. À présent, ça l'est.

Il n'y a rien d'amoral à ce que je lui prenne la main. C'est comme un transfert d'énergie, un téléchargement de pièces qui s'assemblent. Tout se met en place. Je caresse du pouce les sillons de ses phalanges et me penche un peu vers lui.

« Pourquoi es-tu venue ? demande-t-il. S'il ne s'agit pas d'Eli, de quoi voulais-tu me parler ? » Il retient son souffle, plein d'espoir.

Je dois être très prudente, ma réponse peut tout faire exploser.

« Il s'agit bien d'Eli, dis-je. Je veux dire, je ne l'ai pas revu, mais je sais pourquoi il est en ville. Pourquoi il est venu à l'appartement, pourquoi il m'a agressée.

— Il ne cherchait pas Ruth et le bébé ? »

Je lui adresse mon regard le plus innocent possible. « Il cherche la drogue et l'argent que Ruth lui a pris. »

Sully se redresse. « Quelle drogue ?

— La sienne et celle de Ruth.

— Quoi ?

— Ruth a tout avoué, tout à l'heure. Je l'ai vue essayer de cacher une boîte en fer blanc dans la salle de bain.

Je l'ai prise sur le fait et je l'ai obligée à l'ouvrir. Elle était pleine de drogue et de billets de banque. »

Je peux littéralement voir la figure de Sully s'empourprer. Il est flic avant tout, et je le sais pertinemment. Il ne va pas laisser passer ça.

« Bon, ça devient n'importe quoi, là. J'espère que tu en es consciente. C'est dangereux, Alex. » Il me dévisage, un peu plus longtemps que je ne le souhaiterais. Est-ce qu'il peut lire dans mon jeu ?

« Si je fais un signalement officiel, dis-je, Ruth aura des ennuis. Elle ne peut pas aller en prison tant qu'elle est enceinte. Tu sais comment ça se passerait. Il faut qu'on pense au bébé.

— Tu vas nous faire un signalement officiel, répond Sully d'une voix ferme, et tu vas en parler à Morris.

— Morris ? » J'ouvre grand la bouche. Malgré mon incrédulité apparente, j'ai déjà joué ce dialogue cent fois. Ce dialogue, et ceux qui vont suivre.

« Ruth fait n'importe quoi ! » Sully se penche en avant sur sa chaise. « Elle ne devrait pas approcher des types comme Eli Beck. Elle ne devrait pas faire entrer de la drogue ou de l'argent sale chez toi. Il ne faut pas penser qu'à toi et à Ruth. Il y a le bébé. Tu le sais, même si je comprends bien que c'est difficile alors qu'il s'agit de ta propre famille, mais la chose à faire, c'est d'en parler à Morris maintenant.

— Tu crois ? demandé-je avec réticence, comme si je n'y avais jamais pensé.

— Écoute-moi bien : Morris te fait confiance dans ton boulot. Mais ils vont te tomber dessus quand tout ça va éclater ; tu sais comment ça se passe. Tu dois ça au bébé de Ruth, Alex.

— C'est vrai.

— On protège ceux qu'on peut protéger. Tu sais que j'ai raison, là-dessus. »

C'est comme un engrenage qui s'enclenche : toutes les pièces s'assemblent et la roue se met à tourner sans effort. Je savais que ça se passerait comme ça. Je le savais depuis que j'ai ouvert pour la première fois cette boîte de café mais je fais en sorte d'acquiescer lentement, comme si je digérais enfin cette nouvelle idée. « Je devrais peut-être faire part de mes inquiétudes à Morris par e-mail ? »

Sully sourit tristement. « Je pense que c'est une bonne idée.

— S'il te plaît, attends un peu avant de parler de Ruth à tes collègues. Je te le demande comme à un ami. Comme à mon meilleur ami. »

Il baisse les yeux sur nos mains, arrondit doucement les doigts pour qu'ils épousent la forme des miens. « Je crois que ta description de moi est un euphémisme. Tu ne penses pas ? »

Je soupire. « Je déteste tout ça.

— Moi aussi. » Il a envie de m'embrasser mais il se réfrène. « Je ne dirai rien pour l'instant. Mais je ne peux pas attendre très longtemps. Il faut qu'on s'occupe de cette affaire. »

Je hoche la tête et j'ai les larmes aux yeux. « C'est vraiment dur. C'est ma sœur.

— Je sais, dit-il. Mais Morris t'aidera. Il fera les choses comme il faut. »

Sully change de position, et je sens les muscles de sa main se contracter.

« Je l'ai vu au tribunal aujourd'hui, d'ailleurs. Morris. À l'audience pour l'attribution de la garde de l'enfant de tes Floyd.

— Je sais. Le verdict est pour demain. J'ai prévu d'y être. »

Il inspire profondément, peut-être soulagé d'être sur un terrain relatif au travail, moins glissant. « Tu sais, ils n'étaient pas du tout comme tu me les avais décrits. »

Je lève vivement les yeux vers lui. « Les Floyd ? Qu'est-ce que tu veux dire ?

— Pour être honnête, les Floyd étaient… plutôt gentils. Je veux dire, ils ont du mal à s'en sortir, évidemment, mais ils n'avaient pas l'air de monstres. Plutôt de gens qui étaient vraiment en bonne voie pour se reprendre.

— Ils présentent peut-être mieux en public. » Je retire ma main, bois une gorgée de vin.

« Oui, dit-il en m'observant. C'est peut-être ça. »

Mais il y a une parcelle de doute en lui, une ombre. Je laisse passer un temps. Dans sa cuisine quelque part, une horloge tictaque. Dehors, la pluie faiblit. « C'est bon de te voir, Sully. D'être ici. Tu m'as manqué.

— Bon, Alex, il faut que je te demande quelque chose. Où en êtes-vous, avec Chase ? » Il est timide mais prêt à se lancer. Il a pensé à moi toute la semaine.

« Nous allons nous séparer », dis-je en étudiant mes mains, posées sur mes genoux à présent. J'ai la voix qui tremble. « Sans confiance, ça ne peut pas durer. Je n'ai plus que toi, Sully. »

D'un mouvement silencieux, fluide, il m'attire à lui, me prend dans ses bras. Son visage est à quelques centimètres du mien. Nous nous regardons dans les yeux une seule seconde puis il m'embrasse, et cette fois, nous ne nous arrêtons pas. Avec urgence, violence, il arrache mes vêtements tout comme j'arrache les siens. Quand je me suis imaginé ce moment, je l'ai vu exactement ainsi.

Quelque chose qui monterait entre nous et qui déborderait, une cascade parfaitement minutée. Je projetais ça depuis le début, et pour une bonne raison. Ruth ne pourra jamais l'approcher, pas s'il est totalement de mon côté.

Nous basculons sur le sol, le froid du carrelage sous mes épaules nues me surprend. Tout va très vite – impossible de se contrôler – mais tout est d'une précision calculée. Je mêle mon souffle au sien, j'émets les sons qu'il faut, et nos corps se relâchent et s'embrasent exactement au même instant.

« Je t'aime », me dit-il et je le crois. « Je t'aime depuis le début, quand je t'ai vue à cette réunion où tu étais si énervée. »

Je souris dans ses lèvres. « Ah bon ?

— Mais oui. Et que je t'ai invitée à boire un café pour la première fois. Je savais déjà que toi et moi nous étions faits du même bois.

— C'est vrai. » Je le serre contre moi. « Tu m'aimes, quoi qu'il arrive ?

— Quoi qu'il arrive », répète-t-il.

Je prends sa tête entre mes mains, je garde son visage au-dessus du mien une seconde. « J'ai fait quelque chose de mal quand j'étais plus jeune. Je ne t'ai pas tout dit.

— Ça m'est égal. » Sa bouche est affamée, ses mains sont pleines de désir.

« Mais si tu parles à Ruth, elle risque de…

— Je t'aime, répète-t-il. Je t'aime, je t'aime, je t'aime. »

Je l'attire à moi et je l'embrasse à nouveau, je m'abandonne à cette sensation qui nous emporte tous les deux. J'ai tout ce que je cherchais. Tout ce qu'il me faut. Et Ruth ne pourra rien y faire.

Ruth

Il me faut très longtemps pour démêler à l'intention de Chase l'écheveau des mensonges d'Alex ; notre passé, notre histoire, Pim, son avortement, comment elle en a accusé mon petit ami et comment mes parents ont cru tout ce qu'elle leur disait. Dehors, la nuit tombe et nous sommes assis côte à côte sur le canapé ; l'horloge s'approche des vingt et une heures. Chase a les jambes écartées devant lui, son corps épouse la forme des coussins, comme dans les dessins animés quand ils veulent montrer qu'un personnage est épuisé.

« Qu'est-ce qu'on fait, maintenant ? demande-t-il. Bon Dieu, tout se mélange dans ma tête.

— Je dois voir Eli.

— Tu ne projettes pas sérieusement de le voir, si ? » Il dodeline de la tête dans ma direction. « J'ai lu le sms parlant d'un rendez-vous à dix heures demain, mais tu serais folle d'y aller.

— Que suis-je censée faire d'autre ? Je ne sais pas où est la drogue. »

Je soupire, épuisée moi aussi. S'il y a un moment où je peux avoir besoin d'un verre, c'est bien maintenant et j'ai comme l'impression que Chase m'accompagnerait.

« Alors c'est ça, ton plan ? Tu vas simplement te pointer et lui dire que tu es désolée ? » Il se frotte le crâne. « Je ne suis pas un grand stratège, Ruth, mais même moi je sais que c'est un plan pourri.

— Je crois que je n'ai pas le choix. Sinon il ne partira jamais.

— Et si… » Chase se redresse un peu. « Et si la drogue était ici ? Et si Alex l'avait cachée ici ?

— Je ne pense pas qu'elle prendrait un tel risque. Et puis, où l'aurait-elle planquée ? » Je regarde autour de moi. « Il n'y a pas beaucoup d'endroits possibles.

— Mais ça vaut le coup de chercher. » Il se met péniblement debout et commence à ouvrir les placards de la cuisine, en dérangeant tout l'ordonnancement méticuleux de leur contenu. Ça ne lui ressemble pas d'être aussi chaotique, de laisser un tel foutoir.

« Chase. Arrête. Hé, tu veux bien ralentir une minute. » J'ai envie de l'aider, parce qu'il est visiblement très attristé. Et que tout ça est inutile. Je connais trop bien Alex pour croire qu'elle laisserait n'importe quoi sans surveillance dans l'appartement.

« Tu penses qu'elle est allée chez Sully ? » demande Chase. Agenouillé sur le sol de la cuisine, il continue à fouiller un placard, totalement hermétique à ce que je viens de lui dire.

« À ton avis ? » Je me lève lentement et je m'approche de lui, en me penchant autant que je le peux pour voir ce qu'il fait. Il n'y a rien dans ce placard. Quand je me redresse, un élancement douloureux me traverse le dos. « Ils sont cul et chemise. »

Il referme brutalement la porte du placard, fonce dans leur chambre et se met à fouiller la commode. Visiblement, quand tout va mal, Chase préfère l'action. Je le suis et je m'assieds sur le lit. Au bout de vingt minutes, tout ce que contenait leur chambre est répandu au sol.

« Il n'y a rien ici, dit Chase.

— Merci d'avoir essayé, dis-je en souriant tristement. Mais elle garde ses secrets, comme avant, comme quand elle était gamine. Tu devrais peut-être boire un whisky ou quelque chose comme ça. Tu as passé une dure soirée.

— Quand elle était gamine… répète Chase, qui lève tout à coup la tête. Quand vous étiez à la ferme, à Horizon, elle cachait aussi des choses ? »

La pierre, me dis-je tout à coup. *La pierre de basalte de l'école.*

« Elle avait une cachette, derrière la grille d'aération de notre chambre », dis-je.

Chase s'est déjà relevé et s'avance vers le mur qui nous fait face, vers la grille qui s'y trouve. Une grille qui a l'air bien inoffensive, mais quelqu'un en a ôté les vis. Je m'approche. Chase retire la grille de protection et là – instant de triomphe atroce – se trouve la boîte. La preuve de la duperie de ma sœur me frappe de plein fouet, et je titube. Combien de fois a-t-elle affirmé que cette boîte n'existait pas ?

Chase en ôte le couvercle.

« Merde ! dit-il en sortant les sachets de cocaïne et les rouleaux de billets. On a trouvé, non ? »

Je hoche la tête. On dirait que tout le contenu a été remué, et j'ai du mal à savoir si tout y est. Est-ce qu'Alex a pris de l'argent ? Ou pire, s'est servie dans les sachets de coke ? Ça expliquerait son irritabilité.

« Pourquoi aurait-elle caché ça ? finit par demander Chase.

— Je n'en sais rien. » C'est la stricte vérité.

Alex a toujours un plan en tête. Elle est déterminée, elle pense toujours à la ligne d'arrivée. Mais j'ignore de quoi il s'agit ici. Quelque chose ne colle pas. Je tends la main vers la boîte. « Je la rends à Eli, dis-je. À dix heures demain matin. Je vais mettre un terme à tout ça.

— Je viens avec toi, dit Chase, plein d'assurance. On y va ensemble, on lui donne sa foutue boîte et on s'en va aussi vite qu'on peut. D'accord ?

— D'accord. »

Il se relève et va dans la cuisine, où il déniche une bouteille de scotch à moitié vide dont il boit une lampée, directement au goulot.

***

Il est presque dix heures, et nous sommes en route. Toute l'assurance que Chase a trouvée dans la bouteille hier soir semble s'être évanouie. Il se montre nerveux et plein de tics pendant tout le trajet. Sa voix est aiguë, il couine. Il s'arrête devant la gare routière, sans couper le moteur. Il reste assis, le genou tellement agité de tremblements que les pièces de monnaie cliquettent dans sa poche.

« Tu es sûre de toi ? demande-t-il.

— Il n'y a pas d'autre solution. » J'empoigne mon sac, serrant son contenu anguleux contre l'éponge de mon ventre. Tout l'avant de mon pelvis est tendu et ankylosé, ce matin, comme si un reflux l'aspirait. C'est une douleur que je ne reconnais pas. Je n'aurais pas dû venir ici ; je suis censée me reposer au lit. Mais si je peux surmonter la demi-heure qui vient et ensuite rentrer m'allonger, tout devrait bien se passer. Je n'ai qu'une envie, arriver à la date prévue pour mon accouchement et faire connaissance de mon petit garçon ou de ma petite fille. Je sens un coup de pied. Le bébé a envie de me rencontrer, lui aussi.

Chase se tourne vers moi. « Bon… tu restes dans la voiture, comme on a dit, et j'amène Eli ici. Vous arrangez vos affaires. Et puis on se tire. »

J'acquiesce. En réalité, je suis soulagée que Chase soit ici avec moi. Je vérifie dans mon sac que la boîte est bien là. Les bouts d'adhésif déchiré autour du couvercle lui font comme une frange. L'horloge du tableau de bord s'approche de dix heures en clignotant. J'ai des élancements, des tiraillements dans le pelvis. Je contemple les vitres de la gare routière qui brillent au soleil, impénétrables, mais il n'y a devant le bâtiment que deux femmes à l'air hagard qui fument leur cigarette comme si c'était le plus grand luxe au monde.

« Il n'est pas là, dis-je.

— Quoi ? Il y est forcément.

— Il n'est pas là, Chase. » Je regarde autour de moi la langueur typique des petites villes. « Et Eli n'est pas du genre à être en retard, d'ailleurs.

— Il attend peut-être à l'intérieur. Je devrais aller voir, non ? » Il hésite, la main sur la poignée de la portière. « Je l'amène à la voiture, et tu lui donnes la boîte. Il est maigre, blond, avec des vêtements amples, c'est ça ?

— C'est peut-être moi qui devrais y aller.

— Non. » Il redresse les épaules. « Tu restes là. Si ça tourne mal, Ruth, j'appelle la police. » Chase ouvre sa portière et sort, en vérifiant qu'il a bien son téléphone dans sa poche. Une chaleur aigre, dure, l'enveloppe et envahit la voiture. « Même si tu penses que Sully n'est pas de ton côté. »

Je le regarde traverser le parking en hésitant. Il a les cheveux inhabituellement aplatis sur un côté de la tête. Il n'a pas dû bien dormir la nuit dernière. Alex n'est rentrée que bien après minuit, et elle était déjà repartie à sept heures. Elle n'a répondu à aucun sms. Chase ouvre la porte du bâtiment et disparaît dans la gare routière. J'attends, les mains tremblantes. Eli est-il vraiment là-dedans, ou est-il en train de surveiller la voiture ? D'un moment à l'autre, il va ouvrir brutalement ma portière et me faire descendre en me traînant par les cheveux… J'essaie d'inspirer profondément pour me calmer, d'étendre mes jambes, mais mon ventre est si lourd – c'est un gros sac de sable sur mes genoux. Un nouvel élancement me transperce, me fait hoqueter comme si des pointes métalliques avaient poussé en moi pendant la nuit, autour de mon bébé.

« C'est bon, marmonné-je en me frottant le ventre d'une main, l'autre serrée sur la poignée de mon sac. Tout va bien se passer. »

Deux minutes douloureusement longues s'écoulent, durant lesquelles je ne cesse de tendre le cou et de scruter par le pare-brise l'entrée principale de la gare. Mais au moment où la porte s'ouvre et qu'Eli en sort, ce n'est pas avec Chase qu'il est. Mon cœur bondit. Eli est à quinze mètres de moi, en jean baggy et baskets blanches, encadré par deux agents de police qui l'emmènent vers une voiture garée à l'autre bout du parking.

« Oh merde ! » dis-je à voix haute. Où est passé Chase ? Dans mon pelvis, la douleur se fait persistante, comme si tout à l'intérieur de moi était aspiré vers le bas. C'est alors que la porte du bâtiment s'ouvre à nouveau à la volée et que Chase en sort en courant, manquant de trébucher à cause de ses sandales. Il est à dix pas de moi sur l'asphalte, les yeux grands comme des soucoupes, quand Sully Mills sort à son tour du bâtiment.

Chase arrive à la voiture. Je lui ouvre la porte. « Je suis tombé pile sur lui ! siffle-t-il en se jetant sur le siège conducteur.

— Fonce ! crié-je. Démarre !

— Cache ce truc ! » Chase indique mon sac, au sol. J'y donne un coup de pied tandis qu'il essaie maladroitement de boucler sa ceinture de sécurité. Mais Sully est déjà arrivé à la hauteur de la portière du conducteur et nous fait signe de baisser la vitre. Chase appuie sur le bouton, Sully se penche et jette un œil dans la voiture.

« Bonjour, dit Sully.

— B'jour, dit Chase.

— Monsieur Kennedy, je suis l'agent…

— Je sais très bien qui vous êtes », coupe Chase.

Sully se penche un peu plus. « Mademoiselle Van Ness. Comment allez-vous ?

— Bien, merci. » J'essaie de refermer mon sac du pied, sans baisser les yeux, mais le tissu est mou et je ne sais pas si j'y suis parvenue. Dans ma poitrine, mon cœur bat à tout rompre.

Sully me fixe tranquillement. La chaleur se déverse à flots par la vitre baissée. « Eli Beck est en état d'arrestation. Je me suis dit que cette information vous intéresserait. Mes collègues sont présentement en train de l'emmener au commissariat. »

Un nouvel élancement douloureux me déchire le ventre et j'appuie la main sur ma hanche. Alex a même parlé d'Eli à Sully.

« J'ai une question à vous poser. » Sully appuie son coude sur la portière.

Chase et moi échangeons un regard furtif.

« Monsieur Beck a fait une déposition. Et pour être honnête, il y a quelque chose là-dedans qui... m'ennuie.

— C'est-à-dire ? » demande Chase.

Sully hésite puis reprend. « Il prétend qu'il y a eu un incident à votre appartement, monsieur Kennedy. Ce lundi matin. Il dit qu'il s'est fait physiquement agresser là-bas, vers midi. Il a une blessure qui corrobore ses dires. Un coup de couteau. »

Alex.

Chase soupire comme si tout son corps se vidait d'air.

« Nous n'étions pas là, dis-je.

— Je sais », répond Sully. Son regard est plein de tristesse. « Mais Alex y était. » Il nous dévisage quelques instants. « J'ai cru comprendre qu'il y avait de la drogue en jeu. Ruth, si vous me la remettez immédiatement, j'essaierai de vous épargner des ennuis.

— Eli ment ! » intervient Chase, la voix tellement enrouée qu'il est obligé de tousser pour l'éclaircir. « Il n'y a pas de drogue. Elle n'en a pas.

— Alex m'a dit que Ruth en avait caché. »

Toutes les synapses de mon cerveau explosent. Alex était au courant pour la coke, elle ne l'a dit ni à Chase ni à moi, mais elle en a parlé à Sully ? Tout en affirmant à Chase que cette drogue n'existait pas ?

« Ruth, vous faites du recel de stupéfiant pour un dangereux criminel. Vous êtes enceinte de lui. Et Alex vous a prise sur le fait avec une boîte contenant de la drogue. »

« Bon Dieu », dit Chase. L'évidence nous brûle tous deux comme une gifle. Alex essaye de nous démolir, tous les deux. La douleur en moi monte d'un cran, et la chaleur est insupportable.

« Est-ce la vérité ? demande Sully. Je cherche seulement à comprendre ce qui se passe. Parce qu'il y a des choses dans cette histoire qui… ne collent pas. »

Il me fixe droit dans les yeux, mais je soutiens son regard. « J'ai apporté cette drogue à la maison, c'est vrai. Mais Alex l'a trouvée et c'est elle qui l'a cachée, pas moi. Elle était dans le conduit d'aération de sa chambre. Et Chase et moi l'avons retrouvée. Voilà la vérité. » Les mots me viennent par hoquets. Ma vue se brouille.

« Ça s'est passé exactement comme ça ! ajoute Chase nerveusement.

— Où est cette drogue, maintenant ? demande Sully. Et pourquoi êtes-vous venus à la gare routière aujourd'hui ? »

La douleur dans mon ventre explose et un liquide visqueux, saumâtre, m'inonde les cuisses et se répand en une mare tiède sur le siège de la voiture.

« Nous devions rendre la drogue et l'argent à Eli », dis-je. Un nouvel élancement douloureux me traverse, je me plie en deux vers le levier de vitesse.

Chase me rattrape immédiatement. « Ça va, Ruth ? Inspire. Voilà. Inspire encore », dit-il, faussement calme.

La douleur me submerge quand une nouvelle contraction survient, bien plus forte que la dernière, et j'émets un son comme je n'en ai encore jamais produit. Primal, stupéfait, comme les meuglements des vaches que mon père aidait à abattre à la ferme voisine. Je tâtonne à la recherche de la poignée de mon sac, je le remonte sur mes genoux et j'y cherche la pince à linge – la pince de Pim, celle que je garde à la main quand j'ai vraiment peur. Je finis par m'en saisir. Son bois est usé et lisse.

Ils parlent, à présent, mais c'est comme s'ils étaient très loin. Chase me dit de respirer. J'entends Sully ajouter qu'il va nous suivre.

« Non, je ne veux pas qu'il vienne », dis-je en haletant, mais Chase a déjà démarré, il sort du parking et fonce dans les petites rues. Les arbres défilent en lignes vertes et dures, je ne peux plus réfléchir, je ne peux plus penser.

Alex

Je suis si proche du but que mes doigts tremblent sur le clavier de mon ordinateur. Le bureau est silencieux. *C'est bien. Continue!* me dis-je. *C'est la meilleure chose à faire.* Je relis ce que j'ai écrit jusqu'ici :

> Morris,
>
> Je m'inquiète pour ma sœur, Ruth. Je ne t'ai pas encore parlé d'elle, mais elle est enceinte de huit mois et demi et vit chez moi depuis juin. L'homme dont elle attend un enfant s'appelle Eli Beck. Il a un casier judiciaire : violence, agressions, usage de stupéfiants, et il est venu ici à Moses River pour retrouver Ruth. Ma sœur a fait de la prison, chose que je viens juste d'apprendre, et j'ai de bonnes raisons de croire qu'elle a à l'heure actuelle des problèmes de drogue – et peut-être d'autres problèmes également. Je m'inquiète pour son bébé, Morris. Pouvons-nous en discuter tous les deux un peu plus tard dans la matinée quand tu passeras au bureau ? Mais je ne veux pas être alarmiste.
>
> Alex

Je m'interromps, mordille l'ongle de mon pouce. Je n'ai pas droit à l'erreur. J'ai énormément à faire aujourd'hui. J'ai mal dormi cette nuit, trop de pensées se bousculaient dans ma tête, même s'ils dormaient tous les deux quand je suis rentrée au loft et que Chase n'a même pas remué quand je me suis glissée sous les draps. Mais aujourd'hui est un jour crucial. C'est maintenant que tout se met en place. Je fais craquer mes phalanges et j'appuie sur la touche envoi de l'e-mail. Il part comme un petit oiseau qui s'envole.

Je prends ma sacoche, passe la lanière en bandoulière et jette un œil à l'horloge murale. Neuf heures et des poussières. Je suis pile à l'heure. L'audience des Floyd sera déjà bien entamée.

Morris m'a suggéré de ne pas venir au tribunal aujourd'hui ; Minerva, tout juste rentrée de son voyage, me l'a interdit d'emblée. *Pour autant que je sache* – long silence pour laisser ses narines se dilater –, *c'est encore moi qui suis chargée de cette affaire.* Mais je m'y suis investie. J'ai sauvé Buster, c'est moi qui suis montée en première ligne, pas elle, et j'ai bien le droit d'être là à l'énoncé du verdict.

J'emprunte le tunnel qui relie notre bâtiment à celui du tribunal et je remonte l'escalier jusqu'au rez-de-chaussée, où tout sent le moisi et l'aigre, comme le bois des vieux bancs d'église. Le tribunal est en séance. Je me glisse dans le fond de la salle et je m'assois. Morris et Minerva sont au premier rang, le juge est sur son perchoir, en face. Le juge Vickers, une femme pleine de bon sens d'une soixantaine d'années. C'est de bon augure. Je n'aurais pas pu rêver meilleur juge qu'elle. Sur la gauche, je vois la masse des épaules dc Frank Floyd et la petite silhouette osseuse d'Evelyn. Janeen a dû rester chez elle avec Buster.

La juge est en plein monologue. « Depuis hier soir, j'ai une nouvelle fois relu attentivement les détails de cette affaire, y compris les témoignages enregistrés hier et tous les différents rapports. Cette affaire est pleine d'opinions contradictoires, de conflits, et c'est le doute qui domine.

Cependant, la découverte de drogue dans cette maison est une certitude. C'est un fait tangible et il est troublant. C'est donc avec ceci en tête que je décide, pour l'intérêt de l'enfant, qu'il reste à la garde de sa grand-mère maternelle jusqu'à ce que les services de l'Aide à l'enfance puissent lui trouver un foyer définitif. La cour accorde ainsi la garde permanente de Buster Kevin Floyd aux services de l'Aide sociale à l'enfance. »

Du fond de la salle, je ferme les yeux et souris. Dans tout l'État, il y a des familles qui espèrent, qui prient pour recueillir un enfant comme Buster, qui n'a pas besoin de soins particuliers. Des parents neufs, sains, qui lui assureront un foyer sûr et bien entretenu, qui lui offriront un suivi orthophonique, lui achèteront des couches propres. Il aura plus d'un seul jouet dans sa chambre. Quand il aura cinq ans, il aura oublié sa vie d'avant. J'ai réussi. J'ai sauvé ce petit garçon.

Tout à coup, on entend Frank rugir au premier rang: « C'est des conneries ! Les gens changent ! On est clean !!! » Il cogne du poing sur la table.

« Je vais vous demander de surveiller votre langage, monsieur Floyd. Si vous êtes incapable de vous contrôler dans mon tribunal, je vous fais emmener de force…

— Vous êtes tous contre nous ! hurle-t-il, les épaules remontées. C'est un complot ! »

La juge Vickers fait un geste au gardien, qui fait sortir Frank de la salle. Je m'éclipse par la porte du fond et je vais attendre dans le hall d'entrée. Quand Morris sort de la salle d'audience, quelques minutes plus tard, je m'avance pour lui faire signe. Il vient droit sur moi.

« Qu'est-ce que tu fais là ? » Il a l'air de transpirer, et sa cravate est de travers.

« Je suis juste venue entendre le verdict. Excellent résultat, dis-je. Buster s'en sortira bien mieux, à partir de maintenant. »

Morris se mord la lèvre. « Je l'espère. Mais c'est une affaire bizarre. Et ce Frank Floyd, il est colérique, c'est sûr, mais je vais te dire quelque chose, il n'est pas camé. Pendant toute l'affaire, sa femme et lui ne se sont pas comportés comme on le voit d'habitude. Je les ai trouvés étonnamment sympathiques.

— Les Floyd ? Sympas ? dis-je en déglutissant. Ne te laisse pas avoir si facilement. »

Il lève vivement les yeux, s'apprête à reprendre la parole mais juste à ce moment-là, Minerva s'approche. Les boutons de son blazer en velours sont au bord de craquer.

« La juge a tranché, dit-elle. En ta faveur. » Elle me lance un regard noir, que je laisse me glisser dessus.

« J'ai fait mon boulot, Minerva. » *J'ai fait ce que personne n'osait faire.*

Nous rentrons tous les trois en silence et à peine arrivés à notre étage, Morris oblique à droite vers la cuisine pour aller se servir un café. Il en boit une longue gorgée, mal à l'aise. À tout moment maintenant, il va consulter son téléphone et lire l'e-mail que je lui ai adressé. Je vais à mon bureau pour le laisser respirer un peu et je sors mon téléphone pour envoyer un sms à Sully.

Ça avance ! Buster a été retiré à ses parents. Et je vais parler de Ruth à Morris.

J'attends quelques secondes. D'habitude, il me répond immédiatement. Mais cette fois, rien. Je relance.

Ça ne te fait pas plaisir ?

Je garde les yeux sur mon téléphone. Pas de nouveau message. J'essaie autre chose.

Tu me manques. C'était super, hier soir.

Pas de réponse.

On frappe à ma porte et la tête de Morris apparaît dans l'entrebâillement. « Je peux te voir deux secondes ? demande-t-il. Dans mon bureau. »

Je le suis dans le couloir, satisfaite. Une fois dans son bureau, je referme la porte et il ôte les papiers qui encombraient le second siège pour que je puisse m'asseoir.

« Tu as lu mon e-mail, n'est-ce pas, Morris ? »

Il lève un sourcil et joint les doigts devant lui. « En fait, Alex, je vois clair dans ton jeu.

— Hein ? » Le sang me monte au cou, pulse dans ma gorge.

Il tapote un doigt contre l'autre, et ma bouche est de plus en plus sèche. « Tu peux essayer de minimiser les choses tant que tu veux, mais le simple fait que tu m'écrives cet e-mail me dit que la situation de ta sœur est grave. »

Je soupire, après avoir retenu mon souffle. « Tu as raison. J'aurais peut-être dû venir te voir plus tôt.

— Dans les familles, les choses peuvent être… très… sombres. On accorde souvent à ceux qu'on aime plus de crédit qu'ils n'en méritent. » Il s'interrompt, le temps que la leçon porte. « Je te soupçonne d'être trop fidèle à Ruth pour me décrire vraiment l'ampleur de ses difficultés. Ça a dû être un e-mail très pénible à écrire. »

Quand je réponds, ma voix est éraillée. « Oui, ça a été dur. Vraiment.

— Et le bébé doit naître très bientôt. Laisse-moi te poser une question : l'enfant risque-t-il d'en souffrir ensuite ? » Sans me laisser le temps de répondre, il agite la main et reprend : « Visiblement, oui. Avec le passé violent du père, la drogue. Et son passé à elle.

— Oui, tu as raison, Morris. L'enfant va vraisemblablement en souffrir. En fait, je dois te dire que j'en ai aussi parlé à Sully. Il a enquêté sur Eli Beck, et découvert qu'il était recherché. Il ouvre l'œil et l'arrêtera si on le voit en ville. » Je m'interromps. Tout est question de rythme. « Mais pour ma sœur… J'ai peur qu'elle se fasse embringuer dans tout ça.

— Elle ne l'est pas déjà ?

— Si. Elle est impliquée dans cette histoire de drogue. Mais son bébé n'a pas à payer pour elle. » Voilà. C'est fait. Je ne peux plus faire demi-tour, maintenant. « Et il y a encore une chose que tu dois savoir. Elle a caché de la drogue chez moi. »

Morris blêmit. « Tu sais où ? Tu parles d'une grosse quantité ?

— Oui. Il y en a pour plusieurs milliers de dollars. Et des espèces, aussi. J'ai bien peur que ça suffise à la faire classer comme dealeuse.

— Mon Dieu, Alex ! Sully est au courant de ça aussi ? Il a confisqué la drogue et l'argent ? »

Je me lève et fais les cent pas dans ce bureau minuscule. « J'aurais probablement dû venir te voir avant, Morris, mais je… »

Sa figure se radoucit. « Tu as eu peur de causer encore plus d'ennuis à ta sœur et qu'elle soit une femme enceinte en prison de plus. Donc tu n'as pas été aussi loin avec Sully.

— C'est ça. » Je m'arrête, me couvre la bouche d'une main. « Je m'en veux tellement. J'ai peur que ce soit trop tard maintenant.

— Je suis sûr que nous avons encore le temps de faire en sorte que tout se passe bien. » Morris me tend une boîte de Kleenex et attend pendant que je me rassois et me tamponne les yeux. « La première chose à faire, c'est de signaler la drogue à la police. Tu sais où elle est ? »

J'acquiesce, en enfouissant mon visage dans le mouchoir pour faire bonne mesure.

« On a enlevé Buster Floyd à ses parents pour beaucoup moins que ça. Alex, tu dois bien comprendre ce que ça veut dire. Tu comprends bien, n'est-ce pas ? »

Il croit que c'est lui qui prend les choses en main. Je lève vers lui un regard dur et résolu. « L'enfant de Ruth est en danger. Et il est de mon sang. Il est à moi. Je suis prête à l'accepter, maintenant. J'ai bien compris, Morris. » Je lâche un soupir tremblant. « Nous avons un vrai motif pour le retirer à sa mère. »

Morris lève la main, la pose sur les papiers devant lui. « Je sais que c'est dur pour toi. Mais il faut agir vite. Il faut saisir cette drogue et il faut alerter la maternité de l'hôpital, leur dire qu'un enfant va naître et qu'il faudra le protéger.

— D'accord, murmuré-je. Mais est-ce qu'on peut aller récupérer nous-mêmes la drogue, plutôt que d'appeler la police ? Ça serait un peu moins intrusif comme ça. Et pour tout te dire, Ruth risque peut-être de s'enfuir. »

Je suis arrivée jusque-là. Je dois conclure moi-même.

« Ce n'est pas très réglementaire, Alex, mais pour toi, je ferai une exception. On peut faire ça discrètement, avancer à pas feutrés. On ne veut pas que Ruth s'enfuie. Ce serait le pire scénario pour l'enfant.

— Exactement. » *Exactement ce que je savais que tu dirais.*

« Tu as bien fait de venir me voir. » Morris se lève. « J'applaudis ton dévouement.

— Merci. » J'ouvre la porte et je sors en le précédant, dissimulant mon sourire derrière le mouchoir. Je vérifie ma montre. Dix heures viennent juste de passer.

Si j'ai bien lu le sms de Ruth hier soir, elle doit avoir rendez-vous maintenant avec Eli. L'appartement sera vide – à moins que Chase soit là, mais je peux m'occuper de lui. « Tu veux qu'on y aille tout de suite, Morris ?

— Oui, je pense que c'est une bonne idée. Laisse-moi juste le temps de dire à Minerva qu'on s'absente une petite heure. »

***

Morris conduit à une allure raisonnable, respectant scrupuleusement le code de la route, les mains à dix heures dix sur le volant. De temps en temps, il m'adresse un sourire compatissant. Ni lui ni moi ne parlons. Nous n'allumons pas la radio.

Quand il se gare devant l'immeuble, je remarque que la baie vitrée du loft est ouverte, mais ça ne veut rien dire. Chase la laisse ouverte nuit et jour en été, qu'il soit à l'appartement ou pas.

« Il y aura quelqu'un chez toi ? » demande Morris.

Je mens : « Ruth est censée rester au lit, donc oui. Et Chase lui tiendra peut-être compagnie.

— Bon, je passe le premier. Tu n'as qu'à me laisser parler. Je resterai vague. »

Parfait. Je guide Morris dans l'entrée et dans l'escalier jusqu'à notre porte.

« Respire un bon coup », chuchote-t-il tandis que je glisse la clé dans la serrure. Mais quand la porte s'ouvre, l'appartement est visiblement vide. Les draps de Ruth sont bien pliés sur le canapé et ni ses chaussures, ni celles de Chase ne sont là. J'avais raison. Et il a dû l'accompagner.

Morris regarde autour de lui, lève un bref instant les sourcils comme si ce loft d'architecte l'étonnait, eu égard à mon salaire d'assistante sociale.

«Attends ici, dis-je. Je sais où elle a caché la drogue.» Je me précipite dans la chambre et je referme la porte. Je m'accroupis et j'ôte la grille du conduit d'aération, mais quand je mets la main dans le trou, je m'aperçois qu'il est vide. Je me penche, cherche un peu plus loin. La boîte a disparu. *Qu'est-ce qui se passe ?* me dis-je, le sang commençant à battre à mes tempes. *Qui l'a déplacée ? Qui est au courant ?* Je fais le tour complet de la chambre et donne un coup de pied dans la chaise qui valdingue contre le mur. *Merde, merde, merde !*

Morris m'appelle depuis le salon. «Alex ? Tout va bien là-dedans ?»

J'inspire une bonne fois et je ressors de la chambre. «La boîte n'est plus là, Morris. Ruth l'a prise. Elle l'a peut-être cachée ailleurs.

— Ah, ça n'est pas bon, ça.» Morris fronce les sourcils.

Je prends mon téléphone et j'appelle Chase. Mais il sonne dans le vide. Je finis par tomber sur son répondeur. Je baisse mon téléphone, regarde l'écran, incrédule. Chase refuse-t-il de décrocher ?

«Je pense que la meilleure chose à faire à ce stade, Alex, c'est de prévenir la police et de demander qu'ils fouillent entièrement l'appartement. C'est la procédure habituelle. Il faut suivre les règles. Elles ne sont pas là pour rien.

— D'accord», réponds-je, distraite. Je consulte mon téléphone. Sully ne m'a toujours pas répondu. Qu'est-ce qui se passe, bon sang ? Juste au moment où je remets mon téléphone dans ma poche, il sonne. Je le porte à mon oreille sans même y jeter un coup d'œil.

« Oui, Chase », dis-je vivement. Mais ça n'est pas Chase à l'autre bout du fil.

« C'est Sully.

— Oh, pardon. Salut.

— Ta sœur est en train d'accoucher », répond-il. Sa voix est froide, sèche.

« Elle – quoi ? Mais ça n'est pas prévu pour aujourd'hui.

— Elle vient de perdre les eaux. Je vais à l'hôpital avec Chase et elle.

— Chase et toi à l'hôpital, ensemble ? » Seul le silence me répond à l'autre bout de la ligne. « Le bébé va bien ? » Pendant que je parle, Morris s'avance près de la baie vitrée et sort son téléphone. Il appelle la maternité. Parfait.

« Ils vont tous les deux bien, dit Sully. Je dois raccrocher.

— Attends ! Sully… » Mais j'entends un déclic, et la communication se coupe.

Morris met fin à son appel, puis se tourne vers moi.

« Il faut qu'on aille à l'hôpital tout de suite », dis-je en me dirigeant vers la porte. Mais quand je me retourne, il n'a pas bougé d'un pouce.

« Je sais que tu meurs d'envie de voir ta sœur. Mais c'est impossible, j'en ai peur.

— Qu'est-ce que tu veux dire ?

— S'il faut retirer la garde d'un nouveau-né à sa mère, tu ne peux pas, toi, sa sœur et en même temps une travailleuse sociale de nos services, être présente. Il y a un conflit d'intérêts. Rappelle-toi : on suit scrupuleusement le règlement, d'accord ? Je suis vraiment désolé.

— Mais, Morris…

— Tu es une excellente sœur. Vraiment dévouée. Et tu fais tout ce qu'il faut. Allez viens, on rentre au bureau. »

Je suis Morris jusqu'à la voiture. Voilà un tour des événements que je n'avais pas prévu, et qui met tout en péril. La drogue. Le bébé. Tout. Je pêche mon téléphone dans ma poche et je rappelle Sully. Ça sonne à nouveau dans le vide. Je raccroche et je réessaie. La prise de conscience m'empêche de respirer, comme si j'avais attrapé un mauvais rhume. Il refuse de me répondre. Pendant tout le chemin du retour, je me creuse la cervelle pour essayer de comprendre pourquoi.

Ruth

Dans ma tête résonne un vacarme qui ressemble à un mugissement. Je mets un moment à comprendre que le son vient d'en-dehors de moi, qu'il est au-delà de ma souffrance. Chase me conduit à travers la ville, précédé de Sully qui nous ouvre la voie au milieu de la circulation jusqu'à l'hôpital, sirène hurlante et gyrophare allumé. J'ai l'impression que je vais éclater de partout. *Qu'est-ce qu'on va faire ?* ai-je envie de crier à Chase, mais je suis dans les vapes et je n'arrive même pas à former les mots. Mon sac gît à mes pieds, la boîte contenant la drogue toujours à l'intérieur. Chase dérape en s'arrêtant derrière la voiture de police et trois infirmiers se ruent sur moi, m'aident à sortir de la voiture et m'allongent sur un brancard puis m'emmènent aussi vite que possible vers l'entrée de l'hôpital.

« Je te rejoins tout de suite ! » crie Chase. Mais je ne suis pas prête, je ne peux pas y aller maintenant, Sully va tout découvrir. Quand je vois Chase pour la dernière fois, il a mon sac sur l'épaule et il se dépêche de verrouiller sa voiture. Et puis la porte d'entrée coulissante se referme derrière moi, on m'emporte dans de longs couloirs couverts de vinyle jaune, les éclairages au plafond filent au-dessus de moi comme des comètes. Allongée sur le dos, je lutte pour ne pas tomber dans les pommes.

Les infirmiers me conduisent dans une chambre individuelle et me déposent sur le lit juste au moment où une nouvelle contraction douloureuse me prend et je me mets à pleurer. Pour Alex, pour moi, pour ce bébé. Pour tout ce qui s'est passé et que je ne peux pas défaire. Plus que tout, je voudrais que ma mère soit là, qu'elle dépose un baiser sur mon front comme autrefois, qu'elle m'aime à nouveau. *Ma petite chouette.* Mais il ne faut pas que je pense à ma mère trop longtemps : me souvenir d'elle n'a rien de réconfortant.

« Ça va aller, ma petite », dit une infirmière en m'installant un moniteur cardiaque. Une autre infirmière enfonce mon doigt dans un clip de plastique. Des machines se mettent à biper à côté de mon lit.

« Que se passe-t-il ? Est-ce que mon bébé va bien ?

— Vous vous en tirez très bien, répond l'infirmière, le regard bienveillant. Inspirez profondément. Régulièrement, calmement. Tenez, servez-vous. » Elle me tend un bol de glace pilée, mais une nouvelle vague de douleur s'abat et je repousse sa main ; la glace pilée se répand au sol. Le bip du moniteur cardiaque cogne comme un moteur de bateau.

« Je dois parler à Chase.

— Chase ? C'est votre mari ? » L'infirmière surveille les écrans tout en parlant.

« J'ai besoin de lui. Il me faut mon sac ! »

Elle me tapote le genou. « Je vais aller vous le chercher. » En sortant, elle croise un médecin à la porte. « Le bébé arrive vite. On n'a pas le temps de faire une épidurale. »

Le médecin observe les moniteurs au pied de mon lit, puis lève les yeux vers moi. « Allez, on se prépare à pousser, Ruth. »

Il dit autre chose, mais c'est comme si je le regardais de l'autre côté d'une vitre : je vois ses lèvres bouger, mais je ne perçois aucun son. Dents serrées, en sueur, je lutte pour pousser. Puis Chase apparaît et je lui prends la main.

« Chase, mon sac.

— Je m'en suis occupé. Ne pense plus qu'à pousser. »

Je lui broie la main tandis qu'une nouvelle contraction me traverse. Il cille, mais sans se plaindre. *C'est très bien*, dit-il pour m'encourager – mais son visage est tendu.

Je pousse, je pousse, recroquevillée sur moi-même, en moi-même, j'oublie tout ce qui m'entoure en essayant de survivre. Par instants je glisse hors du présent, comme si j'étais ailleurs dans la chambre, que je rêvais éveillée à ces moments et à d'autres, plus anciens. Je revois Pim assis sur le portillon. Ses petits genoux à côté de moi. Et puis, tandis que la douleur irradie en moi, je devine fiévreusement à travers mes paupières mi-closes Alex qui éteint tous les moniteurs. Elle porte un masque chirurgical qui ne laisse voir que ses yeux, et elle s'avance vers mon bas-ventre, scalpel à la main. Je hurle et sa silhouette s'éloigne en scintillant. *C'est la douleur*, me dis-je, grimaçant dans ce délire fiévreux, essayant de me raccrocher à la réalité.

Je fais un dernier effort, si violent que tout le bas de mon corps en est galvanisé et qu'une vague brûlante, féroce me déchire en deux. Tout le monde se précipite sur moi, tous les regards sourient par-dessus les masques. Je baisse les yeux pour regarder aussi. Ils enveloppent dans une serviette de petites jambes, de petits bras, et tamponnent doucement un visage qu'ils inspectent. Le médecin me tend le paquet, emmailloté d'une couverture rêche.

« Félicitations, Ruth. Vous venez d'avoir un petit garçon. »

Et il est dans mes bras. Mon petit garçon. Il a le visage fripé mais il est chaud et merveilleux. Ses cheveux couleur moka, sa peau mate ; c'est Pim qui est revenu. Une copie parfaite de mon petit frère repose au creux de mes bras, et toute ma vision du monde en est transformée, illuminée. Il est là, mon fils, mon garçon. Et je sais exactement qui je suis. Je sais exactement ce à quoi j'étais destinée.

« Bonjour », murmuré-je, les doigts tremblants sur le rebord de la serviette. Il renifle, frotte le petit bouton de son nez d'une phalange minuscule.

« Félicitations, Ruth ! dit Chase debout près du lit, la voix fêlée.

— Je te présente Will. Je vais l'appeler comme mon frère. Willem. Comme Pim.

— Il est adorable », répond Chase, les yeux aussi embués que les miens.

Au moment où je commence à m'endormir, les infirmières prennent Will, l'emmaillotent et le placent dans un petit berceau transparent près de mon lit, et je plonge dans un sommeil profond, silencieux.

Quand je me réveille, ce doit être la fin de l'après-midi. Les bips des machines semblent moins sévères. Ils ont laissé allumé le plafonnier de la chambre et tout me paraît plus lumineux. Je me tourne précautionneusement sur le côté et je regarde mon fils dans son berceau. Sa petite tête est enveloppée d'un bonnet de cachemire tout doux, ses poings dans des petites moufles. Nous voilà seuls dans le silence, et je souris de tout mon être. *Alors c'est ça,* me dis-je. *C'est ça le bonheur.*

Mais je vois alors le fauteuil de l'autre côté de la pièce : gisant sur l'assise, tout plat, il y a mon sac. Chase a dû l'apporter. Mais il est informe et semble vide. Il n'y a aucune chance que la boîte y soit encore. Je me fige en essayant de ne penser qu'à Will, en essayant de ne croire à rien d'autre qu'à la nouveauté de son existence, tout en réfléchissant encore et encore à ce qui a pu se produire. *Où est la boîte? Qui l'a prise?* Et pire: *Où est ma sœur?* Dans l'après-midi finissant, je me rendors par à-coups, et même dans mes rêves, j'imagine le pire.

***

Chase revient le lendemain avec un ballon bleu, retenu par une ficelle et arborant en grosses letttres cursives le mot *Félicitations.* Il le noue au pied de mon lit. « Comment tu te sens ? demande-t-il.

— Comme si je n'arrivais pas à croire que j'ai pu faire ça. » Je serre Will contre ma poitrine. Il est éveillé, me regarde. « Regarde-le, comme il est beau.

— Tiens, j'ai trouvé ça, par terre dans la voiture. » Il me tend la pince à linge de Pim. « Je me suis dit que tu voudrais la récupérer. »

Je la prends et la place à côté de Will, dans la mousseline. Ses petits doigts se resserrent immédiatement sur le bois. Chase reste un moment debout à observer le bébé, pendant qu'une douce lumière d'été inonde la chambre et que le ballon accroché à mon lit se balance paisiblement.

« Ça te va bien, dit Chase. La maternité, je veux dire. Je ne t'ai jamais vue l'air aussi calme. » Mais sa phrase sonne creux. Quelque chose ne va pas.

« Tu as vu Alex ? Où est-elle ?

— Au loft. » Il se frotte la mâchoire.

« Bon », dis-je. Elle est moins dangereuse en restant là-bas. Quand je suis venue à Moses River, je voulais croire en elle, mais elle ne croyait clairement pas en moi. Elle s'est emparée de toute la vérité que je lui donnais et l'a déformée pour en faire une arme.

« Elle est… » commence Chase, mais la porte de la chambre s'ouvre et Sully entre. Je serre un peu plus Will dans mes bras. Sully n'est pas en uniforme, il porte un vieux T-shirt de l'équipe de base-ball des Rockies et un jean.

« Qu'est-ce que vous faites là ? demandé-je.

— C'est moi qui lui ai dit de venir », intervient Chase en changeant de position.

Une panique ouatée m'effleure l'intérieur du crâne. « Chase, qu'est-ce que tu as fait ?

— C'est Sully qui a la drogue, maintenant. » Il parle comme un torrent à présent. « Je lui ai tout dit sur Pim, sur Alex, sur ses mensonges, et je lui ai donné la boîte. Je ne voyais pas d'autre solution, Ruth. Alors je lui ai dit la vérité. »

Mes yeux se posent sur Sully. « Je n'aurais jamais dû apporter cette drogue chez eux, mais je vous le jure, je n'y ai pas touché ensuite. Elle a disparu. Elle a réapparu ailleurs. Et il n'y a que trois personnes qui vivent dans ce loft : Chase, ma sœur et moi. »

Sully fait un pas en avant. « Vous ne serez pas inquiétée. Eli Beck est en garde à vue et il n'a pas parlé de drogue – il ne veut probablement pas s'incriminer lui-même. J'ai remis la boîte à la police en disant que je l'avais saisie.

— Saisie à qui ? demandé-je, méfiante.

— C'est ce que j'essaye de savoir. La version des faits d'Alex ne correspond ni à la vôtre, ni à celle de Chase. Elle a reconnu l'existence de la drogue, mais ça n'est pas elle qui me l'a apportée. C'est Chase.

— Mais elle ne m'appartenait pas, dit Chase, les yeux écarquillés. La seule personne qui a pu déplacer cette boîte, c'est Alex. Ce que je veux savoir, c'est pourquoi. »

Sully fixe Chase un long moment, d'un regard que je n'arrive pas à déchiffrer. Puis il rompt le silence : « J'ai toujours bien su juger les gens ; mais tout le monde peut se tromper. Alex m'a demandé d'enquêter sur votre passé, Ruth. Et je l'ai fait. Elle m'a aussi dit qu'elle vous avait emmenée vous faire avorter quand vous étiez jeunes, toutes les deux. J'ai vérifié ces registres-là, également. Ce n'est pas vous qui avez avorté. C'est elle. »

Je jette un coup d'œil à Chase, qui s'agite sous le ballon.

« Elle se libère des parties de sa vie qui sont trop dures à supporter, dis-je. Elle a fait des conneries, ado, et ça ne m'étonne pas que même cette histoire ait été déformée pour me retomber dessus.

— Quand Chase m'a appris, pour Pim, j'ai cherché dans les registres des décès. Sa mort a été classée accidentelle, mais il y a une description de ce qui s'est passé. Je ne peux même pas imaginer ce que ça a dû être pour vous, ses sœurs. Et ça m'a fait comprendre pourquoi Alex… fait ce qu'elle fait. » Il pose les yeux sur Will qui dort sur ma poitrine. « Et pourquoi ce bébé est si important. Pour vous deux. »

J'essaie de filtrer ce qu'il dit, de deviner de quel côté il se situe, mais je n'y parviens pas. « Qu'allez-vous faire à propos de cette drogue, Sully ?

— Je vais découvrir la vérité. Avoir des ennuis, c'est une chose, mais faire accuser quelqu'un délibérément, c'en est une autre. Mon boulot, c'est de protéger les gens, et en cet instant, je crois que vous avez besoin de protection, Ruth. Vous et votre fils. »

Tandis qu'il parle, son téléphone sonne. Il le sort de sa poche et regarde l'écran d'un air détaché. Il échange un bref regard avec Chase, difficile à décoder. Puis il coupe son téléphone.

« C'était ma sœur ? Qu'est-ce qu'elle voul... »

Mais je suis interrompue par l'entrée d'un homme et d'une femme. La femme tient un couffin, qu'elle pose sur la table roulante. L'énergie qui émane d'eux fait instantanément battre mon cœur plus vite.

« Oui ? dit Chase. Je crois que vous vous êtes trompés de chambre. »

Mais à côté de lui, Sully chuchote : « Morris.

— Vous connaissez ces gens ? demandé-je à Sully, tandis qu'une nausée m'envahit l'estomac. Que se passe-t-il ?

— Bonjour madame Van Ness, je m'appelle Morris Arbuckle. » L'homme qui me fait face me tend une carte officielle. Je la regarde sans la voir jusqu'à ce qu'il la pose sur la table de chevet et lisse sa cravate. « Voici ma collègue Minerva Cummins. Nous ne nous sommes pas encore rencontrés, mais Minerva et moi travaillons à la protection de l'enfance.

— Protection de l'enfance... comme Alex. » Les pièces se mettent en place et je me tourne vers Sully. « Que se passe-t-il ? » Je tends un index accusateur vers lui. « Vous étiez prévenu, c'est ça ?

— Morris, je crois que je sais pourquoi vous êtes là, mais c'est une erreur. » La voix basse, Sully gronde presque mais l'homme lève la main.

« Ruth, j'ai été appelé ici parce qu'on m'a rapporté des inquiétudes à votre propos, ainsi qu'au sujet de la santé et du bien-être de votre bébé.

— Non, c'est faux», dis-je en serrant Will contre moi. Il s'est endormi dans mes bras. Je sens le rythme paisible de sa respiration contre ma gorge.

«Qui ? Qui vous a appelé ? demande Chase en s'avançant à côté de moi.

— Je crains que ça ne soit confidentiel, dit Morris. À l'heure qu'il est, il nous faut déterminer si votre bébé peut rester sans risque sous votre garde.»

Ma voix se brise. «Alex ment. Il ne faut pas la croire.»

La femme qui est derrière Morris fuit mon regard. Sully s'interpose. «Qu'est-ce qu'Alex vous a dit, Morris ? Quoi qu'elle ait dit, ce n'est pas aussi simple qu'elle le prétend. Je sais qu'elle fait partie de vos services mais il y a des... divergences d'opinion que vous ignorez. Il ne faut pas aller trop vite.»

Oui, pensé-je. *Oui, creusez un peu plus*, comme personne ne l'a jamais fait pour moi jusqu'ici. Aidez-moi, enfin.

«Agent Mills, s'il vous plaît, ne compliquez pas les choses. Il nous faut simplement suivre la procédure jusqu'au bout, reprend Morris. Ruth, votre bébé a été autorisé à quitter la maternité. L'accouchement a été rapide, mais sans complications. Il sortira donc aujourd'hui, et nous le placerons dans un foyer d'accueil. L'enquête durera trente jours, pendant lesquels vous aurez un droit de visite. Nous nous reverrons pour une réunion dans nos bureaux début octobre.

— Non !» Mon cri réveille Will. Il laisse échapper un sanglot et agrippe le devant de ma chemise de nuit. «Je suis sa mère. Il est en sûreté avec moi !

— Je sais que c'est pénible, mais nous ne faisons que notre travail, et ça vaut mieux pour votre enfant, dit la femme en tendant les bras pour prendre Will. Essayons de ne pas perturber le bébé.»

Je me tortille pour lui échapper mais mon corps est sans énergie, meurtri. Will pleure plus fort à présent, d'une petite voix aiguë et apeurée. Chase, les yeux écarquillés de panique, passe de l'un à l'autre. « Vous ne pouvez pas… »

Sully me prend la main, me regarde dans les yeux. « Ruth, c'est une méprise. Quelqu'un a déclenché cette histoire mais on va démêler tout ça, je vous le promets. Pour le moment, soyez courageuse. »

Courageuse ? Ma sœur m'a trahie une fois de plus, et je ne sais pas à qui me fier. Des larmes coulent sur mes joues et je hurle tandis que la femme m'enlève Will et le sangle dans le couffin. Il a la main serrée sur la pince à linge en bois.

Je sanglote. « Où l'emmenez-vous ?

— Il va rester dans une famille d'accueil pendant un mois, le temps de tout mettre au clair, dit-elle.

— Faites quelque chose ! dit Chase à Sully.

— Vous faites une erreur, Morris », dit Sully, les mains sur les hanches. Mais il les laisse emporter le couffin, il les laisse quitter la chambre avec mon bébé, mon fils. Les pleurs de Will s'éloignent dans le couloir tandis que je tangue dans mon lit, la vision obscurcie d'une angoisse noire comme de l'encre, la gorge pleine de bile. Chase passe le bras dans mon dos pour me réconforter mais mes épaules cèdent et je me pelotonne contre lui, l'obscurité m'engloutissant comme un sédatif. Tout ce que je peux voir, c'est le pauvre ballon que Chase a apporté tout à l'heure, qui flotte au-dessus de nos têtes.

Alex

Voilà une heure que je fais les cent pas devant la baie vitrée. Toujours pas de nouvelles de l'hôpital. Morris m'a promis de m'envoyer un e-mail quand ce serait fait, alors pourquoi met-il autant de temps ? Je m'arrête, je frotte la paume de mes mains sur mes orbites, j'expire profondément. *Détends-toi, Alex. Reste calme.* Cette partie du plan est inévitable. Et rien ne peut empêcher Morris de suivre la procédure.

J'inspire encore longuement pour me détendre, vérifie à nouveau mes e-mails. Cette fois, en rafraîchissant la page, mon téléphone bipe. C'est fait. Morris a réussi. Le soulagement m'envahit et je manque de tomber à genoux.

Soudain, la porte d'entrée s'ouvre brutalement et Chase fait irruption, furieux. Il est en sueur d'avoir couru, ses vêtements sont froissés, chiffonnés, et un chaume blond lui couvre le menton. Il est si loin du beau garçon suave que j'ai rencontré pour la première fois à l'épicerie que je mets quelques secondes à réaliser que c'est lui.

« Mais qu'est-ce que tu as fait ?!? » crie-t-il depuis l'entrée. Il a l'air agité, dément, totalement délirant.

« De quoi parles-tu ?

— C'est pour ça que tu n'as pas voulu venir avec moi à l'hôpital ce matin ? » Il referme violemment la porte derrière lui, faisant trembler tout le loft. « Parce que tu savais ce que ton patron préparait ? Comment as-tu pu faire ça ?

— Du calme ! Comment ai-je pu faire quoi ?

— Faire retirer à Ruth la garde de son bébé. Ton patron s'est pointé comme ça dans la chambre d'hôpital et l'a embarqué. » Il déglutit, dévasté. Et il a raison, c'est bouleversant. Pour tout le monde. Il a si peu l'expérience de ce genre de choses.

« Je n'ai rien fait de mal.

— Tu as tout planifié. » Il tend un index accusateur vers moi tout en allant vers l'évier boire directement au robinet. « Je commence à te connaître, Alex. Tu projetais ça depuis le début.

— À t'entendre, je suis un grand cerveau criminel. Je travaille à la protection de l'enfance, Chase. J'ai su que Ruth serait incapable de s'occuper de son bébé à la minute où elle a annoncé qu'elle était enceinte. Et je ferai toujours passer la sécurité d'un enfant en priorité. C'est mon boulot. Je sais que tu penses que le monde est merveilleux, mais ça n'est pas le cas. Tu n'as aucune idée de tout ce que j'ai pu voir. »

Il coupe brutalement le robinet. « Ruth m'a tout raconté sur toi. Tout ton baratin sur la "jeune fille parfaite" que tu étais avant, les délires de ta sœur folle et toxicomane, tout ça, c'étaient des mensonges. Je sais que c'est toi qui es tombée enceinte à quinze ans et que tu as accusé un innocent. Je sais que tu t'es fait avorter et que c'est pour cela que tu ne peux pas avoir d'enfants. C'est à cause de toi que tout ça est arrivé, pas de ta sœur. Tu m'as menti.

— Chase, dis-je, chancelant comme si j'avais reçu une gifle. Tu écoutes la mauvaise…

— Arrête ! » coupe-t-il. Sa voix se brise. « Arrête de jouer à ça avec moi. Tu te fous donc complètement de moi ? Je voulais construire ma vie avec toi. Pour toujours. »

Il tremble. Je n'avais pas du tout prévu qu'il puisse s'en prendre à moi aussi durement.

« Tu esquives et tu fuis, reprend-il. Tu ne me donnes que glissements et demi-vérités, quand moi je... je te donne tout. Tu sais ce que j'ai compris, Alex ? C'est que c'est toi, le poison.

— Pardon ? » J'ai les deux mains sur les hanches, à présent. « Tu as complètement oublié ce qu'elle a fait ? Elle a volé de la cocaïne, Chase ! À un criminel ! Et elle a tout apporté chez nous. »

Ses yeux sont pleins de chagrin. « Tu as nié y avoir touché. Mais tu as déplacé cette drogue. Et tu as menacé un type qui est venu chez nous, Alex. Avec un *couteau* ! »

Je sens le feu me monter aux joues.

« Je n'ai pas menti ! » dis-je, mais Chase se contente de grogner. « Non, je n'ai pas menti ! Je croyais qu'elle avait inventé l'existence de cette drogue, et puis je l'ai surprise avec.

— Si c'est vrai, c'est que tu es au courant pour la drogue depuis un moment. Pourquoi ne l'as-tu pas signalé plus tôt, si tu t'inquiétais tant que ça de sa capacité a être une bonne mère ?

— Oh, bon Dieu ! » Je fais quelques pas vers lui. « Combien de fois va-t-il falloir que je te le dise ? Je ne suis pas au courant de tout ce qu'elle a fait. Je ne l'ai vue avec cette boîte qu'il y a quelques jours, c'est pour ça que je viens seulement de le signaler. Et c'est pour ça qu'ils me confient la garde du bébé, ici, où il sera en sûreté. C'est Morris qui a décidé, pas moi. »

Il me dévisage quelques secondes, incrédule, comme s'il venait de me pousser une seconde tête.

« Quoi ? C'est toi qui vas garder Will ? C'est toi, la mystérieuse famille d'accueil ?

— C'est nous. C'est ta maison, aussi. »

Il semble tituber et doit s'appuyer au comptoir de la cuisine. « Comment peux-tu… C'est à ta sœur que tu fais ça !?!

— Exactement. Tu ne connais pas la réalité du monde, Chase, dis-je en m'approchant un peu plus. Tu paniques uniquement parce que tu n'es pas dans ton élément.

— Je refuse de faire ça à Ruth. Mon appartement n'est pas un foyer d'accueil. Tire-toi de chez moi. »

Il a choisi son camp. Qui aurait cru qu'il me tiendrait tête ainsi ? Mais ça n'est pas si simple, je le crains.

« Tu ne peux pas me mettre dehors, dis-je. Si je n'ai pas de logement fixe, Will ira dans une famille d'accueil désignée au hasard. Il y a de grandes chances qu'on le trimballe d'un endroit à l'autre. C'est vraiment ce que tu veux ? »

Chase se redresse, la mâchoire serrée. J'entends presque son cerveau vrombir.

« Écoute, je ne veux pas me battre avec toi, dis-je en m'approchant encore un peu plus. Ce que je fais peut te sembler dur, mais c'est pour mon neveu. C'est à lui qu'il faut penser d'abord. C'est exactement comme l'affaire Floyd, au travail, ce petit Buster que j'ai sauvé. Ses parents étaient camés, eux aussi. On ne peut pas se fier à des gens comme ça. Et l'enfant doit passer avant tout le reste. »

Chase hésite et ses épaules se relâchent quelque peu. Il commence à comprendre. Il me rejoint. Pour lui, ce doit être un grand saut, très pénible, dans un monde cruel. Il me regarde droit dans les yeux. « Qu'est-ce qui est arrivé à ce bébé ? Qu'est-il arrivé à Buster ?

— C'est simple. Je l'ai sauvé. »

Chase prend un air étrange, un air que je ne lui ai jamais vu et que je ne sais pas déchiffrer. « Je n'avais jamais réalisé jusqu'où tu pouvais aller… pour protéger ces enfants.

— Si je ne le faisais pas, personne ne le ferait. » Je baisse la tête, en me demandant si c'est déjà le moment de contourner le comptoir et de le prendre dans mes bras.

Chase se gratte le menton. « Oui, j'imagine que c'est dur d'arriver à savoir sur qui on peut compter. Je n'ai pas une très grande expérience dans ce domaine. Je suis très naïf. » Il a l'air tout triste. Il voit peut-être enfin le monde tel qu'il est.

« C'est toujours délicat », dis-je, en avançant jusqu'à me retrouver devant lui.

Il me prend dans ses bras. Oui. Il est à moi. Il est toujours de mon côté. « Je suis désolée, Chase. Je suis désolée de t'obliger à affronter tout ça. Ton innocence est adorable. C'est une des choses que j'aime beaucoup chez toi. »

Il m'attire contre lui. « Je ne le pensais pas, quand je t'ai dit de partir. »

J'enfouis mon visage contre sa poitrine. « Ça a vraiment été… une dure semaine.

— Oui, répond-il. Il y a beaucoup de choses à… trier.

— Bienvenue dans mon monde. »

Nous restons tous deux un moment ainsi, enlacés, dans la cuisine. Même après tout ce qui s'est passé, ça va bien se terminer. Nous sommes repartis sur de bons rails. Et là, debout, en laissant Chase me serrer dans ses bras, je m'accroche à la chose qui compte plus que tout. Dans quelques heures à peine, Morris va amener Will ici.

Ruth

Deux heures après que l'Aide à l'enfance m'a volé mon bébé, l'hôpital me renvoie et je monte dans la voiture de patrouille de Sully, une couverture sur les genoux. Il m'emmène chez lui, m'installe dans la chambre d'amis et laisse Gravy dormir sur mon lit avec moi, même si je soupçonne qu'il ne l'autorise d'habitude jamais à faire ça.

« Je suis juste à côté, dit-il, si tu as besoin de quelque chose. » Il hésite, la mine défaite. Puis il tire doucement la porte jusqu'à ce qu'elle se ferme avec un clic.

La chambre d'amis est d'un gris soutenu, comme les murs de pierre d'Écosse que j'ai vus en photo. Il y a un vieux fauteuil dans un coin et au mur, une photo en noir et blanc d'un corbeau sur un arbre en hiver. Pendant deux jours, le corbeau me regarde faire tout ce que je peux pour dormir et manger. L'unique lien qui me reste avec mon fils, c'est le lait maternel que les services de l'Aide à l'enfance m'ont autorisée à lui faire parvenir, donc je dois garder mon corps en bon état. Ils ont échangé mon fils contre un tire-lait, et ils s'imaginent que je vais m'en contenter. Morris n'est même pas encore venu chercher le lait. Je passe la nuit à m'inquiéter de ce qu'ils lui donnent à manger.

Le troisième jour, Sully me force à venir dans la cuisine, où je m'assois pour regarder la pluie tomber et les arbres squelettiques frapper les fenêtres. Mais que j'aie les yeux ouverts ou fermés, je ne vois que mon fils. Le brun chocolat de ses yeux, la douceur de ses mains potelées. Mon envie désespérée de le retrouver est comme la soif. Tout en moi est desséché.

« Ils ne peuvent pas t'interdire de voir ton fils, répète Sully toute la semaine, posant à chaque fois devant moi des tasses de café que j'ai du mal à boire. Ils t'en ont peut-être retiré la garde mais tu as le droit de le voir. Je ne comprends pas pourquoi Morris met tant de temps. »

Alex. C'est elle qui lui fait mettre tout ce temps. J'ai appris qu'ils avaient confié Will à sa garde le jour même où ils me l'ont enlevé, qu'il est avec elle au loft – quand Sully me l'a dit, j'en ai eu l'estomac retourné. Mon seul espoir en ce moment repose sur Chase, qui semble avoir persuadé Alex qu'il est encore de son côté. Il nous sert d'espion. Mais c'est dur pour lui. Tout le monde a fait le jeu d'Alex. Même moi. Je suis venue à Moses River avec tant de volonté de réparer les choses, tant de certitude que, malgré tous les errements passés, le fait d'être sœurs nous unissait indéfectiblement. Je voulais que nos relations changent, et elles ont changé : elles ont trouvé le moyen d'empirer encore.

Sept jours ont passé depuis ma sortie de l'hôpital quand Morris finit par se présenter à la porte, chez Sully. Il se tient sur le seuil, un parapluie noir au-dessus de la tête, sous la pluie battante. Une fois Gravy calmée, Sully l'invite à entrer. Mais Morris décline de la tête.

« Je crains de ne pas pouvoir rester. Je voulais juste voir comment tout le monde allait. » Son regard passe alternativement de moi à Sully. « Et vous dire que Will va bien. Il va très bien. Il s'épanouit. Mais si vous avez un peu de lait maternel, je me ferai un plaisir de le déposer.

— Le droit de visite, Morris », intervient Sully tandis que je fonce chercher toutes les bouteilles que je garde pour Will au freezer – j'ai dessiné un cœur au marqueur rouge sur chacune. « Faites votre travail correctement. Une mère a des droits.

— Certes, enfin, oui et non », répond Morris avec un sourire pincé. Il prend les flacons. « J'y travaille. Laissez-moi faire. »

Mais j'entame ma seconde semaine sans mon fils et je n'entends rien. Je ne ressens rien. On ne me donne rien à quoi me raccrocher.

Le lundi suivant – ça fait neuf jours que j'habite chez lui, maintenant –, Sully me prépare une vraie soupe au poulet et je suis assise à la table de la cuisine. C'est l'heure du déjeuner, même si ce genre de repères semble avoir perdu toute pertinence dans mon cas.

« Tu t'es douchée, ce matin ? » demande Sully sans se retourner. Les muscles de son dos jouent sous son T-shirt pendant qu'il s'active. « Il faut tenir, Ruth. Se contenter de manger et de boire de l'eau, ça ne suffit pas. Je sais que c'est dur, mais toutes ces choses quotidiennes sont vraiment importantes. Tu dois relever la tête.

— Je ne peux pas. J'ai besoin de mon fils. J'ai besoin de Will. » Je pense à l'odeur de ses cheveux quand il dormait au creux de mon cou, à ses doigts agrippés à ma chemise de nuit quand ils me l'ont enlevé.

Sully cesse de remuer sa soupe et se retourne. « On va le récupérer. Il faut que tu me croies. On va trouver un moyen. »

J'acquiesce, la bouche pâteuse, et je joue avec la salière sur le set de table. Sully a dit qu'il fouillerait dans ce qu'a fait Alex, mais son enquête ne donne visiblement rien d'utile pour nous. Il ne le dit pas ouvertement, mais ça fait déjà plus d'une semaine et on peut en déduire que ça ne progresse pas. J'essaie de déglutir, mais ma gorge semble collée. Il va bientôt me tendre un bol de soupe dont le seul fumet me donnera la nausée.

« Eli n'a rien dit du tout ? » demandé-je.

Sully referme le placard. « Il refuse de faire une déposition. Jusqu'ici, je n'ai rien pu lui faire admettre qui ne figure pas déjà à son casier. »

Je refoule mes larmes, les paupières lourdes. « Quand Morris me laissera-t-il voir Will ? »

Devant le fourneau, Sully hoche la tête. « Normalement, tu aurais déjà dû pouvoir le voir. Alex fait de l'obstruction. »

À mes pieds, Gravy lâche un soupir venu du fond des âges.

Sully pose un bol de porcelaine bleue sur la table, m'observe attendre longtemps avant de poser le regard sur la soupe. « Fais un effort, Ruth. Dis-toi que c'est du carburant, et pas seulement pour le lait maternel. Si tu dois te battre pour récupérer ton fils contre quelqu'un d'aussi manipulateur qu'Alex, il va te falloir de l'essence dans le moteur. »

Sully essaie de m'aider. Je n'ai jamais eu quelqu'un de cette trempe de mon côté, même si je soupçonne qu'il ne fait ça que pour s'excuser. Il a reconnu qu'il avait encouragé Alex à me signaler à la police. Mais quand il me l'a avoué, je n'ai ressenti aucune colère contre lui. J'ai seulement ressenti un peu plus cet immense épuisement collectif. Alex l'a embobiné comme elle nous a tous embobinés, et maintenant il ne nous reste plus qu'à retourner chacun dans notre coin, tant bien que mal.

Je me saisis de la cuiller à soupe et Sully s'assoit face à moi. Ma main tremble quand je porte une cuillerée à mes lèvres. Je parviens à avaler quelques bouchées de poulet, de légumes et de riz, quand on frappe vivement à la porte. Sully me dévisage une seconde avant de se lever et de quitter la cuisine, Gravy s'efforçant d'arriver avant lui au salon. Je me lève aussi mais je reste appuyée à l'encadrement de la porte de la cuisine. La seule personne que j'ai envie de voir, c'est Morris avec Will dans les bras. Mais ça n'arrivera pas. Alex contrôle tout.

Sully ouvre la porte et c'est Chase qui se tient sur le seuil. Il a l'air fatigué. Dans la semaine et demie qui vient de s'écouler, il a perdu une bonne partie de sa masse.

« Tout va bien ? demande-t-il, surtout à mon intention, mais je devine qu'il sait que sa question est inutile. Je me suis dit que nous devrions avoir une conversation, tous ensemble.

— Bien sûr. Entre. » Sully s'écarte pour le laisser passer mais son accueil est un peu raide. L'espace d'un instant, je me demande si, au fond d'eux-mêmes, ils ne se sentent pas en compétition.

Chase traverse le salon et vient droit sur moi, pose les mains sur mes épaules, me regarde bien en face puis me serre dans ses bras. Je soupire. Malgré tout ce qu'il a lui-même enduré, il s'accroche encore à une vision positive du monde. Tout le monde n'est pas bon, il l'a appris, mais il faut prendre soin de ceux qui le restent.

« Tu tiens le coup ? me demande-t-il.

— Comment va Will ? »

Il hoche la tête, avec une moue rassurante, puis me ramène à ma chaise, à la cuisine. Sully suit, imité par Gravy.

« Comment va Alex ? » Impossible pour moi de ne pas demander des nouvelles de ma sœur. C'est peut-être l'un des aspects les plus cruels de toute cette histoire : je l'aime, et elle n'a pas changé. Une fois de plus, elle veut absolument que ce soit elle contre moi. La seule chose qui a changé depuis tout ce temps, c'est que les combats dans lesquels elle m'entraîne sont devenus plus dramatiques.

« Alex est sous contrôle. » Chase s'assoit à côté de moi avec un air sombre ; depuis le mois de juin, il a fait le deuil de son innocence. « Maintenant, je pense à elle comme à une vipère, et mon appartement est son vivarium. Et je dois supporter tout ça sans laisser voir mon dégoût.

— Mais tu la surveilles de près ? Comme convenu ? » Sully s'appuie au frigo, les bras croisés.

« Je surveille tout, confirme Chase, qui pose une main sur mon genou. Et Will est merveilleux, au fait. Il sait qu'elle n'est pas sa mère.

— Tu crois ? » Une longue convulsion s'empare de tout mon être, une grande bouffée douloureuse d'amour.

« Tu veux de la soupe ? propose Sully à Chase. J'en ai fait des tonnes et Ruth… n'a pas très faim. »

Chase regarde le bol qui refroidit sur la table. « Moi non plus, je n'ai pas faim. » Il veut dire *pas faim* en général, à mon avis. « Mais je veux bien un verre d'eau. »

Sully lui en sert un, le pose devant lui.

« Alors, on en est où ? » demande Chase en s'étirant. Il a l'air d'avoir très peu dormi, mais on dirait qu'il aborde sa semaine comme s'il se préparait à une grosse compétition.

« Je me heurte à un mur, répond Sully en me regardant d'un air coupable.

— Des empreintes sur la boîte de café ?

— On l'a examinée, et les empreintes d'Alex s'y trouvent, mais les nôtres aussi. Elle pourrait affirmer que c'est nous qui l'avons volontairement déplacée. Ou qu'elle l'a bougée sans savoir ce qu'il y avait dedans.

— Les sms et les messages ? » Chase boit son verre d'eau comme s'il avait passé plusieurs jours dans le désert.

« Rien de ce qu'Eli a dit ou fait n'incrimine personne. Il n'y a aucune mention spécifique de la drogue. Ce qui joue en faveur de Ruth, mais aussi d'Alex.

— Merde », dit Chase. Il repose la main sur mon genou. « Alors, qu'est-ce qu'on peut prouver ? L'avortement ?

— Oui. Mais évidemment, ça n'est pas un crime. Ni qu'elle t'ait menti à son sujet, Chase. C'est une question purement privée.

— L'agression sur Eli ? » demande Chase.

Sully hausse les épaules. « Ça va être dur à prouver. La parole d'un criminel reconnu contre la sienne. Mais on garde cette accusation sur la table, juste pour l'énerver. »

Chase soupire. J'observe le côté de sa tête, le regard flou, comme si j'étais hors de mon corps.

« J'ai une question, reprend Chase, qui est peut-être idiote, mais… Est-ce que toutes les drogues se ressemblent ? »

Sully fronce les sourcils. Un gouffre sépare leurs expériences de la vie. « Pas vraiment, Chase, dit-il doucement, comme s'il parlait à un enfant.

— C'est seulement que… Alex a parlé de cette affaire, à son travail, où il est question de cocaïne. Et d'un bébé, aussi. Et il y a quelque chose là-dedans qui me paraît bizarre.

— Quelle affaire ? » Les bras croisés de Sully sur sa poitrine se crispent. « Elle te l'a dit ?

— Le bébé s'appelle Buster. Buster Floyd, je crois. Elle en parlait d'une manière… vraiment étrange. »

Sully s'avance et s'assoit avec nous. « Je connais cette affaire Floyd. J'étais au tribunal quand Morris l'a présentée au juge. Les parents sont en difficulté mais oui, c'est la présence de drogue qui a fait basculer la décision. » Il cesse de pianoter sur la table. « Et jusqu'au bout, ils ont juré qu'ils n'étaient pas au courant pour cette drogue. Ils ont juré qu'ils n'y touchaient plus.

— Tu ne veux pas dire… » Chase ne finit pas sa phrase.

Mais la respiration de Sully s'accélère ; il retrouve de l'énergie. « Même si c'était ça, ce serait presque impossible à prouver. N'est-ce pas ? »

Je regarde Chase puis Sully, sourcils levés.

« Vous avez encore la boîte d'Eli au commissariat ? » demandé-je. Pour la première fois depuis neuf jours, le brouillard se lève sous mon crâne. « Quand je suis arrivée ici, il y avait dedans dix mille dollars en rouleaux de billets, et exactement vingt-quatre onces de coke divisées en sachets valant dix dollars chacun. » Chase et Sully me fixent tous deux. « C'était une quantité très précise. Que reste-t-il dans la boîte, maintenant ? »

Sully écarquille les yeux. « Moins que ça, je pense. Je veux dire, tout l'argent y est. Mais… Bon sang, il faudrait que je relise le rapport. » Il se lève, puis se rassoit aussitôt. « Ruth, auprès de qui Eli se fournit-il ? »

J'hésite.

« Allez, Ruth. Tu n'auras pas d'ennuis, dit Sully.

— Un type à Philadelphie.

— OK, c'est un début. C'est bien. » Il se relève, vérifie dans sa poche qu'il a ses clés de voiture. « Je peux me servir de ça. Eli se montrera peut-être un peu plus bavard. » Il nous regarde en hésitant. « Je retourne au commissariat. On se retrouve ce soir ici ?

— Ça me va », répond Chase. Il se lève à demi, me regarde comme s'il voulait peut-être me reprendre dans ses bras.

« Tu peux amener Will la prochaine fois que tu reviens ? dis-je en lui serrant brièvement la main. Tu peux raconter à Alex que tu l'emmènes faire un tour et l'amener ici ? » Je sais que ma voix est trop aiguë. Je ne peux pas me contrôler.

« Tu sais bien que non. » Chase se mord la lèvre.

« Il faut que ces visites soient autorisées, Ruth, dit doucement Sully. On fait tout notre possible.

— La seule chose qu'elle me laissera faire, c'est de rester avec Will à l'appartement pendant que vous aurez votre réunion de conciliation, dans trois semaines.

— C'est dans trop longtemps, dis-je.

— Accroche-toi, Ruth. » Le ton de Sully semble plus confiant maintenant qu'il y a une heure. « On va récupérer ton fils. »

***

Il est dix-sept heures quand Sully rentre. Ça fait des heures que j'attends dans son salon avec la télévision allumée, même si je ne sais pas très bien ce que je regarde. La plupart du temps, j'ai fixé un bout de mur au-dessus de l'écran, ou bien j'ai regardé la clôture des voisins, qu'ils commencent à décorer pour Halloween, ce jour où les familles célèbrent squelettes, goules, déguisements et artifices comme si rien de tout ça ne pouvait s'insinuer en elles.

Quand Sully entre en coup de vent, Gravy qui dormait à mes pieds se réveille et sa queue bat sur le plancher. Puis elle entame le long processus qui consiste à se lever. Sully porte une énorme boîte de pizza et par-dessus, coincées sous son pouce, des feuilles de papier blanc. Probablement le reçu de sa commande. Il éteint la télé, pose le carton de pizza sur le canapé et s'accroupit face à moi, sans s'être déchaussé ni avoir ôté son blouson.

« Quoi ? dis-je. Qu'est-ce qu'il y a ?

— J'ai deux choses à te dire. » Ses yeux bruns ont la couleur du chêne. « Un : je suis vraiment désolé d'être tombé amoureux de ta sœur. Ça a complètement obscurci mon jugement.

— Je sais. Je t'ai déjà dit que ça n'était pas ta faute.

— Et deux : regarde ce que j'ai trouvé », ajoute-t-il en me tendant les feuilles de papier posées sur la boîte de pizza.

Je les déplie en tremblant, les parcours aussi vite que je peux. Ce sont des documents qui semblent officiels, médicaux, avec un en-tête et des données imprimées au-dessous. « Qu'est-ce que c'est que ça ? »

Il me donne un coup de poing sur le genou en signe de – minuscule – triomphe. « C'est la solution, Ruth ! On n'en est qu'au début, mais ça pourrait bien tout changer. »

Alex

Chase ne s'est jamais autant intéressé à mon travail. Depuis qu'il s'est excusé, la semaine dernière, de ne pas avoir compris ce que je faisais, il me bombarde de questions sur les différentes affaires et sur les procédures. Je fais un peu plus attention à ce que je lui raconte parce que c'est confidentiel, tout d'abord, mais aussi parce que je dois être prudente. Il a beau être inoffensif, il pourrait commettre une maladresse qui gâcherait tout. Mais j'apprécie qu'il s'investisse. Il lui a fallu du temps.

Quand il est à l'appartement, il est aussi extrêmement attentif à Will, mais il s'est intéressé à la grossesse de Ruth avec une obsession quasi-paternelle depuis le début : ce n'est probablement que le prolongement de tout ça. S'il me demande de sortir seul avec Will, je refuse. Même si les exigences de cette maternité nouvelle m'ont quelque peu épuisée, je ne veux pas quitter cet enfant des yeux. S'il doit sortir, c'est moi qui l'emmènerai dehors.

Mais le loft est silencieux, maintenant que Chase recommence à avoir du travail. Il doit assister à des réunions à Snow Ridge avec des clients d'autres stations de ski, et je n'ai plus à aller au bureau. Morris m'a signé un congé d'un mois le jour même où il a placé Will ici.

« À partir de maintenant, nous t'employons comme mère nourricière, Alex. C'est ça, ton nouveau job. Et, entre nous soit dit, tu risques de trouver que c'est plus qu'un boulot à plein temps.

— Et mes affaires en cours ? ai-je demandé sans entendre son avertissement.

— Minerva ou les autres s'en occuperont. »

Je lui ai fait promettre de surveiller toutes les décisions que Minerva prendrait. Et depuis, je me suis plongée à corps perdu dans cette tâche essentielle qui consiste à devenir parent. Jour et nuit, ça ne s'arrête jamais, comme il se doit si on s'en acquitte correctement. Il y a énormément de choses à laver – grenouillères, biberons, langes – et j'ai les phalanges à vif à force d'eau et de savon. J'arrive à dormir par épisodes de deux heures, la nuit, mais je suis certaine que ce manque de sommeil ne durera pas. Will est un bébé difficile, affamé, agité, inconsolable parfois et Chase, qui est derrière mon épaule et celle de Will presque toute la journée quand il est là, brille par son absence durant la nuit.

Nous formons une équipe soudée, Will et moi. Je me suis installée au salon. Mon lit est désormais exactement là où était celui de Ruth, le berceau de Will est juste à côté de la table basse. Je passe les nuits avec lui dans les bras, à faire les cent pas dans la pièce, à regarder le ciel noir par la fenêtre. La maternité est un privilège. Que j'ai bien mérité.

Morris passe chaque semaine m'apporter le lait maternel que Ruth lui confie, comme le fait tout bon travailleur social avec un nouveau-né qu'il a fait retirer à la garde de sa mère. C'est un tapis roulant sans fin qui m'approvisionne en lait dont je me débarrasse dès que Morris a tourné les talons. Je ne peux même pas en supporter l'odeur quand je le vide dans l'évier.

« Peut-on envisager des visites ? » Morris me pose la question à chaque fois qu'il vient, cette semaine comme les précédentes. Il est assis sur le canapé, entouré de minuscules chaussettes et de linge sale, à boire son thé tiède pendant que je reste debout, Will dans les bras. « Le bébé a trois semaines, maintenant. Tu penses qu'on est prêts à organiser quelque chose avec sa maman ? »

Je voudrais qu'il cesse de me poser la question. Et qu'il cesse de dire « on » comme si nous étions une sorte d'équipe. Et qu'il ne parle pas de Ruth comme de « sa maman ».

« Morris, ce n'est pas une bonne idée, ces visites. Tu sais comment est ma sœur. Tu l'as vue. Elle n'a pas changé d'un seul coup.

— Non, mais elle… elle a l'air de bien s'en sortir. Tu sais, avec les aides appropriées. Et le protocole veut que les mères biologiques aient droit à voir…

— Je connais le règlement, Morris, mais il ne s'applique pas si la mère biologique est dangereuse. Si elle est impliquée dans – tu sais – *un trafic de drogue*. Ou si le père de l'enfant est un ex-taulard violent qui n'a pas respecté les conditions de sa liberté sous caution. Tu as oublié ce qui fait qu'on leur a retiré la garde de Will ?

— Non. » Morris repose sa tasse, se passe la langue sur les dents. « D'accord, tu as sans doute raison. Dans des cas extrêmes, on peut toujours argumenter que…

— C'est un cas extrême ! Ne te laisse pas culpabiliser par Ruth.

— Mais Sully insiste lourdement. Il prend son parti.

— Eh bien ne le laisse pas faire ! » Je suis furieuse de savoir que Sully a installé Ruth chez lui, de savoir que c'est lui qui la soutient. Je dois bien admettre que je n'ai pas vu le coup venir, mais j'aurais dû m'en douter. Il aime être le chevalier blanc, Ruth est la vraie demoiselle en détresse. J'ai essayé de contacter Sully par sms, mais il ne répond plus qu'à un message sur dix.

Désolé, je ne peux pas te parler maintenant, je suis en plein boulot.

Ce n'est pas grave. Ruth peut bien l'avoir. J'ai ce qu'il me faut, maintenant.

Sur le canapé, Morris se tortille inconfortablement, ôte une chaussette de sous sa cuisse. « Tu dors bien, Alex ? Tu as l'air crevée. Et si je peux me permettre, pourquoi as-tu installé ta chambre ici ? Tout va bien entre Chase et toi ?

— Mais oui, tout va bien. » Je me dandine, sautille d'un pied sur l'autre. Pourquoi Will n'a-t-il pas envie de dormir un peu ? Il vient d'avoir son biberon de lait maternisé.

« Alex, si tes conditions de vie changent un tant soit peu, il faut le signaler officiellement. L'Aide à l'enfance doit être au courant. Il faut que nous approuvions une nouvelle résidence.

— Mais je ne déménage pas, bon sang. Pourquoi m'en irais-je ? » Je lève les yeux au ciel entre deux balancements, mais Morris ne s'en aperçoit pas.

« La réunion familiale est prévue pour la semaine prochaine, poursuit-il. Elle risque d'être un peu compliquée. »

Je cesse de me balancer. « Pourquoi dis-tu ça ?

— Eh bien la police n'a rien trouvé en perquisitionnant l'appartement, pas de drogue. Eli Beck refuse de donner la moindre indication sur la nature de ses relations actuelles avec ta sœur. Ce qui signifie que nous ne pouvons pas prouver son intention d'assumer le rôle de co-parent. En fait, il a même paru étonné que Ruth ait pu être enceinte.

— Ils sont ensemble, rétorqué-je en m'asseyant et en balançant sur mon genou Will qui se met à pleurer. Eli est bien ici, n'est-ce pas ? Je veux dire, il est en garde à vue ici, dans notre ville. Ils sont ensemble, et il est violent.

— Justement, il y a autre chose. » Morris change de position, mal à l'aise, dans le canapé. « Il est ici, c'est vrai, mais j'ai entendu dire que Beck allait déposer une contre-plainte. À propos d'une agression, ici, dans cet appartement. Bien sûr, elle ne repose probablement sur rien, et on essaiera de la rejeter, mais…

— Mais quoi ? » Je donne mon doigt à téter à Will pour qu'il cesse de s'agiter.

« Ça risque d'être notre parole contre la sienne. »

Je ris, mais n'arrive à produire qu'un son aigu par-dessus les vociférations de Will. « Tu crois que le juge préférera la parole d'un criminel condamné à la mienne ?

— Je ne sais pas. Je ne peux pas dire sur quel juge on va tomber. Avec de la chance, ce sera Vickers, mais… Écoute, est-ce que tout va bien ? Y a-t-il quelque chose que je puisse faire pour t'aider ? Ne serait-ce qu'un peu ? » Morris se lève, tend les bras vers le bébé, mais je me détourne et je m'écarte de deux pas.

« Non, ça va. J'ai la situation en main. J'étais faite pour ça. »

Morris attend, m'observe. « Si tu as besoin de répit, Alex, tu peux le dire. Des budgets ont été débloqués pour des situations comme celle-là.

— Je n'en ai pas besoin. Je me débrouille parfaitement bien.

— D'accord, d'accord, OK. » Il jette un œil à sa montre. « Je vais me sauver, alors. Je t'ai donné les bouteilles de lait maternel, il me semble ? Tu devrais les mettre au frais.

— Je vais m'en occuper.

— On se voit au bureau pour la réunion, la semaine prochaine. » Il boutonne son manteau. « Ça va se passer comme d'habitude, j'en suis sûr. Je ne voulais pas t'inquiéter. Tout va bien se dérouler.

— Je sais. »

Morris se dirige vers la porte. Je ne le raccompagne pas.

***

Je suis debout et il est trois heures du matin. C'est comme si Will avait entendu tout ce que Morris a dit un peu plus tôt et avait décidé de me mettre un peu plus sous pression. Je vais et je viens devant la baie vitrée. Dehors, le ciel est noir et mystérieux. J'ai réchauffé au micro-ondes du lait maternisé pour Will mais quand il tête son biberon, ses petites narines se dilatent un instant – signe qu'il est malheureux. Bon, c'est le milieu de la nuit, qui ne serait pas malheureux ? Je réprime un bâillement et tourne le regard vers la chambre, où Chase dort profondément.

« Allez, Will, dis-je. Tu as faim. Il faut que tu manges. »

Il s'accroche à cette foutue pince à linge. Elle la lui a donnée pour se moquer de moi, même si lui laisser dans la main est un des meilleurs moyens de le calmer quand il pleure. Je hais cette chose, mais à chaque fois que j'essaie de la lui prendre, ses doigts minuscules ne font que se resserrer un peu plus.

Je l'observe, et il recrache la tétine du biberon. Quand j'essaie de lui remettre dans la bouche, il détourne la tête et le lait artificiel laisse une traînée jaune sur sa joue. Il est obstiné, son petit cou se tord, alors je le tiens assis et je lui tapote le dos un moment. La lumière qui nous entoure est faible, et je me sens presque délirer. Combien de temps ça va-t-il durer ? Tout à coup, j'entends des pas devant notre porte. Quelqu'un frappe doucement. Qui ça peut-il être à cette heure ? Sully, qui viendrait me dire qu'en fin de compte, il est de mon côté ?

Je me lève, Will toujours dans les bras. Mais quand j'ouvre la porte, c'est Ruth qui est là sur le paillasson, les orbites sombres creusées de chagrin. Elle est si maigre qu'elle est presque méconnaissable. En trois semaines, elle a fondu, comme une chandelle dont il ne reste plus que la mèche. Elle a le teint terreux et les cheveux sales. C'est la véritable Ruth ; un épouvantail, dans toute sa déchéance.

« Tu n'as pas le droit de venir ici, dis-je. Au milieu de la nuit, ce n'est pas une visite autorisée.

— Bonjour, dit-elle gentiment, comme en extase, et il me faut une seconde pour comprendre que ce n'est pas à moi qu'elle parle. Bonjour, mon petit ourson. »

Je tiens Will comme un objet en vitrine, et leurs deux regards se sont trouvés. Je me mets de profil pour rompre ce contact.

« Qu'est-ce que tu veux, Ruth ? La réunion est dans sept jours. Tu pourras exposer tes griefs à ce moment-là.

— C'est toi qui aura matière à te plaindre, murmure-t-elle comme anesthésiée, hypnotisée.

— Qu'est-ce que tu veux dire ? De quoi parles-tu, Ruth ? Et qu'est-ce que tu as fait de la drogue ?

— Quelle drogue ? Je croyais que tu n'étais pas au courant de son existence ? »

Elle essaie de faire un pas dans l'appartement, mais je bloque la porte du pied.

« Tu n'as pas le droit d'être ici. Tu le sais très bien. »

Elle n'arrive pas à détacher son regard de Will. Elle tend la main gauche vers son genou.

« Ne le touche pas ! »

Sur le seuil, elle essaie de se redresser. « Sully est un homme bon, tu avais raison là-dessus. Et un très bon enquêteur. »

C'est une menace, je le sais. « Tais-toi, dis-je. Tu bluffes. Et tu es foutue. Ruth, tu crois que les flics me font peur ? »

J'écarte un peu plus Will de son champ de vision. « Parlons plutôt de ce que moi, j'ai le pouvoir de faire. Je travaille à la protection de l'enfance. Je peux faire retirer la garde d'un enfant à n'importe qui *–n'importe qui venu de n'importe où*. Même ma propre sœur. »

Elle est immobile et se tait, à présent. Se yeux ont rougi. « Mais qu'est-ce qui ne va pas, chez toi ?

— Chez moi ? Regarde plutôt dans le miroir, sœurette.

— Je t'ai protégée après la mort de Pim. Je ne voulais pas que tu en portes la responsabilité. Tu avais huit ans, tu étais gentille, tu étais ma petite sœur. Et je t'ai protégée à nouveau quand tu es tombée enceinte. Je t'ai laissée mentir impunément. J'ai fui notre famille pour que tu puisses y rester. Mais tu sais ce que j'ai compris, maintenant ? » Elle s'étrangle sur les mots, les crache comme des mucosités. « Que j'aurais dû te laisser te débrouiller toute seule.

— Je t'emmerde ! » Nous nous taisons toutes les deux. Je sens mon cœur cogner dans ma poitrine. Puis je reprends un peu d'assurance et trouve d'autres mots, onctueux et sucrés : « C'est gentil, n'est-ce pas, Will ? Elle est vraiment attentionnée, hein ? Ta tante que tu n'as pas vue depuis longtemps… » Je lui donne un baiser léger sur le front. « Heureusement qu'elle ne sera jamais ta vraie mère. »

Je fais un pas en avant et je referme la porte au nez de Ruth, puis je tire le verrou. Je reviens au salon. De la chambre de Chase, pas un son ne sort. Il a réussi à dormir pendant tout l'épisode.

Je remets Will dans son berceau, près du canapé, et j'étends sa couverture sur lui. Il me fixe de ses yeux sombres plongés dans les miens. Je connais ce visage mais je m'arrache à ce souvenir. Je ne veux pas retourner là-bas. Pim est mort.

« Arrête ça », dis-je. Mais il ne s'arrête pas. Je lui retire avec difficulté la pince à linge qu'il a à la main, et je la jette au sol. Puis je me détourne de lui, j'enfouis la figure dans mon oreiller et j'essaie de dormir.

Ruth

Sept jours plus tard, Sully me conduit jusqu'au bâtiment de l'Aide à l'enfance pour participer à la réunion. Nous prenons sans mot dire l'ascenseur qui grince et j'ai l'estomac noué. Une fois arrivés à la réception, cruellement colorée, Morris nous fait entrer dans la salle de conférence, puis se précipite pour tirer des rideaux de vinyle poussiéreux devant un immense tableau blanc qui orne tout un mur. Avant qu'il les referme, j'aperçois quelques noms qui y sont inscrits. D'autres enfants qu'on a retirés à leurs parents. Je suis extrêmement mal à l'aise.

« Excusez-moi un instant, dit Morris. Je vais aller chercher Minerva et Alex. »

« Ils ne vont pas être longs », m'assure Sully une fois Morris sorti. Il a insisté pour m'accompagner à cette réunion, m'a réveillée tôt, s'est assuré que je portais des vêtements repassés. Il me tend une barre de céréales qu'il a achetée au distributeur.

Je fixe la friandise, mais mes tripes remuent comme des anguilles. « Sully, et s'ils ne me le rendaient pas ? » Je me souviens de Will contre le sein d'Alex, à la porte, les yeux écarquillés, terrifié. C'était il y a une semaine. C'est mon enfant. Il a besoin de moi, et moi de lui. De plus, je suis tout à fait capable d'en prendre soin. N'y a-t-il que moi qui sois capable de le voir ?

« Essaye de rester optimiste, Ruth. On va vite savoir. »

Mais Alex a maquillé les cartes. Elle a toujours été tricheuse, et je me demande quel atout elle a pu garder dans sa manche, cette fois.

Sully sort le dossier sur lequel il travaille depuis deux semaines et le pose sur la table.

« Tu crois vraiment qu'on a tout ce qu'il faut ? » J'étais confiante, jusqu'ici. Sully m'avait persuadée que nous étions vraiment tranquilles. Mais c'est l'heure de vérité et je suis au bord de vomir sur la moquette.

Sully s'apprête à répondre, mais le retour de Morris et de Minerva l'en empêche. Ils entrent exactement comme quand ils ont fait irruption dans ma chambre d'hôpital. Morris en tête, la cravate de travers, et Minerva derrière. Il prend un siège face à nous. Elle l'imite.

« Désolé de vous avoir fait attendre, dit-il. Laissez-moi vous présenter à nouveau Minerva Cummins, mais vous devez vous souvenir de nous, j'en suis sûr.

— Bien sûr que oui », réponds-je. Ils sont venus faucher ce qui était ma vie : je n'oublierai jamais leurs visages, jamais.

« Agent Mills, on ne m'avait pas prévenu que vous assistiez à cette réunion.

— Je suis venu uniquement pour Ruth », dit Sully qui pose une main bienveillante sur la mienne. Minerva suit son geste du regard, et je me demande brièvement si toutes celles qui travaillent dans le service d'Alex sont amoureuses de Sully.

« Où est Alex ? » demandé-je.

Morris sourit d'un air contrit. « Elle est en route. Elle sera un peu en retard, ce matin.

— Bon », dit Sully.

Je hoche la tête. Le fait-elle exprès, pour s'assurer une entrée théâtrale ? Va-t-elle venir avec mon bébé ou va-t-elle le laisser à la maison avec Chase ?

Sully me donne un petit coup de coude et je reviens à ce que Morris est en train de dire. « ... Je sais que ça a été un mois pénible. Mais nous sommes tous ici pour essayer de déterminer le meilleur avenir possible pour Will.

— Rendez-le moi, alors.

— Parfois, la meilleure solution pour un enfant n'est pas toujours ce qu'un parent naturel peut... » commence Morris, mais je ne l'entends plus car Alex entre soudain, toute agitée, dans la salle. Elle est seule. Sans Chase. Et sans Will. Je la dévisage d'un œil noir. La dernière fois que je l'ai vue, elle m'a claqué la porte au nez.

« Désolée, dit-elle. Je n'ai pas dormi de la nuit et... » Elle s'interrompt en voyant Sully. « J'ai travaillé dur. Pour protéger ceux que je peux protéger. »

Sully soutient son regard, mais reste imperturbable.

« Bon, maintenant que tout le monde est là, reprend Morris en posant les mains à plat sur la table, résumons la situation telle qu'elle est. Comme vous le savez, il a été mis en lumière des inquiétudes quant à la sécurité de Will Van Ness. »

De l'autre côté de la table, je vois ma sœur, travailleuse à la protection de l'enfance, opérer comme bon lui semble, abusant de son pouvoir. Je ne ressens envers elle que tristesse et colère. Mais elle est paisiblement assise, comme protégée par un bouclier invisible. Comment en sommes-nous arrivées là ?

« Dans le mois qui s'est écoulé, Minerva et moi avons pu recueillir des informations supplémentaires sur Eli Beck, le père supposé de Will – d'ailleurs, agent Mills, vos services nous ont été très précieux en cela.

— Eli Beck a un casier judiciaire conséquent, dit Sully. Ce n'est pas un secret.

— Non, mais le problème réside dans les liens qu'il entretient avec Mme Van Ness, répond Morris. Nous ne pouvons en toute bonne foi affirmer qu'un enfant est en sûreté en étant si proche d'un criminel reconnu.

— Il n'a rien de proche, dis-je. J'ai quitté Eli en quittant Pittsburgh.

— Vraiment ? » intervient Alex. Je dois me forcer à ne pas bondir par-dessus la table pour la frapper.

« Nous avons examiné les relevés téléphoniques, poursuit Morris, et ce contact existe bel et bien.

— Un contact de quelle nature ? demande Sully.

— Je n'ai répondu à aucun de ses coups de fil. Je lui ai envoyé des sms, mais c'était pour qu'il ne m'approche pas. » À côté de moi, Sully reste calme. Il m'incite à rester aussi calme que lui.

« Il y a aussi cette histoire de drogue, poursuit Morris en changeant d'angle. Celle qu'a cachée Ruth dans l'appartement de sa sœur. »

Alex garde les mains bien posées sur la table. Impossible d'y déceler le moindre tremblement.

Sully intervient. « La drogue en question est aux mains de la police. Bien que Mme Van Ness ait reconnu l'avoir cachée initialement, elle l'a remise aux autorités volontairement. La drogue a été officiellement signalée et saisie.

— Quoi ? » Alex bondit sur sa chaise.

À côté de moi, Sully, imperturbable, ouvre son dossier. « Le cinq septembre, Ruth Van Ness, accompagnée de Chase Kennedy, a remis de son propre chef à la police une certaine quantité de drogue et d'argent liquide. Ils ne lui appartenaient pas, et elle n'en voulait pas. Elle a également été très obligeante et coopérative en témoignant contre un criminel reconnu, Eli Beck. En cela, elle a eu un comportement tout à fait responsable, Morris, et pas du tout criminel. C'est une autre personne qui a agi illégalement et de façon mensongère. »

Je regarde le profil de Sully. Il excelle à ce jeu-là. Je n'ai encore jamais eu quelqu'un pour me défendre ainsi.

« Quand on saisit de la drogue, continue Sully, on établit un rapport décrivant comment la police en a eu possession. C'est moi qui ai écrit le rapport sur cette drogue saisie, Morris. J'ai pris la liberté de vous en apporter une copie aujourd'hui. » Il fait glisser la première de ses feuilles de papier blanc sur la table. « Vous le verrez, mon rapport sur la saisie de cette drogue est fidèle à ce que je viens de vous dire.

« Ruth nous a remis la boîte juste avant son accouchement. La boîte n'était pas là où elle l'avait cachée chez Alex et Chase. Mais elle l'a retrouvée. Tout est dans le rapport. » Sully tambourine des doigts sur les papiers posés devant lui. « La drogue était dans un conduit d'aération de ta chambre, Alex. Chase Kennedy a fait une déposition officielle le confirmant, puisqu'il était avec Ruth quand elle l'a retrouvée. Ce qui est étrange, cependant, c'est que Ruth affirme que la drogue n'était pas là où elle l'avait mise au départ. Et que Chase n'avait jamais vu cette boîte avant. »

Alex me regarde. Elle sait que je suis la seule à avoir pu indiquer cette cachette à Chase.

Sully poursuit. « C'est toi, Alex, qui m'as parlé la première de cette drogue. Est-ce toi qui l'as déplacée ? Et si oui, pourquoi ? Eli Beck est venu à ton appartement, à la poursuite de ta sœur parce qu'elle l'avait fui. Durant cette visite, tu l'as blessé avec un couteau de cuisine. Il a fait une déposition sous serment en ce sens. Les légistes ont retrouvé des particules de son sang dans ton entrée. Et pourtant, Ruth et Chase affirment ne rien savoir de cet affrontement.

— Mais qu'est-ce que tu fais ici, d'abord ? Tu as installé Ruth chez toi. Pourquoi ? Alors que tu sais qu'Eli et elle sont des délinquants. Alors que…

— Il est ici pour Ruth », dit Minerva d'une voix égale. Sa bouche s'arrondit légèrement. « C'est ce qu'il a expliqué.

— Et je suis ici officiellement. Moi aussi, j'ai travaillé dur, Alex. À protéger ceux que je peux protéger. » Il sort les deux dernières feuilles de papier blanc, des rapports de laboratoire. « Quand notre département saisit de la drogue, nous en faisons faire une analyse toxicologique. C'est la procédure habituelle. Nous avons saisi deux lots de la même drogue à un mois d'intervalle – l'un au domicile des Floyd, l'autre au domicile de Chase Kennedy. J'ai repris les deux analyses. Et je les ai comparées. »

Un éclair d'incrédulité traverse le visage d'Alex. Elle avait le même air quand, gamines, nous jouions au Monopoly et qu'elle comprenait que son empire s'effondrait.

« La cocaïne est comme une empreinte digitale. Chaque lot contient des additifs qui le rendent unique. En réalité, ça nous aide dans nos enquêtes car on peut souvent remonter à l'origine du lot en question. » Sully pousse ses feuilles de papier vers Morris, qui s'en saisit et les parcourt. « Benzocaïne, ajoute Sully en indiquant une analyse, puis l'autre. C'est un anesthésique. Il est rare d'en voir sous forme de poudre, rare d'en voir tout court, en fait. Mais ici, il y en a dans les deux lots – dans la drogue que Ruth nous a remise et dans la petite quantité retrouvée au domicile des Floyd. Et ça m'a vraiment interpellé. »

Alex est livide.

On dirait que Morris vient de recevoir une gifle. « Je suis désolé... Tout ça est nouveau pour moi. Vous dites que...

— Je dis que la drogue que Ruth Van Ness m'a remise *provient bien du même lot* que celle retrouvée chez les Floyd, la drogue qui a servi d'argument pour leur retirer la garde de leur enfant.

— Et alors ? Qu'est-ce que ça prouve ? Ça veut seulement dire qu'Eli Beck est leur dealer. On sait déjà qu'il est dans les parages. »

Sully se redresse sur son siège, fait face à ma sœur. « Eli Beck n'était très certainement pas dans le coin le vingt-quatre juillet quand Morris, Minerva et toi avez trouvé de la drogue chez les Floyd. J'ai la preuve irréfutable que ce jour-là, et les semaines qui ont précédé, il effectuait ses heures de travaux d'intérêt général à Pittsburgh et qu'il pointait chaque matin devant son contrôleur judiciaire. J'ai vérifié. » Sully continue à regarder ma sœur droit dans les yeux. « Pour autant que je sache, il n'y a qu'une seule personne qui ait eu accès à la fois à l'appartement de Chase Kennedy et au domicile des Floyd. Dis-moi, Alex, jusqu'où es-tu prête à aller pour protéger un enfant ? »

Et c'est alors, alors seulement, tandis qu'Alex se recroqueville sur sa chaise, que je m'autorise un soupir de soulagement. Sully tend la main sous la table et me serre gentiment le bras. Ça arrive pour de vrai. Pour une fois, l'univers est de mon côté. Alex paye pour ce qu'elle a fait. Et moi ? Je vais peut-être réellement retrouver mon bébé.

Alex

J'ai le cerveau en feu mais si j'arrive à rester concentrée, tout va se dérouler comme prévu. Je le sais. Il me suffit de rester calme et lucide.

J'essaie de toutes mes forces de tout faire comme il le faut. Mais parfois, plus on vise quelque chose, moins on s'en approche. Parfois, on tend le bras, on l'allonge le plus possible mais on ne saisit que le vide. Et tout s'effondre.

« Alex, dit Sully, me rappelant au présent. Réponds à ma question. Jusqu'où irais-tu pour protéger un enfant ?

— Tu rigoles ou quoi ? dis-je. Les Floyd ont pu acheter cette coke à n'importe qui, pas nécessairement à cet Eli. Je ne suis pour rien là-dedans, sauf pour la confiscation, ce qui te dit exactement jusqu'où je pourrais aller pour protéger un enfant : aussi loin que je le peux. » Je lui crache pratiquement ces derniers mots à la figure. Je le hais, je hais cet homme pour qui j'ai eu des sentiments ; encore un traître dans mon entourage, encore un qui me laisse tomber.

« Alex, il y a tes empreintes sur les sachets confisqués chez les Floyd. » Sully croise les bras sur sa poitrine. « Mais pas celles des Floyd. Tu peux dire ce que tu veux. »

Morris a toujours les analyses de laboratoire à la main. Il est aussi blanc que le papier. « Alex, qu'est-ce qui t'a pris ?

— Morris, tu sais de quel côté je suis. *Tu le sais.*

— Tu… tu as caché de la drogue chez les Floyd ? » demande Minerva.

Elle a les yeux mouillés. Sa faiblesse me donne la nausée. Je lève les yeux au ciel.

« Oh, ta gueule, Minerva ! Tu n'as jamais pris ce boulot vraiment au sérieux. Si on faisait les choses à ta manière, on perdrait des gamins de tous les côtés. »

Elle me fusille du regard et, comme il fallait s'y attendre, se met à pleurer. « Comment oses-tu ? dit-elle. Evelyn Floyd en a assez enduré comme ça. Je n'arrive pas à croire que tu lui aies fait ça. C'est inimaginable ! »

Comme si nous étions tous censés croire que Minerva se souciait vraiment d'Evelyn ou de son fils. Mais moi, je m'en suis occupée. Minerva est irrécupérable, depuis toujours. C'est Morris qui va me soutenir. Je me tourne vers lui.

« Morris, dans ce boulot, sauver une personne revient toujours à en blesser une autre, dis-je. Les problèmes s'emboîtent les uns dans les autres comme… comme des poupées russes. On ne peut pas en fermer une sans en ouvrir une autre. Nous, les travailleurs sociaux, savons ça. On sait que ce qui compte le plus, c'est de protéger les enfants, et que ça doit compter plus que tout le reste.

— Plus que la légalité ? demande Sully.

— Plus que la vérité ? » ajoute Morris.

Je serre les dents. Je pense à Will, à sa petite main étreignant cette pince à linge idiote. Je veux rentrer chez moi. Je veux m'ensevelir dans son odeur toute neuve, celle d'une nouvelle chance. Bientôt. Bientôt j'y serai.

Morris me fusille du regard. Sans rien dire. Puis il va au fond de la pièce et tire les rideaux de vinyle derrière nous, dévoilant le grand tableau blanc des enfants que nous avons fait placer. « Y en a-t-il d'autres ? » demande-t-il. Son visage est devenu tout gris.

« Comment ça, d'autres ?

— D'autres cas où tu as toi-même dissimulé des éléments accusatoires, ce qui sape non seulement la sécurité des enfants et des familles, mais aussi l'essence même de notre travail ? » rugit-il. Toute la salle se fige. « Y a-t-il d'autres cas que ceux de Buster Floyd ou de Will Van Ness où tu as menti pour t'assurer que nous retirions ces enfants à leurs parents ? »

Nous nous dévisageons en silence.

« Réponds à la question, bon Dieu, Alex », dit Sully.

Mais la réponse n'est pas si simple. La vérité n'est jamais simple. Parce que la législation n'est pas à la hauteur. Les familles dysfonctionnelles se reproduisent sans fin alors que des familles normales perdent leurs enfants sans qu'elles en soient responsables le moins du monde. Ça nous est arrivé à Horizon. Ça arrive à chaque seconde de chaque jour.

Sully se lève, une paire de menottes à la ceinture. « Alexandra Van Ness, je vous arrête pour possession illégale d'une substance interdite et pour fabrication de preuves. Vous avez le droit de garder le silence. Tout ce que vous pourrez dire peut être retenu contre vous devant un tribunal. Vous avez droit à un avocat. Si vous ne pouvez pas vous payer un avocat, on vous en commettra un d'office.

— Je t'aimais, dis-je. Je croyais que tu étais de mon côté.

— Je pourrais dire exactement la même chose. » Sully me saisit le coude, me force à me lever.

« Ruth, dis-leur. Dis-leur la vérité. Dis-leur que je n'ai jamais cherché qu'à protéger Pim.

— Tu veux dire Will, Alex, c'est ça ? Will. Mon fils. »

Les yeux de Ruth s'emplissent de larmes mais je ne crois pas à ses pleurs. Je n'y ai jamais cru.

Et alors ? J'ai fait un lapsus. C'est bien compréhensible, vu mon stress et mon manque de sommeil. J'ai materné un enfant chaque minute, chaque heure du jour. Et qui aurait pu imaginer qu'ils se ressembleraient autant ?

« Cette fois, petite sœur, dit Ruth, je ne peux absolument rien faire pour t'aider. »

Sully est juste à côté de moi. Il se penche pour me passer les menottes.

« Quoi ? Qu'est-ce que tu fais ?

— C'est pour ton propre bien, Alex. »

Des visages d'enfants surgissent à mon esprit. Tous ceux que j'ai sauvés de familles horribles, tous ceux qui vont dépérir, maintenant que je ne serai plus là pour les secourir. Buster Floyd. Seigneur, ils vont le rendre à ses parents puants, bas du front, qui le gaveront de toxines et d'ignorance. Il étouffera dans leur saleté et leur misère.

« Morris, je suis ta meilleure assistante sociale. Tu le sais ! »

Mais c'est comme si je parlais ensevelie sous un grand poids : personne ne m'écoute. Je sens les mains de Sully me saisir les poignets, m'emmener. Il y a cinq semaines à peine, son contact m'électrisait. Maintenant, il est froid et détaché. Il me fait avancer vers la porte.

« Tu n'est pas ma meilleure assistante sociale, Alex, dit Morris. Tu es une usurpatrice. »

Minerva est restée assise, sa graisse déborde de la chaise. En passant, j'ai envie de lui arracher les cheveux, mais je n'en fais rien. Mais au moment où Sully me fait franchir le seuil, je bloque la porte du pied et je regarde Ruth droit dans les yeux.

« Je suis la sentinelle, dis-je. C'est mon rôle. » C'est celui qui m'a été dévolu quand Pim m'a tendu la pince à linge, et nous n'avons plus jamais changé de rôle.

Elle essuie une larme sur sa joue. Ma sœur me voit, voit ma souffrance, mais elle me laisse me débrouiller seule, comme toujours. Comme si nous étions encore à Horizon.

« Je suis la sentinelle », répété-je, plus doucement cette fois, tandis que Sully m'écarte de la porte et m'entraîne dans le couloir. Il n'y a rien d'autre à dire.

Ruth

Quand ils me rendent Will, c'est comme si on me rendait les battements de mon cœur. Je ne peux m'arrêter de pleurer. Mais je me sens plus vivante que depuis bien longtemps. Les semaines suivantes, nous nous promenons dans les rues de Moses River ; son petit corps chaudement emmailloté contre moi est comme une petite prune. Octobre touche à sa fin. La météo s'accroche à une sentimentalité dorée, tout s'intensifie et s'adoucit à la fois.

La plupart du temps, je m'arrête au Lovin' Oven, la boulangerie. Will y est une vedette, et la propriétaire a l'air de bien m'aimer. *Mon boulanger est encore parti faire du VTT*, me dit-elle souvent, enveloppée d'un nuage de farine. *Quand est-ce que tu viens travailler chez moi ?* Je ne sais pas si elle est sérieuse ou non. Will entend la petite clochette au-dessus de la porte et cligne de ses yeux noisette dans sa direction quand nous entrons. J'aime aller avec lui dans cet endroit quand je manque de sommeil – non que ça me dérange, et je ne changerais rien à ma situation. À la garderie, certaines se plaignent constamment de devoir se relever deux fois dans la nuit. Je les comprends, et j'approuve parfois en riant, mais je ne leur dis pas qu'en réalité elles ont beaucoup de chance, que ce manque de sommeil est une bénédiction et que j'ai failli en être totalement privée. À trois heures du matin, quand je suis avec Will, la lumière qui nous enveloppe est spectrale, argentée, comme un métal précieux qui ne serait qu'à nous. *Me voilà*, me dis-je en lui donnant le sein, *je suis vraiment une mère, maintenant.* Soûlée de coups, mais je vais bien, maintenant.

Aujourd'hui, quand j'entre au Lovin' Oven, Sully est là, seul à une table, à lire un roman écorné en sirotant un café noir dans sa tasse, celle qui s'orne d'une photo de sa chienne. Je fouille un peu dans mes poches pour voir si j'ai de la monnaie. Je ne sais pas s'il aura envie de me parler mais quand je me retourne, il referme son livre. Il m'a vue. Évidemment.

« Salut. » Je le rejoins à sa table, sans m'asseoir. Ses cheveux sont un peu plus longs que la dernière fois que je l'ai vu, il y a trois semaines, quand il m'a aidée à charger mes affaires dans la voiture de Chase. Ça lui donne l'air un peu plus débraillé. « Ça fait un bail. »

Il acquiesce. « Comment vas-tu, Ruth ? Tu as l'air en forme. Tu veux t'asseoir une minute ? »

Je m'installe lentement sur le banc, de profil pour que Will ait aussi sa place. Sully incline la tête pour le contempler et sourit légèrement.

« De quoi parle ton livre ? » demandé-je, parce que je ne sais que dire d'autre. Nous avons traversé ensemble les pires moments de nos vies respectives, chacun a vu le cœur de l'autre se briser. Ç'a été trop dur pour nous rendre subitement primesautiers.

« C'est l'histoire d'un inconnu qui débarque dans une ville, dit-il avec un sourire un peu triste.

— Ah. » Un temps, puis : « Tu vas bien ?

— Oui, ça va. Alors tu vas rester dans le coin ? Tu vis où ?

— Dans une des maisons près du pont et du parc. Pas loin du loft de Chase. » Je marque un temps. « Mais ce n'est pas vraiment chez moi. C'est Morris qui me l'a trouvée ; le gouvernement paye une partie du loyer.

— Morris doit être paniqué à l'idée que tu ailles parler à la presse, dit Sully. Tu pourrais le faire, tu sais. »

Je hoche la tête. Je me suis posé la question. J'y songe même. Mais en cet instant, je dois penser à Will. Je dois d'abord prendre soin de lui.

Sully acquiesce, comme s'il avait entendu et suivi toutes mes pensées. « Et la maison est agréable ?

— Chase m'a aidée à choisir les tissus. Ils sont beaucoup trop jolis pour moi.

— Ne dis pas ça. Tu as bien mérité d'avoir quelques jolies choses à toi. »

Je rougis, sans vraiment savoir pourquoi. « Chase m'a aussi aidée à emménager. La maison est petite mais propre, neuve, simple. Je n'en reviens pas d'avoir une clé à moi.

— Tu vois ! » Les yeux tristes de Sully sourient. « Tout n'est plus aussi difficile qu'avant. »

Pendant que nous sirotons nos cafés, je me demande s'il a quelqu'un dans sa vie pour le serrer dans ses bras. Dans la mienne, maintenant, c'est Chase. Quand il est en ville, il passe de longs après-midi avec Will sur les genoux, à regarder du sport à la télévision. Comme avant. Presque.

« Et tu as… » Sully s'interrompt, distrait par quelqu'un dans mon dos. Quand je me retourne, je vois une femme avec un enfant, un petit garçon en chaussettes mais sans chaussures. Une traînée jaune indéfinissable a durci et séché sur le devant de son T-shirt. La femme est maigre, bien trop maigre, et son manteau empeste la nicotine.

« Evelyn Floyd », chuchote Sully. J'essaie de ne pas la fixer du regard ; cette inconnue sans qui je n'aurais peut-être pas retrouvé mon fils. Elle a un air tragiquement familier. J'ai croisé des femmes comme elle toute ma vie ; perdues, épuisées, qui boivent plus qu'elles ne mangent.

« Buster, dit-elle en courant derrière lui. Mets tes chaussures. Il y a des gens, tiens-toi bien. » Elle l'attrape et s'agenouille, l'aide à faire ses lacets. « Allez. *Vite un nœud... vite deux... une rosette ça tient mieux*[2], chantonne-t-elle. Alors, tu veux un cookie ou un muffin ? » Ils s'éloignent vers le fond de la boulangerie, là où sont les vitrines.

Je me retourne vers Sully en serrant Will un peu plus fort. « Elle fait de son mieux », dis-je.

Il hoche la tête.

« Je voulais te remercier, reprends-je au bout d'un moment, pour tout ce que tu as fait. Je n'aurais pas pu récupérer Will sans toi. »

Il fait tourner sa tasse sur la table. « Il n'y a pas de quoi. Une fois de temps en temps, les bons finissent par gagner. »

Je chipote mon scone sans rien dire.

« Tu as vu Alex ? demandé-je.

— Non. Elle attend son procès. Je ne pense pas que je puisse la voir. » Il en aurait le droit. Il veut dire qu'il n'en a pas la volonté.

« Ça ne fait rien, dis-je. Je doute qu'elle soit ravie de nous voir, toi ou moi. » Je ne sais pas pourquoi je me sens obligée de rendre visite à Alex, mais c'est le cas. Peut-être parce que j'essaie encore de prouver que je vaux quelque chose, ce qui est idiot, je le sais, puisque c'est moi qui suis en liberté alors qu'elle est dans les ennuis jusqu'au cou.

---

2 Emprunté à une *Fabulette* d'Anne Sylvestre, *Pour mettre ses chaussures*. (NdT)

Et plus seulement à cause de cette histoire de drogue, maintenant. Il y a d'autres accusations portées contre elle : détournement d'enfant, mise en danger, faux et usage de faux. Quand j'ai vu Morris pour remplir les papiers de ma demande de logement, il m'a dit que ça surgissait de partout. Les charges contre ma sœur sont chaque jour plus nombreuses. *Un vrai merdier*, a-t-il dit. Mais même après tout ce qu'Alex a fait, je ne lui souhaite pas ça.

« Tu n'as quand même pas envie d'aller la voir, si ? » Sully semble choqué. Et il n'a pas tort : pourquoi en redemander ? Ce serait du masochisme. Mais quelque chose de plus profond me ramène à elle : l'instinct, les liens du sang… c'est difficile à expliquer de l'extérieur. J'ai beau essayer de la haïr, je ne peux m'empêcher de l'aimer.

« Je la connais, dis-je. Je sais exactement pourquoi elle est comme elle est.

— C'est pour ça que tu as décidé de rester ? demande-t-il. À Moses River, je veux dire. »

Sur ma poitrine, Will roucoule tout doucement. *Je suis restée pour réparer les choses, pour guérir tous les maux. Pour être avec ma sœur.* Mais je ne dis rien de tout ça. Je me contente de hausser les épaules.

« Bon », dit Sully. Il avale sa salive, et nous restons là à fixer la table, absorbés un moment dans le passé. « Il y a quelque chose qui me travaille. » Il plante ses yeux dans les miens. « Alex a dit qu'elle était la sentinelle. Qu'est-ce qu'elle voulait dire ? C'est en rapport avec son travail ? »

J'embrasse Will sur l'arête du nez, rajuste la pince à linge de Pim sur la couverture qui l'emmaillote. « C'était son rôle dans un jeu, réponds-je. Le jeu de la sentinelle. Celui auquel nous jouions, petites, le jour où mon frère est mort. »

Je ne lui dirai pas que je suis sortie de ma cachette sous les arbres, ce jour-là, que j'ai vu Pim perché sur la benne de grain, ses petits orteils recroquevillés sur le rebord, la pince à linge en bois au creux de son poing. Ni que j'ai vu Alex au sommet de l'échelle, qui agitait le bras pour s'emparer de la pince, l'attraper, essayer de rester la sentinelle, hurler, si furieuse contre Pim qu'elle l'a poussé, violemment, et qu'il est tombé, tombé, tombé dans le grain avant de disparaître. J'aimerais pouvoir lui dire tout cela, mais je ne peux pas. Je ne le dirai pas. Parfois, les mots sont insuffisants – ou n'ont simplement aucune importance. Et même si être une sœur est une prison, comme ça l'a été pour moi, ça reste toujours, toujours, une forteresse.

Remerciements

En premier lieu, je tiens à remercier mes éditrices, Nita Pronovost et Sarah St. Pierre, qui m'ont aidée à sortir du labyrinthe de ce livre et n'ont cessé de me dire qu'il recelait de l'or. Écrire est sans aucun doute un travail collaboratif, et pourtant cela reste largement méconnu. Nita et Sarah, merci de m'avoir encouragée, et de me connaître suffisamment pour tirer le signal d'alarme quand j'en avais besoin.

Merci à mon agent, Carolyn Forde, dont l'honnêteté, le dévouement et la capacité sans faille à tout comprendre me rendent très heureuse de travailler avec elle, et me permettent même d'esquiver ces réceptions new-yorkaises auxquelles elle continue d'aller sans moi. Merci pour tout, comme toujours ; j'attends la suite avec plaisir.

Merci à la fantastique équipe de Simon & Schuster Canada, Adria Iwasutiak, ma géniale attachée de presse Rita Silva, Kevin Hanson, *et al.* Merci aussi à Jenny Chen et à l'équipe de Crooked Lane qui ont si bien compris ce livre.

J'ai eu besoin d'avis professionnels dans cette aventure et en les recueillant, j'ai compris combien beaucoup de femmes solides en première ligne occupent des emplois parmi les plus stressants au monde. Merci à Karen Scott, Lois Lien, Christine Watson, Shannon Thast, Paula Gummerson, Lisa Rutherglen, Lisa Schmidtke, Sophie McLean, Carrie Mowery et Susan Barth pour tout ce que vous m'avez raconté, pour toutes vos connaissances. J'ai un immense respect pour vous toutes – et si je me suis trompée quelque part, c'est moi qui ai mal interprété les choses.

Merci à Chevy Stevens pour son assistance 24 heures sur 24, 7 jours sur 7, fournie depuis 2017. Chevy, tu es une légende, mon amie, et JE T'ADORE. Regarde, je l'ai même écrit en majuscules.

Merci à Jo Histed, Sal Burdon, Sue Watt, Jonathan Watt, Robbie Nay, Kerry Elkins, Robyn Harding, Bertrand Pirel et ceux du premier cercle. Les écrivains ont besoin de gens en qui ils ont confiance, que ce soit d'autres écrivains, des lecteurs, des blogueurs, des amis ou des instagrammeurs : merci à tous ceux qui postent et hashtaguent pour me soutenir. Vous seriez épatés de voir à quel point un commentaire positif peut aider un auteur dans les moments de doute.

À l'Empire Coffee de Nelson, Colombie Britannique, où j'ai écrit presque tout ce roman, ignorant délibérément le panneau « Merci de ne pas camper devant votre ordinateur ! » affiché sur ma gauche. Merci à Joanne et à son équipe de ne pas m'avoir jetée dehors.

Et enfin, le plus important, merci à Clint, Cash et Ruby. Hé, mon livre est terminé ! Le voilà – avec tout mon amour.